Disney

Et si Mulan avait dû voyager dans le monde des morts ?

Réflexion

TWISTED TALE

ELIZABETH LIM

Traduit de l'anglais par Laurent Laget

hachette
HEROES

Disney

58, rue Jean Bleuzen – 92178 Vanves Cedex

Direction : Catherine Saunier-Talec
Directeur éditorial : Antoine Béon
Responsable artistique : Cécila Rehbinder
Édition : Élodie Dureu
Traduction : Laurent Laget
Correction : Fabienne Riccardi
Mise en pages intérieure : Noémie Fior (Nord Compo)
Couverture et typographie : Jim Tierney
Fabrication : Anne-Laure Soyez

Achevé d'imprimer en Italie par Grafica Veneta en février 2020
Dépôt légal : mars 2020
53-1462-4/01
ISBN : 978-2-01-709547-7

À ma famille, qui m'a enseigné la valeur de la persévérance.
— E. L.

Chapitre premier

Il ne leur restait plus qu'un seul canon.

Mulan retenait son souffle, les talons fermement ancrés dans la neige. Elle balayait la vallée du regard en quête d'un signe de vie des Huns.

Rien.

Sur les hauteurs d'où, quelques minutes plus tôt, une pluie de flèches ennemies s'était abattue sur eux : rien non plus.

Tout était calme. Trop calme.

Mulan n'était pas dupe. Elle savait bien que ce silence de mort ne voulait pas dire que les Huns avaient battu en retraite. Au contraire, son appréhension grandissait de seconde en seconde. Aucun des soldats qui se tenaient derrière elle – ni Yao, ni Ling, ni Chien-Po, ni même son dragon protecteur Mushu – ne murmurait le moindre mot.

Quelque chose n'allait pas. Elle le sentait.

Son regard se porta sur un panache de fumée noire qui s'enroulait sur la crête telle une ombre inquiétante. Quand l'air s'éclaircit, Mulan plissa le front.

Il y avait quelque chose derrière la fumée. Non, *quelqu'un.*

Elle se glaça d'effroi. Même d'aussi loin, l'imposante silhouette montée sur un cheval noir ne laissait aucune place au doute.

Shan-Yu.

La fumée révéla une file interminable de guerriers huns à cheval. Ils bordaient toute l'arête et leur bloquaient le passage. Mulan et ses compagnons étaient encerclés.

Il restait à peine dix hommes du régiment du capitaine Li Shang contre toute une armée de Huns. Sans compter que ces derniers avaient l'avantage du terrain. Mulan n'avait pas besoin de regarder ses amis pour deviner leurs pensées. Ils étaient perdus.

Le capitaine Shang resserra le col de sa cape rouge et fit face à ses soldats. Il avait la mine sombre mais déterminée :

— Prêts pour l'attaque ! Si nous mourons, ce sera dans l'honneur.

Mulan sentait son cœur tambouriner dans ses tympans. Elle serra les poings et inspira une bouffée d'air glacial. Elle ne savait pas si ses jambes tremblaient de peur, de désespoir, ou des deux.

Elle ne voulait pas avoir peur. Il n'y avait aucune dignité en cela. Mais il n'y avait aucun espoir non plus. Que pouvait-elle bien faire ? Il était évident que Shang s'était résigné à tenir leur position, envers et contre tout.

Elle tira néanmoins son épée d'une main hésitante. Il y avait forcément une autre solution.

D'un cri de guerre féroce, Shan-Yu lança la charge. Son étalon dévalait la pente enneigée à grandes foulées. Ses hommes suivaient juste derrière. Le martèlement des sabots sur la colline ressemblait à l'écho lugubre des battements de cœur frénétiques de Mulan. Elle serra la poignée de son épée en tâchant de faire abstraction du tonnerre qui déferlait vers eux, mais c'était impossible. Ses yeux étaient rivés sur la marée noire de soldats qui lacéraient l'étendue immaculée.

— Yao, ordonna calmement Shang, pointe le canon sur Shan-Yu.

Ce n'est rien de plus qu'un feu d'artifice, se dit Mulan. *On ne peut pas fonder tous nos espoirs dessus.* Le canon à tête de dragon lui arrivait à peine à la poitrine.

Yao, le plus petit soldat du régiment, ajusta lentement la position du canon de gauche à droite pour viser au mieux le gigantesque guerrier.

Mulan fronça les sourcils. Éliminer leur chef sèmerait sans doute la confusion parmi les Huns et ralentirait leur invasion, mais même s'ils y parvenaient, ils se feraient massacrer par le reste de l'armée.

Elle se força à lever les yeux et à se préparer au combat, mais elle ne pouvait s'empêcher de repenser à l'ordre de Shang. Quelque chose n'allait pas.

Son épée lui sembla soudain plus lourde que jamais. Elle observa la lame polie et se demanda si son reflet serait la dernière chose qu'elle verrait. Allait-elle mourir sous les traits de Ping, le fils de la famille Fa qu'elle avait inventé de toutes pièces pour rejoindre l'armée à la place de son père ? Si elle tombait là, au milieu de ce col recouvert de neige, elle ne verrait plus jamais son père ni le reste de sa famille.

Mulan déglutit difficilement. Qui aurait pu croire que, quelques mois plus tôt, sa seule préoccupation avait été d'impressionner la dame marieuse ? Elle avait peine à se souvenir de la jeune fille qu'elle était alors, quand elle portait d'innombrables épaisseurs de soie, et non une cuirasse de cuir. Quand elle avait la taille enserrée par une ceinture de satin, et non un ceinturon. Quand elle avait les lèvres rouges et pulpeuses de maquillage, et non bleuies et craquelées par le froid et la déshydratation. Quand elle avait les cils rehaussés au charbon, charbon qu'elle rêvait désormais d'utiliser pour se réchauffer.

La petite fille naïve avait parcouru bien du chemin pour devenir un soldat de l'armée impériale.

Servir son pays comme guerrière lui convenait sans doute mieux que servir un mari. Pourtant, en contemplant son reflet sur son épée, elle savait qu'elle ne faisait encore que jouer un rôle. Elle n'aurait jamais la chance de découvrir lequel, parce qu'elle, Mulan, allait bientôt mourir.

Et ce qu'elle regrettait le plus était de ne pas avoir pu rendre sa famille fière d'elle.

Les Huns approchaient. Mulan brandit sa lame. Un reflet accrocha une nouvelle fois son regard. Pas le sien, cette fois, mais celui d'une cime couverte de neige qui surplombait l'armée ennemie.

Les pensées fusaient dans son esprit. Elle inclina sa lame plusieurs fois, puis leva les yeux pour mieux observer le grand relief enneigé.

Elle eut une idée. Une idée folle, qui reviendrait à désobéir aux ordres de Shang, mais si sa ruse fonctionnait…

Le cœur de Mulan s'accéléra. Pas de peur, cette fois, mais d'espoir. Ils n'avaient plus rien à perdre. Si elle n'essayait pas, ils allaient tous mourir. Et même si son plan fonctionnait, ils auraient peu de chances de s'en tirer, mais la Chine… Elle pouvait sauver la Chine.

Il n'y avait plus un instant à perdre.

Mulan rangea son épée dans son fourreau et arracha le canon des mains de Yao.

— Eh ! gronda le petit soldat.

Mais Mulan se précipitait déjà vers la horde de Huns.

C'était l'acte le plus audacieux, le plus périlleux qu'elle avait jamais fait. Elle coinça le canon sous son bras, sans même s'apercevoir que Mushu s'était agrippé à sa cape. Elle escalada la colline, de plus en plus déterminée à chaque pas, de moins en moins effrayée.

Derrière elle, Shang criait :

— Ping ! Reviens, Ping !

Elle l'ignora. Les Huns dévalaient la pente. Elle n'avait plus que quelques secondes avant que Shan-Yu ne soit sur elle et que ses barbares ne les écrasent, elle et ses compagnons d'armes.

Mulan s'arrêta et planta le canon dans la neige, pointé vers le pic rocheux, en espérant être bien placée.

Elle était persuadée que son idée pouvait fonctionner. À condition que Shan-Yu ne la tue pas avant. Il était si proche qu'elle sentait déjà la moiteur de son cheval, si proche qu'elle voyait ses yeux noirs la dévisager.

Son cœur tambourinait dans sa poitrine. Elle entendait vaguement Mushu lui demander de se dépêcher. Elle fouilla dans ses poches pour trouver des morceaux de silex et tenta frénétiquement d'allumer la mèche.

Elle ne vit pas le faucon de Shan-Yu passer au-dessus d'elle. L'oiseau fonça en piqué et, d'un puissant coup d'ailes, la renversa dans la neige.

Mulan se redressa aussi vite que possible, mais les pierres avaient disparu dans le manteau neigeux.

Non, non, non, pensa-t-elle en fouillant la neige. Elle ne les trouvait plus !

Elle leva la tête et vit Shan-Yu foncer droit sur elle.

Elle attrapa alors Mushu par le cou et le serra jusqu'à ce qu'il crache une flamme. Ce fut juste suffisant pour embraser la mèche. L'odeur de soufre envahit l'air. Mulan se pencha en tenant fermement le canon qui explosa vers la cime.

Le cheval de Shan-Yu se cabra en entendant la détonation, mais Mulan ne se souciait plus du chef hun. Ses yeux étaient braqués sur le pic et sur la fusée qui décrivit une courbe parfaite jusqu'à se loger dans la neige.

Une explosion retentit. De la neige commença à se détacher du sommet, puis ce fut soudain un mur de glace effrayant qui déferla sur le col de la montagne.

Mulan sourit. Elle avait réussi à déclencher une avalanche.

Elle se redressa difficilement, en tâchant de rester debout pendant que la terre tremblait. Elle devait retourner auprès des siens.

Mais Shan-Yu était arrivé à sa hauteur. Le sourire de Mulan s'effaça aussitôt. De près, le Hun était plus terrifiant qu'une montagne. Ses seuls poings étaient plus larges que le visage de la jeune fille.

Les yeux enfoncés de Shan-Yu se rétrécirent sous le coup de la rage. Il leva son épée, prêt à asséner un coup fatal.

— Ping ! cria Shang derrière elle.

Avant que Mulan ait pu tirer son arme pour essayer de se défendre, Shan-Yu rugit et abattit son bras puissant.

Mulan se recroquevilla en attendant le coup.

Mais il n'arriva jamais. Shang l'avait tirée hors de danger. Tout s'était déroulé si vite. Avant même de retomber dans la neige, Mulan avait entendu la lame de Shan-Yu fendre l'air tout près d'elle.

Ainsi qu'un râle rauque et sinistre.

— Non ! s'écria Mulan en se forçant à se redresser. Shang !

La cape rouge du capitaine, portée par le vent, claquait derrière lui. Pendant une fraction de seconde, alors qu'elle ne pouvait pas voir Shang, elle se dit que, peut-être, juste peut-être, c'était le cri du Hun qu'elle avait entendu. Peut-être que Shang l'avait vaincu.

Puis la cape retomba sur le dos du capitaine. Et tous les espoirs de Mulan s'évanouirent.

Il était mortellement blessé. Il n'avait même plus la force de soulever son épée, qui retomba dans la neige dans un bruit sourd.

Shang recula d'un pas, sa botte glissant sur le sol. Il leva les poings. Il n'était pas prêt à baisser les bras.

— C'est tout ce que la Chine a à offrir ? s'exclama Shan-Yu en riant.

— Va-t'en, Ping, supplia Shang d'une voix rauque alors que Mulan se précipitait vers lui pour l'aider. Va-t'en.

Elle ne fut pas assez rapide.

D'un seul coup, Shan-Yu terrassa Shang.

Le capitaine s'écroula.

Chapitre deux

— NON ! cria Mulan

Shan-Yu riait maintenant à gorge déployée. Il sauta de son cheval, la rapière à la main. Il planta vivement la lame dans la neige pour l'épurer du sang de Shang. Puis il s'approcha lentement de Mulan en fendant l'air avec des coups si puissants que le vent fouettait les joues de la guerrière.

Le Hun n'était plus qu'à un pas. Elle était condamnée, elle aussi.

Calme-toi, calme-toi. Mulan dégaina son épée juste à temps pour parer le coup de Shan-Yu dirigé vers sa poitrine.

Il était fort, bien plus qu'elle. Il la dominait totalement. Mulan savait qu'elle ne pourrait pas le retenir bien longtemps. Mais elle n'en avait pas l'intention.

Shan-Yu tournait le dos à l'avalanche qui roulait irrésistiblement vers eux.

Mulan rassembla ses forces et son courage. Dès qu'elle vit une ouverture, elle baissa sa garde et lança sa jambe contre la cheville de son adversaire. Shan-Yu, surpris, chancela et agita ses bras pour reprendre son équilibre dans la neige.

La jeune fille n'eut pas besoin de plus de temps : elle tournoya pour s'écarter du chemin et attrapa Shang par le bras pour l'aider à se relever.

Le capitaine avait le visage blême. Son armure cachait sa blessure, mais sa main, serrée contre son flanc, était visqueuse de sang écarlate.

Agis d'abord, tu t'inquiéteras plus tard.

— Venez ! lui lança-t-elle, le souffle court, en passant le bras de Shang sur son épaule. On va y arriver.

Ils coururent. Shang haletait, mais elle lui interdisait de ralentir. Le pied de la colline était juste là. Yao et les autres s'étaient abrités derrière une large saillie rocheuse. S'ils pouvaient l'atteindre…

Le vent sifflait. De violentes bourrasques les poussaient vers la falaise. Mulan sentait le souffle de l'avalanche sur sa nuque. Le torrent de neige avait pris de la vitesse, comme une rivière libérée de son barrage qui jaillissait de toute sa puissance. Le froid fouettait son dos. De lourds nuages de neige noircissaient le ciel au-dessus de leur tête. S'ils n'accéléraient pas, l'avalanche les submergerait.

Elle appela alors son cheval :

— Khan !

Mulan tourna la tête pour apercevoir la montagne derrière elle se disloquer en gigantesques plaques de glace. Shan-Yu et le reste de l'armée hun avaient déjà sombré sous la marée blanche, leurs cris et leurs pleurs étouffés par la neige.

La terre grondait et tremblait. La neige était partout, s'enfonçait dans les yeux, le nez et la bouche de Mulan. Elle se força à serrer les lèvres, mais dut bien vite prendre une grande bouffée d'air qui lui glaça les poumons.

Elle se concentra sur son objectif et allongea le pas. *Continue. Ne te retourne pas. On y est presque.*

À ses côtés, Shang faiblissait rapidement. Ils le savaient tous les deux. Mulan le traînait presque.

— Je... je te ralentis, bredouilla Shang, la respiration sifflante. Laisse-moi et sauve-toi.

— Jamais !

Elle serra le bras de Shang si fort qu'elle ne sentait plus ses propres doigts. Elle n'abandonnerait pas. Elle courrait jusqu'au bout.

La cascade de neige tempêtait derrière eux, arrachait les arbres et écrasait tout sur son passage. Un hennissement familier se détacha du fracas.

Khan !

Son cheval galopait puissamment vers elle. Sa crinière noire se détachait sur la poudre blanche. Mulan sauta sur son dos et se baissa pour attraper Shang – mais elle ne fut pas assez rapide. La marée de givre les avait rattrapés et avait déjà englouti le capitaine.

Non, non, non, se répéta Mulan en voyant le flot blanc l'emporter de plus en plus loin. Elle éperonna Khan pour suivre le courant tandis qu'elle balayait le paysage chaotique du regard. Elle n'avait plus aucun repère, son monde n'avait plus que deux dimensions : sur la neige ou sous la neige. L'avalanche se renforçait chaque seconde et balayait la colline avec une force brutale. La glace les recouvrit plusieurs fois de sa blanche obscurité mais, chaque fois,

Khan parvint à s'extirper de son emprise. Mulan, elle, ne songeait qu'à retrouver le capitaine.

— Shang ! cria-t-elle. *Shang !*

Un éclair rouge attira son regard. Elle aperçut la cape du capitaine un peu en aval. Il était inconscient et s'enfonçait dans la neige.

— Yah ! hurla Mulan pour pousser son cheval.

Shang poussa un grognement de douleur en se sentant tiré par les épaules et déposé sur le dos de Khan.

Mulan dirigea ensuite son destrier vers la saillie. Elle n'en était plus qu'à quelques enjambées, mais les déferlantes de neige étaient trop puissantes. Il était impossible de naviguer sur cette mer déchaînée. Elle vit ses amis qui la regardaient se débattre dans ce cataclysme.

Yao avait bandé son arc. Il l'agitait en direction de Mulan et criait des mots qu'elle ne pouvait entendre.

Ling, le soldat élancé et vif qui accompagnait Yao et Chien-Po, pointa la corde attachée à l'une des flèches. Mulan comprit. Ils voulaient les tirer en sécurité !

En gardant un bras sur le corps inerte de Shang, Mulan leva une main pour indiquer qu'elle était prête.

Yao leva son arc et tira. La flèche décrivit une trajectoire parfaite dans le ciel, et l'espace d'un instant, Mulan craignit qu'elle ne soit elle aussi dévorée par l'avalanche. Mais elle atterrit juste à côté d'elle. La guerrière attrapa la corde et sangla Khan… mais Yao n'avait pas retenu l'autre extrémité !

Elle serra les dents, sans paniquer. Chaque seconde comptait. Elle devait trouver un moyen de tous les sauver avant qu'ils ne chutent dans le précipice.

Elle vit alors l'arc accroché au flanc de Khan. Elle s'en saisit et encocha la flèche de Yao, puis visa vers eux.

Attrape-la, attrape-la ! supplia-t-elle silencieusement en voyant la flèche et la corde filer droit vers Yao, Ling et Chien-Po. Puis ils disparurent de sa vue sous un nuage laiteux.

Mushu braillait dans ses oreilles pendant qu'ils étaient emportés par le flot. Le bord de la falaise se rapprochait, mais Mulan ne quittait pas la corde des yeux, attendait, attendait…

Soudain, la corde se raidit. La neige déferlait maintenant *autour* d'eux, et non plus *avec* eux. Khan poussa un long hennissement en ruant à contre-courant.

Mulan tendit le cou. Elle n'osait espérer.

Puis elle vit enfin ses amis, au-dessus d'eux, juste au bord de la falaise. Ils avaient attrapé la corde ! Elle retint sa respiration en entendant la corde grincer. Les soldats tiraient courageusement, tous ensemble, et réussirent enfin à la ramener en sécurité derrière le rocher.

Chien-Po, le plus puissant de ses amis, souleva son capitaine pour le déposer au sol.

Ils avaient réussi.

Mulan mit pied à terre, tira les rênes de Khan et attrapa Mushu. Elle se colla au rocher et ferma les yeux jusqu'à ce que la queue de l'avalanche soit passée.

Enfin, le sol s'arrêta de trembler. L'air se figea.

Mulan toussa et battit des pieds pour déblayer les congères. Les autres firent de même. Mushu extirpa Cri-Kee, leur criquet porte-bonheur, de la neige.

Mulan reprenait son souffle. La sueur sur ses tempes et sa nuque avait gelé. Elle essuya le givre de son visage et secoua son uniforme. Elle tapota le cou de son cheval et se tourna vers ses camarades. Yao, Ling, Chien-Po, et même Chi Fu, l'arrogant conseiller de l'empereur : elle avait du mal à croire que tout le monde ait survécu.

— Merci. Merci.

— Eh bien, je ne pouvais pas vous laisser mourir, se vanta Yao avec un sourire en coin.

Ling brandit le poing :

— Ping ! Le plus brave des soldats !

Mulan soufflait. Lentement, elle laissa ses épaules retomber. Shang et elle avaient survécu à l'avalanche.

Shang !

Son soulagement se dissipa aussitôt. Elle se traîna vers son capitaine, que Chien-Po avait maintenu hors de la neige. Le visage de Shang était plus pâle que jamais.

— Il est inconscient, constata Chien-Po.

L'expression du géant était aussi sereine que d'habitude, mais Mulan détecta une pointe d'inquiétude dans sa voix.

— Il est blessé. Il a besoin d'aide…

Shang se tourna et enroula sa cape autour de son flanc. Chien-Po s'illumina :

— Regardez ! Il se réveille.

Shang toussa. Sa respiration sifflait. Mulan lui serra l'épaule :

— Doucement.

Le capitaine cligna des yeux, puis expira douloureusement. Il se tourna vers Mulan. Ses sourcils broussailleux se tordirent en une expression indescriptible. Il essaya de s'asseoir.

— Ping, tu es l'homme le plus fou de tout l'empire. C'est pour ça que je te dois la vie. À partir d'aujourd'hui, je t'accorde ma confiance.

Un léger sourire se dessina sur les lèvres de Mulan.

— Vive Ping ! acclamèrent ses amis. Le roi de la montagne !

Shang ouvrit la bouche pour se joindre au chœur, mais il grimaça et poussa un long soupir rauque.

Mulan le prit par le bras :

— Shang ?

— J'ai... juste besoin de... dormir un peu.

Le capitaine ferma les yeux, mais Mulan le secoua par les épaules.

— Non, restez avec nous ! Shang ?

Il ne l'entendait plus. Ses mains, qui serraient sa cape, devinrent flasques. Il s'écroula dans la neige, inconscient.

— Shang ! Réveillez-vous !

— Capitaine ? fit Yao en agrippant à son tour le bras de Shang.

Shang était immobile. Les soldats regardaient Mulan, impuissants.

Une boule se forma dans la gorge de Mulan. Implorer le capitaine de se réveiller ne servirait à rien. Ce n'était pas ainsi qu'elle pourrait le sauver.

Elle s'agenouilla à côté de lui et posa deux doigts sur son cou en cherchant un pouls. Shang tremblait.

— Il est gelé ! s'alarma Mulan. Vite, allez chercher une couverture. Il faut démarrer un feu, il faut le réchauffer.

— Toutes nos affaires sont ensevel...

— Il y a une couverture sur mon cheval.

Ling se hâta vers Khan. Quand il se retourna, Chien-Po avait déjà soulevé Shang de la neige pour le déposer sur la couverture.

Agenouillée à côté de lui, Mulan écarta délicatement sa cape. Les soldats hoquetèrent et Mulan étouffa un cri. Une longue et profonde entaille traversait l'abdomen de Shang, juste sous son armure. Le sang coulait le long de son uniforme et tachait la neige, devenue rouge comme sa cape.

Les couleurs disparurent du visage de Mulan. Elle recula de quelques pas, sans même s'apercevoir que Mushu escaladait son dos pour se cacher sous son foulard vert.

— Tout est ma faute, murmura-t-elle. C'est moi que Shan-Yu voulait frapper. Shang m'a sauvée.

— Là, là. Ç'aurait pu être pire, répondit Mushu. Ç'aurait pu être toi à sa place. Au moins, tu es toujours en vie.

Mulan adressa un regard lourd de reproches à son gardien :

— Ça ne m'aide pas beaucoup.

— Qu'est-ce que j'ai…

Elle l'ignora et détacha son foulard :

— Donnez-moi tous vos foulards. Il faut arrêter l'hémorragie.

L'un après l'autre, les soldats passèrent leurs écharpes à Mulan qui les noua ensemble pour former un long bandage. Elle souleva délicatement l'armure de Shang, ouvrit sa tunique et commença à panser la plaie béante. Son sang était chaud, mais sa peau était déjà froide. Des perles de givre glissaient sur ses joues et son cou. Lorsqu'elle eut fini, elle prit de nouveau le pouls du capitaine, la main tremblante.

Le cœur de Shang était faible. Trop faible. Mais il battait.

— On doit établir un campement, annonça-t-elle enfin.

— Non, nous devons rejoindre la cité impériale, corrigea Chi Fu.

Le conseiller de l'empereur sortit de sa cachette entre les rochers. Les extrémités de sa fine moustache étaient glacées et tombaient comme les barbillons d'un poisson-chat. Il resserra sa robe autour de lui, clairement agacé d'être dans le froid, sans témoigner la moindre reconnaissance d'être toujours en vie.

— Nous devons informer l'empereur que les Huns ont été vaincus.

— Nous ne pouvons pas voyager avec le capitaine Li dans cet état, protesta Mulan. Il a besoin de repos.

Chi Fu toisa le capitaine et plissa le nez :

— Il ne survivra pas à une telle blessure. Le capitaine est un homme d'honneur. Il comprendrait.

— Je ne l'abandonnerai pas !

— Ton devoir envers l'empereur passe avant tout, soldat, la sermonna Chi Fu, la foudroyant de ses petits yeux sévères. Ou dois-je également l'informer de ton insubordination ?

— Laissez Ping tranquille ! gronda Yao.

— Ouais, insista Ling. Sans Ping, nous serions morts. Il nous a tous sauvés.

Chi Fu s'offusqua et fit face au régiment :

— *Tout cela* est la faute de Ping. Sans sa sottise, votre capitaine serait toujours en vie.

— Il *est* en vie, s'insurgea Mulan. Et nous ne l'abandonnerons pas ici.

— Qui t'a nommé chef ? rétorqua Chi Fu.

— Personne. Mais le capitaine Li Shang est notre officier commandant.

— Et l'empereur est notre souverain !

— Alors… nous emmènerons Shang.

Les autres soldats acquiescèrent.

— Impossible, aboya Chi Fu. Nous n'avons pas assez de provisions pour prendre notre temps. Plus nous nous attardons dans ce… blizzard, plus tôt nous mourrons. De toute façon, il ne survivra pas au voyage.

— Il s'en sortira, jura Mulan. J'y veillerai.

— Ce garçon a perdu la tête, persifla le conseiller.

— J'y veillerai aussi.

— Et moi aussi.

Les uns après les autres, tous les soldats promirent d'aider leur capitaine.

— Du calme, soldats, du calme !

Chi Fu croisa les bras. Un sourire mesquin étira les traits de son visage.

— Très bien. Dans ce cas, Ping s'occupera du capitaine jusqu'à notre retour. Mais s'il traîne, nous ne l'attendrons pas. Notre priorité est de regagner la cité. Si qui que ce soit tente de l'aider, j'en ferai état à l'empereur.

Chi Fu marqua une pause, afin que sa menace soit bien comprise de tous.

— Entendu ?

Yao ouvrit la bouche pour contester, mais Mulan fut plus prompte :

— Entendu. Le capitaine Li sera sous ma responsabilité. Je ne veux causer aucun problème à mes camarades.

— On ne peut pas te laisser faire ça tout seul, dit Chien-Po.

— Oui, nous voulons tous aider le capitaine, ajouta Ling.

— Je suis le seul à avoir encore un cheval, rétorqua Mulan d'un air triste.

L'avalanche avait englouti les montures de Shang et de Chi Fu, ainsi que tant d'autres valeureux soldats. Elle ne s'apercevait que maintenant que leurs rangs avaient radicalement diminué. Tous ces hommes avec lesquels elle s'était entraînée étaient morts – lors de la première attaque des Huns ou de l'avalanche. Elle inspira :

— Khan peut nous porter tous les deux. Je vous suivrai de près.

— Mais…

— Une sage décision, interrompit Chi Fu. Je suis le conseiller de l'empereur, ce qui signifie que c'est *moi* qui décide. Les Huns ont perdu des provisions dans la neige. Allez en récupérer autant que possible. Dépêchez-vous, nous partons dans une heure.

Personne n'osa contester les ordres. Tête baissée, les soldats obéirent. Mulan devinait leurs pensées. Tous savaient que Shang était gravement blessé.

Mais elle refusait de le laisser mourir.

Elle se jura de tout faire pour le sauver.

Chapitre trois

Ils avaient beau avoir remporté une victoire inespérée contre Shan-Yu et les Huns, ils marchaient tête basse en direction de la Cité impériale. Personne ne chantait ni ne riait. Même Chi Fu avait perdu son habituel rictus. Un étranger les croisant aurait pu les confondre avec une procession funéraire.

Mulan marchait derrière les autres, Shang couché sur la nuque de Khan. Elle gardait une main sur son épaule pour le tenir tandis que Khan avançait à côté d'elle dans la gorge glacée. Le col de Tung-Shao, où ils avaient repoussé les Huns, se trouvait déjà à plusieurs heures de marche derrière eux, mais la neige s'étendait toujours à perte de vue. Pire encore, au fur et à mesure qu'ils descendaient la montagne, l'air semblait se rafraîchir.

Mulan était rongée par l'inquiétude. L'état de Shang ne faisait qu'empirer. Elle était obligée d'arrêter sa monture de plus en plus souvent pour que le capitaine se repose. Yao, Ling et Chien-Po faisaient de leur mieux pour ralentir le cortège et leur tenir compagnie. Sentant le regard noir de Chi Fu peser lourdement sur eux, Mulan leur conseilla d'avancer.

À la fin de la journée, elle avait accumulé un retard considérable sur le reste de la troupe. Shang avait besoin de repos. Mulan s'inquiétait notamment de la température du capitaine, dont les accès de fièvre se multipliaient.

Pendant qu'elle claquait les dents et frissonnait dans le froid mordant de la montagne, Shang, lui, se consumait de l'intérieur. Pourtant, elle ne pouvait pas prendre le risque de le découvrir et de l'exposer au froid. Voir son capitaine lutter contre la fièvre et la douleur en marmonnant des paroles inintelligibles lui serrait le cœur.

Elle n'avait ressenti une telle impuissance qu'une seule fois dans sa vie : quand Baba avait été mobilisé pour la guerre. Le besoin désespéré de le protéger avait envahi son cœur et son corps, comme il le faisait de nouveau avec Shang. Toutefois, la voie pour sauver son père était claire comme un ruisseau : elle devait partir à la guerre à sa place. Avec Shang… que pouvait-elle faire pour alléger ses souffrances ?

Je dois trouver une solution, se dit-elle en frappant la neige de ses bottes givrées. Elle faisait quelques pas dans la poudreuse quand les murmures de Shang s'interrompirent. Elle se précipita à ses côtés pour prendre son pouls.

— Comment va-t-il ? demanda Mushu à voix basse.

Le petit dragon, qui avait lu l'angoisse sur le visage de sa protégée, regrettait de s'être dit si heureux que Mulan ait survécu à la place de Shang.

— Mal, répondit-elle doucement.

Elle passa la main sur le front de Shang. Le capitaine s'était endormi. Les perles de sueur s'étaient transformées en flocons de glace.

— Mais sa fièvre est retombée. Légèrement.

— Voilà une excellente nouvelle ! s'exclama Mushu. C'est vrai qu'il a meilleure mine. Il a repris des couleurs, ajouta-t-il en pinçant la peau du guerrier.

Le capitaine était très loin d'avoir meilleure mine. Sa peau restait livide. Ses lèvres étaient bleuies par le froid, et ses cheveux collés par le givre.

— Mmmm, marmonna-t-il dans son sommeil.

— Tu vois ? Même lui est d'accord ! se félicita Mushu.

Mulan serra les dents. Elle ne précisa pas que la blessure de Shang était toujours béante. Le saignement avait ralenti, certes, mais chaque fois qu'elle auscultait son bandage, le sang était chaud. Frais. Elle ne pouvait rien faire pour le soigner.

Elle masqua son désespoir et incita Khan à accélérer le pas.

Son criquet, Cri-Kee, sauta sur son épaule avec une petite stridulation. Il semblait vouloir la consoler, mais Mulan se contenta de soupirer. Le soleil était bas à l'horizon. La nuit était presque sur eux. Ils devaient se hâter de rattraper les autres.

Mulan n'arrêtait pas de repenser au combat. Elle *aurait dû* tirer son épée et se préparer à parer le coup de Shan-Yu juste après avoir tiré, mais qu'avait-elle fait ? Elle avait regardé l'avalanche, les bras ballants et le sourire aux lèvres, satisfaite que son plan ait fonctionné.

Shang avait payé le prix de son imprudence.

Idiote ! se sermonna Mulan. Eût-elle été une meilleure guerrière, ils marcheraient le cœur léger pour aller voir l'empereur en chantant leur victoire. Au lieu de cela, leur capitaine était mortellement blessé. À cause d'elle.

Shang poussa un nouveau râle, les traits tirés par la douleur.

Mulan lui toucha le front.

— Je suis là, souffla-t-elle.

Elle savait que ses mots ne pouvaient le soulager, mais elle ne supportait pas de le voir souffrir ainsi.

S'il meurt, je ne me le pardonnerais jamais, se morfondit-elle. *Si les dieux, n'importe lesquels, écoutent, je vous en prie... Je vous en supplie, épargnez le capitaine Li. C'est un homme bon. Il ne mérite pas de mourir.*

Bien entendu, elle n'eut aucune réponse. Elle n'en attendait pas.

Elle cligna des yeux pour chasser les larmes et s'essuya le nez d'un revers de la manche. Pleurer n'améliorerait pas la situation de Shang. Elle devait l'emmener au chaud, à l'abri dans la cité impériale.

La troupe n'était pas aussi éloignée qu'elle l'avait craint. En plissant les yeux, elle distinguait la silhouette robuste de Chien-Po sur le versant. Ils n'étaient plus très loin du pied des montagnes, là où naissait la forêt. Au-delà, ils arriveraient près du fleuve Jaune, qu'ils devraient longer vers le nord jusqu'à la cité. Elle devinait déjà les toits étincelants du palais de l'empereur.

Si proche et pourtant si loin.

Au mieux, ils avaient encore deux jours de marche devant eux. Or, pour Shang, chaque heure était une nouvelle bataille. Elle entendait sa douleur à chaque inspiration ; elle la voyait chaque fois que sa poitrine se soulevait et retombait.

— Chi Fu avait raison, dit-elle sur un ton misérable. Tout est ma faute.

— Tu ne vas quand même pas croire ce faisan ? s'indigna Mushu. Relève la tête. Tu es forte. Tu es intelligente. Bon sang, tu as vaincu une armée de Huns à toi seule ! Tu sauveras le capitaine.

— Je l'espère.

— Continue de lui parler, suggéra le dragon. Apaise-le de ta voix chaude comme une tasse de thé.

Mulan leva les yeux au ciel. Malgré tout, elle avait désespérément envie de croire aux paroles du dragon.

— Vous pouvez le faire, Shang, dit-elle en lui serrant la main pour réchauffer ses doigts gelés. Quelle que soit la bataille que vous livrez, je suis là, avec vous.

— C'est ça, l'encouragea Mushu. Continue. Peut-être même que tu pourrais lui donner un baiser.

— Mushu !

— Quoi ? Ça marche dans les contes de fées, non ? rétorqua le dragon en haussant les épaules.

— Ça suffit !

Elle tourna la tête pour qu'il ne la voie pas rougir. Quelle idée !

— Laissons-le dormir.

L'espace d'un instant, Mulan s'était réjouie que Shang soit inconscient et qu'il n'ait pas entendu la suggestion déplacée du gardien. Elle serra de nouveau sa main :

— Dormez, capitaine. Nous rattraperons bientôt les autres.

Ils ne devaient pas être à plus d'une heure de la vallée. De sa main libre, elle tira un coup sec sur les rênes de Khan, mais son cheval ne bougea pas. Il hennit.

Puis…

La main de Shang se réchauffa. Sa respiration devint plus régulière.

Mulan tressauta, soulagée.

— Shang ?

— Est-ce déjà l'aube ? croassa-t-il entre deux quintes de toux.

— Vous êtes réveillé !

Mulan, se souvenant qu'il s'agissait de son commandant, lui lâcha aussitôt la main. Elle s'empara de son outre et la porta aux lèvres du capitaine :

— Tenez, buvez.

Shang essaya de se redresser.

— Doucement. Vous êtes sur mon cheval.

Le capitaine grimaça et reposa sa tête sur l'encolure de Khan avec un grognement sourd.

— Où sommes-nous ?

— À une demi-journée du col de Tung-Shao. Peut-être moins.

— Où sont les autres ?

Elle reconnaissait bien là son capitaine. Il ne se souciait que de sa mission, peu importent ses blessures.

— Devant. Pas très loin.

Elle s'arrêta, craignant déjà la réponse avant même d'avoir posé la question :

— La douleur s'est-elle atténuée ?

Une ombre passa sur le visage de Shang. Soudain, il eut l'air perdu. Ailleurs.

— Où est mon père ? Je l'ai entendu parler à Chi Fu, un peu plus tôt. Dis-lui que l'entraînement est bientôt terminé.

— Votre père ? Mais Shang, votre père est…

Mulan s'interrompit. Shang savait pertinemment que son père était mort. Chien-Po avait trouvé le heaume du général sur le champ de bataille parmi les corps des soldats impériaux. Shang avait pris le casque et l'avait déposé sur l'épée de son père, sous le regard respectueux de ses hommes.

— Shang ?

Mulan posa une main sur la joue du capitaine. Sa peau était brûlante, bien plus qu'auparavant.

— Shang, réveillez-vous.

Mushu se glissa sur le torse du capitaine et agita ses griffes devant lui.

— Je ne veux pas que mon père me voie ainsi, murmura Shang, clignant faiblement des paupières. Est-ce un serpent sur ma poitrine ?

— Qui est-ce que tu traites de serpent ? s'indigna Mushu.

Mulan souleva son compagnon et l'écarta.

— Laisse-le tranquille ! grommela-t-elle, la mâchoire serrée.

— Tu devrais t'occuper de lui, ajouta Mushu. Il a le regard vitreux et la peau rouge. Il n'est pas beau à voir. Enfin, si, c'est plutôt un bel homme…

— Oui, je sais, coupa Mulan, une pointe de panique dans la voix.

Elle tira Shang pour l'allonger au sol. Elle retira les couvertures dans lesquelles Chien-Po l'avait enveloppé, puis lui souleva délicatement la tête pour l'aider à avaler quelques gouttes d'eau.

— Shang, dit-elle en lui tapotant les joues. Shang, c'est moi, Ping. Je suis là. Réveillez-vous. Parlez-moi.

Shang inclina la tête vers elle.

— Ping ?

— Oui, je suis là.

— Tu sais, murmura-t-il, j'étais tellement déçu au début.

Mulan pencha la tête vers lui.

— Tu étais le pire soldat que j'avais jamais vu, Ping. Tu te souviens ? Toujours dernier dans les exercices. Tu étais incapable de te battre, de tirer à l'arc, ou même de courir. J'étais persuadé que tu serais un poids mort au combat. Je t'avais renvoyé chez toi.

Shang poussa un petit rire et ouvrit les yeux un instant.

— Pourtant, tu m'as surpris.

Mulan inspira. *Bien, très bien, fais-le parler.*

— Surpris ? Comment cela ?

— Tu as travaillé dur, Ping, poursuivit-il d'une voix distante. Tu t'es amélioré. Tu es devenu malin. Non, tu as toujours été malin. Je ne le voyais pas. Mais j'ai vu que, lorsque tu as progressé, tout le monde a voulu suivre ton exemple. Tu as inspiré les autres, Ping.

Il ferma les yeux. Sa voix n'était plus qu'un murmure.

— Tu avais foi en eux. Mais moi, je… je n'avais pas foi en toi.

Il ouvrit de nouveau les yeux. Son regard était étonnamment lucide, cette fois. Mulan voyait son propre visage dans ses pupilles, encadré par une mer noisette.

— Je suis désolé.

— Shang, vous n'avez pas à vous excuser.

Le capitaine prit l'outre et la porta lui-même à ses lèvres d'une main tremblante. Il prit une longue gorgée, puis poussa un long soupir.

— Ping, je meurs. Je le sais.

— Ne dites pas ça.

— Je le sens, ajouta-t-il en reposant l'outre et en laissant sa main tomber dans la neige. Tu devrais me laisser là.

— Il est hors de question que je vous abandonne. Vous venez avec moi.

Shang toussa. Un sourire déformé et fatigué se dessina au coin de ses lèvres.

— Tu t'obstines à désobéir, soldat.

Shang toussa encore. Mulan attrapa le tas de couvertures que Yao et Ling avaient pliées en oreiller pour lui. Elle le cala délicatement sous sa tête. La sueur perlait sur ses tempes. Mulan sécha doucement les gouttes avant qu'elles ne gèlent. Lorsqu'il rouvrit les paupières, ses yeux étaient injectés de sang.

— Shang, vous allez bien ?

Il cala sa tête dans l'oreiller de fortune.

— J'ai cru voir mon père.

— Je sais, répondit rapidement Mulan. Vous l'avez appelé. Vous étiez sans doute en train de rêver.

Le capitaine tourna la tête et croisa le regard de la jeune femme.

— Dans mon rêve, il était encore en vie.

Sa voix était étranglée. Mulan comprenait qu'il n'avait pas eu le temps de faire le deuil de son père. La découverte de sa mort avait été trop soudaine.

— Mon père a été général pendant vingt ans. Il est mort en protégeant la Chine. Depuis mon plus jeune âge, je voulais marcher dans ses traces, parvint-il à dire avec un faible rire. Mais me voilà aux portes de la mort après ma première bataille.

— Vous n'allez pas m…

— Je voulais devenir général, comme lui, l'interrompit Shang. Je voulais remporter des guerres et faire honneur à ma famille. Est-ce égoïste ? De vouloir vivre encore ? Est-ce indigne, Ping ? Je veux continuer à protéger notre pays. Notre empereur.

— Non, murmura Mulan. Ce n'est ni égoïste ni indigne.

Shang se retourna, la tête enfouie dans les couvertures.

— Les Huns ne seront pas le dernier problème de la Chine. L'empereur devra affronter de nouvelles menaces. De nouveaux envahisseurs. Il a besoin d'hommes forts et courageux à ses côtés. D'hommes comme toi, Ping.

— Shang…, reprit Mulan. Arrêtez de parler ainsi.

— Maintenant que la route s'achève, que mon heure sur cette terre a sonné, sais-tu ce qui me réconforte le plus ?

Il attendit. Mulan céda :

— Quoi donc ? demanda-t-elle doucement.

Shang baissa encore la voix.

— D'avoir rencontré un ami comme toi, Ping. Quelqu'un en qui j'ai toute confiance.

Des larmes se formèrent aux coins des yeux de Mulan. Cette fois, elle n'essaya pas de les retenir. Elle savait qu'elle ne le pourrait pas. Elle déglutit. Les mots s'étranglaient dans sa gorge.

— Arrêtez, Shang. C'est ma faute, si vous êtes blessé.

— Je n'aurais jamais eu l'idée d'utiliser notre dernier canon sur la montagne, confessa-t-il. Je t'ai poursuivi pour le récupérer, mais... tu nous as sauvés. C'était un honneur de te protéger.

Mulan n'arrivait pas à répondre. Elle aurait voulu lui révéler la vérité. Que tout était sa faute. Qu'elle aurait dû être plus vigilante pour anticiper l'attaque de Shan-Yu. Qu'il était le meilleur commandant qu'une armée puisse espérer. Qu'un autre l'aurait laissée périr sous l'épée de Shan-Yu. Et que Shang n'était pas seulement courageux : il croyait en ses soldats. Il les considérait comme sa famille. Elle se souvint à quel point il avait été fier, lors de son entraînement, quand elle avait enfin réussi à le battre en duel. Le sourire satisfait qui avait illuminé son visage lorsqu'il s'était frotté la joue après son coup de pied... Elle ne l'oublierait jamais. Elle voulait lui dire qu'elle l'admirait et qu'elle ne désirait rien d'autre que son amitié.

Pourtant, aucun mot ne sortit de sa bouche. Seul un son guttural, étouffé, dans lequel elle ne se reconnaissait pas, se fraya un chemin jusqu'à ses lèvres. Il lui brûla la gorge. Elle détourna les yeux et fouilla dans son sac pour que Shang ne voie pas les larmes qui roulaient sur ses joues.

— Que vas-tu faire, maintenant que la guerre est terminée, Ping ? Tu comptes rentrer chez toi ?

— Chez moi ? répéta Mulan.

Elle n'y avait pas encore songé. Les choses seraient-elles différentes chez elle, maintenant qu'elle avait servi dans l'armée ? Ou bien reprendraient-elles leur cours normal ? Comment serait-ce possible, après tout ce qu'elle avait vécu… tout ce qu'elle avait fait ?

— Oui, ça me plairait.

Shang lui prit le bras.

— Ta famille sera fière de toi, Ping. J'ai entendu dire que tu avais pris la place de ton père. C'était un guerrier valeureux. Mon père l'a toujours tenu en haute estime.

Mulan resta silencieuse. Comment pouvait-elle avouer à Shang qu'elle était une femme ? Qu'elle avait volé l'armure de son père et son avis d'enrôlement pour rejoindre l'armée ?

Oui, elle l'avait fait pour éviter que son père ne reprenne les armes. C'était un homme âgé, désormais. Il marchait avec une canne. Il n'avait jamais vraiment récupéré des blessures de guerre subies au service de la Chine, plusieurs décennies plus tôt.

Elle avait le cœur lourd en pensant à son père. La dernière nuit qu'elle avait passée chez elle, elle avait vu Baba répéter ses gammes avec son épée. En moins d'une minute, il s'était écroulé, serrant sa mauvaise jambe avec une grimace de douleur. Elle n'avait pas eu le choix. Elle *devait* prendre sa place.

Les raisons importaient peu. Elle avait désobéi à ses parents. Elle les avait déshonorés. Ils devaient être tellement déçus.

Et ils en avaient tous les droits. Non seulement elle avait désobéi aux ordres, mais elle leur avait aussi menti. Elle les avait trompés.

Tout comme elle trompait Shang.

Oh, comme elle aurait voulu lui avouer toute la vérité ! Mais pas maintenant. Pas ainsi.

Le silence s'étira. Mulan savait qu'elle devait prendre la parole. Mais pour dire quoi ? Shang avait été si honnête, si sincère. Il la considérait comme un véritable ami. Il ignorait qu'elle lui mentait depuis le début.

Tu penses que c'est un grand capitaine, se répéta-t-elle. *Ça, ce n'est pas un mensonge. Et maintenant… maintenant, tu le considères comme un ami, aussi.*

— Je suis fier d'être votre ami.

Shang sourit de nouveau. Un sourire plus faible encore que le précédent. Mulan voyait qu'il masquait difficilement la douleur.

— Acceptes-tu de me rendre un service ?

— Oui, bien sûr, répondit-elle vivement. Tout ce que vous voudrez.

Shang leva les yeux vers les nuages qui dérivaient dans le ciel. Mulan leva la tête à son tour. Des oies traversaient les grandes taches cotonneuses comme si elles glissaient sur la neige.

— Emporte mes cendres, souffla-t-il, et remets-les à ma mère pour que je sois inhumé auprès de mes ancêtres. C'est important pour elle.

— Shang, murmura-t-elle difficilement. Vous ne pouvez pas baisser les bras. Vous devez vous battre. Vous devez vivre.

— Dis-lui… de ne pas être triste. Dis-lui que je suis avec Père.

Mulan se mordit la lèvre. Elle tremblait. Et pas de froid. La pâleur du visage de Shang, sa conviction qu'il allait mourir… C'était impossible !

Un puissant sentiment de détresse enserrait sa gorge. Mulan repoussa de toutes ses forces les larmes qui lui embuaient les yeux. Elle ne laisserait pas la sombre prophétie de Shang s'accomplir, pas sans se battre.

Elle lui prit la main – une main froide et flaccide – et passa ses doigts entre les siens. Elle serra doucement.

— Oui, susurra-t-elle. Je vous le promets. Mais vous…

— Toi non plus, Ping, coupa Shang. Tu n'as rien à te reprocher.

Encore ce sourire. Il attristait Mulan plus qu'il ne la réconfortait.

Elle serra le poing jusqu'à ce que ses ongles s'enfoncent dans sa paume. Un sanglot silencieux s'échappa de ses lèvres. Ses poumons brûlaient.

— Vous devez continuer à vous battre. Nous serons à la cité impériale dans quelques jours seulement. Accrochez-vous, Shang. Je vous en supplie.

— Au moins, je sais…

Il s'arrêta pour reprendre son souffle. Puis il referma les yeux.

— Je sais… que la Chine… est entre de bonnes mains.

Chapitre quatre

Il faisait déjà sombre quand Mulan rattrapa ses compagnons au pied de la montagne. Elle avait allumé une lanterne pour éclairer son chemin jusqu'au bivouac. À travers la pâle lueur, elle pouvait voir le souffle de Shang s'enrouler dans l'air froid. Elle frissonna. S'il faisait plus chaud que sur le col, la soirée n'en était pas moins glaciale, et la température continuerait de tomber pendant la nuit. Elle ajusta les couvertures autour de Shang puis encouragea Khan à presser le pas.

— Nous y sommes presque, répéta-t-elle, sans savoir si elle cherchait à rassurer sa monture, son capitaine ou elle-même. Nous y sommes presque. Nous y sommes presque.

Les soldats avaient dressé un campement à la lisière de la petite forêt qui s'étalait au pied des pentes. La vue du grand brasier, dont la fumée se déroulait jusqu'au ciel, de la pile de bois fraîchement coupé et des tentes robustes protégeant du vent revigora Mulan. De même que Khan : dès que le cheval eut aperçu le feu, il accéléra la cadence.

— Ping !

Yao et Ling se hâtèrent de la rejoindre pour s'occuper de Shang. Chi Fu les vit aussi. Il croisa les bras, un regard accusateur braqué sur les deux soldats.

— Où croyez-vous donc aller, vous deux ? brailla-t-il. Revenez immédiatement !

— On va couper du bois, répondit Ling. On revient tout de suite.

— Félons insubordonnés ! s'offusqua Chi Fu avant de retourner vers sa tente, sans toutefois quitter Mulan des yeux. Je savais bien que le capitaine Li n'était pas prêt pour commander. Je savais qu'il ne méritait pas une telle responsabilité. Et regardez le résultat : si ses hommes avaient appris la discipline, il ne serait pas en train de mourir.

Yao brandit son poing vers le conseiller de l'empereur :

— Le capitaine n'est pas encore mort !

Mais Chi Fu avait déjà tourné les talons et disparu derrière les battants en toile.

Mulan se mordit la lèvre. Elle se tourna vers ses amis.

— Merci pour votre aide.

— On a eu peur que tu te sois perdu, indiqua Ling. Comment va le capitaine ?

Mulan se contenta de secouer la tête, les yeux gonflés, la voix éraillée.

— Mal.

Les épaules de Yao s'affaissèrent. Il était habituellement le plus combatif du groupe. Cette fois, même son œil tuméfié trahissait sa profonde tristesse.

— On a attrapé quelques pigeons. Chien-Po prépare de la soupe. Je t'en apporte.

— Merci, dit Mulan, l'air las.

Depuis quand n'avait-elle rien avalé ? Comment pouvait-elle avoir faim alors que Shang était entre la vie et la mort ? Elle parvint néanmoins à décrocher un sourire.

— Shang aurait bien besoin de soupe chaude, lui aussi. Reste-t-il une tente libre ?

— Prends la mienne, proposa Ling en la désignant de l'index. On l'a préparée pour toi.

Mulan adressa un regard reconnaissant à ses amis.

— Vous êtes les meilleurs.

— C'est le moins que l'on puisse faire, répliqua Ling en haussant les épaules.

Il prit Shang par les aisselles tandis que Yao le souleva par les pieds pour accompagner Mulan à sa tente.

— Que faites-vous là ? s'écria Chi Fu en les voyant. J'ai explicitement indiqué qu'il était interdit d'aider Ping.

— Le camp est dressé, rétorqua Yao. Qu'est-ce que ça change si on l'aide ou pas ? Allez-y, dénoncez-moi.

— Et moi.

— Et moi aussi, intervint Chien-Po en arrivant avec une louche à la main.

Chi Fu grommela et griffonna furieusement son parchemin.

— Je n'y manquerai pas, soyez-en certains.

Chien-Po haussa les épaules à son tour :

— Le souper est presque prêt, annonça-t-il d'une voix aussi joyeuse que possible.

Une marmite bouillonnait au-dessus du feu. Mulan savourait le délicieux arôme de la soupe chaude.

Pendant que les soldats se réunissaient autour du feu, Chien-Po aida Mulan et les autres à installer Shang dans la tente de Ling.

La plupart des tentes du bivouac avaient été improvisées à partir de tapis de selle, de capes et de peaux de bêtes, mais Ling avait réussi à récupérer la yourte d'un guerrier hun. Plusieurs montants en bois soutenaient le toit triangulaire. La toile était en mousseline épaisse, comme leurs baraquements au camp Wu Zon. Chien-Po pouvait à peine tenir dedans.

— Nous lui avons construit une couchette en bois, expliqua Chien-Po en désignant le lit improvisé au centre de la tente, recouvert de couvertures. Ce sera plus confortable pour la suite du voyage. Nous t'aiderons à le porter, demain.

Le cœur de Mulan se réchauffa et son esprit s'apaisa. Ses amis avaient pensé à tout. Il y avait même un petit tabouret et un seau d'eau propre à côté d'une pile de tissu.

Elle trempa un morceau d'étoffe, l'essora et commença à retirer le bandage de Shang pour nettoyer sa plaie.

Yao et Ling revinrent avec deux bols de soupe brûlante.

— Je mangerai plus tard, dit Mulan.

J'ai trop à faire, pour le moment. Elle plaça une poignée de neige dans une autre pièce de tissu et l'apposa sur le front de Shang.

Ling s'accroupit à côté de son capitaine pour essayer de lui donner de la soupe.

— Il est toujours inconscient.

— Il s'est réveillé il y a une heure ou deux, mais il n'a pas repris connaissance depuis, confirma Mulan.

Elle déglutit. Elle voulait rester positive.

— Il ne saigne plus. Nous n'aurons pas à cautériser la plaie, ajouta-t-elle dans un soupir de soulagement. Et je ne crois pas qu'elle soit infectée, ce qui est une bonne nouvelle.

Sa voix s'adoucit :

— Mais je n'arrive pas à faire retomber sa fièvre.

Dehors, le vent sifflait et battait les rabats de la yourte. Mulan s'appuya contre l'un des mâts et commença à retirer son armure. Elle ne s'était même pas rendu compte à quel point elle était fourbue. Ses muscles étaient endoloris. Son corps exigeait du repos. Elle parvenait à peine à garder les épaules relevées.

— Il faut que tu manges un peu, observa Yao.

— Et que tu dormes, ajouta Chien-Po en remarquant ses cernes profonds.

Mulan secoua la tête.

— Si Shang est blessé, c'est uniquement parce qu'il a voulu me protéger. C'est à moi de prendre soin de lui.

— Nous pourrions nous relayer.

— Vous m'avez déjà été d'une grande aide. Nous avons bravement combattu, aujourd'hui. Nous avons tous besoin de repos.

Sa voix était ferme et n'appelait aucune réponse.

Yao lui tapota l'épaule.

— Très bien, Ping, dit-il à contrecœur. Mais dis-nous si tu as besoin de quoi que ce soit. Nous serons juste là.

— Merci.

Ses amis sortirent de la yourte. Mushu en profita pour s'extirper de sa cachette, dans le barda de Mulan, et la rejoindre.

La jeune femme s'agenouilla et enfouit son visage dans ses mains.

— Et s'il ne se réveille pas, Mushu ? murmura-t-elle. Et s'il meurt ?

Shang lui avait demandé de porter ses cendres à sa mère. Cette requête la hantait. Il était sûr de mourir.

— Tout est ma faute.

— Tu vas arrêter de te morfondre ? répliqua le dragon en grimpant sur la pile de tissu. Tu n'y es pour rien.

— Si j'avais été une meilleure guerrière, si j'avais été mieux préparée à l'attaque de Shan-Yu, rien de tout cela…

— Eh, fit Mushu en tendant une patte vers l'épaule de Mulan. Si tu n'avais pas été là, ils seraient *tous* morts. Ne l'oublie pas. Tu as protégé ton peuple. Tu as sauvé ta patrie. Tu ne peux pas sauver tout le monde.

Mulan ne répondit pas. Au fond d'elle, elle craignait que Mushu n'ait raison.

Mulan peinait à rester éveillée. Elle se massa les tempes. Les battements de son cœur résonnaient douloureusement dans son crâne. Elle s'était promis de veiller sur Shang toute la nuit, mais elle était à bout de forces.

Dehors, le brasier s'éteignait lentement. Elle quitta brièvement le chevet du capitaine pour raviver les flammes. Le ciel était noir, sans étoiles. Le campement était silencieux comme une tombe. Yao et Ling, qui étaient censés monter la garde, s'étaient assoupis. Elle entendit même les ronflements de Mushu lorsqu'elle retourna à sa tente. Cri-Kee était profondément endormi, lui aussi, confortablement installé sur l'estomac écailleux du dragon.

Mulan se sentit soudain très seule. Elle s'adossa à un mât et observa Shang. Il n'avait pas bougé depuis leur arrivée ; il n'avait pas émis le moindre son non plus. Le seul signe de vie était le lent mouvement de sa poitrine qui se soulevait et retombait imperceptiblement. Il arrivait aussi que son front se plisse, ou que ses joues se colorent brièvement.

Elle n'avait pas réussi à lui faire boire la soupe de Chien-Po. Chaque fois qu'elle avait porté le bol à ses lèvres, le liquide avait coulé hors de sa bouche. Une fois ou deux, il avait serré les yeux, comme s'il souffrait terriblement.

Alors elle le regarda, l'observa, guetta tout signe de réveil. En vain.

Sa soupe était froide, désormais, presque glacée. Elle en piqua la surface avec un bout de bois pointu et but quelques gorgées sous la couche de gel. Lorsque celle-ci se brisa complètement, elle inclina le bol plus franchement et avala le reste du potage.

Ce faisant, elle ferma les yeux et essaya d'imaginer qu'elle savourait la cuisine de sa grand-mère. Que n'aurait-elle donné pour un bol de bouillie de riz au poisson, assaisonné d'oignons frais et d'une cuillérée d'huile de sésame ! Elle aurait même volontiers descendu le bouillon aux herbes de sa mère ; quand Mulan était petite, Fa Li préparait du potage à la sauge rouge presque tous les jours. Elle en détestait l'odeur et l'amertume. Plutôt que la boire, elle préférait pêcher les morceaux de racines et mâcher les baies de goji délicieusement sucrées.

Sa famille lui manquait tellement.

— Si vous vous réveillez, Shang, dit-elle tout haut, je vous promets de vous inviter à déjeuner chez moi. Non, je ne ferai pas la cuisine, j'ai encore beaucoup à apprendre. Mais ma grand-mère... ma *nai nai* est la meilleure cuisinière de la région. Ses raviolis au porc sont à se damner...

Elle eut un sourire ironique à cette phrase.

— Qu'en dites-vous ?

Elle patienta, mais aucune réponse n'arriva.

Se sentant à la fois idiote et abattue, elle déposa le bol à côté d'elle. Son estomac grondait encore, mais sans l'urgence d'auparavant.

Elle s'allongea à côté de Shang, dressée sur un coude, et dégagea doucement une mèche du visage du capitaine. Il avait encore la mâchoire serrée, mais son front était lisse et sa respiration régulière. Il semblait presque apaisé.

Mulan se recroquevilla, la tête sur les mains. Elle se demanda si Shang rêvait – de sa maison, de sa famille, de ses amis. Elle l'espérait. Elle espérait qu'il se battait pour vivre encore.

Elle s'aperçut alors qu'elle ne savait presque rien de lui. Elle ignorait tout de sa famille, mis à part que son père avait été le général en qui l'empereur avait le plus confiance. Elle ne savait rien de son enfance, de ce qu'il aimait manger où lire ni même d'où il avait grandi.

En tant que commandant, Shang avait toujours évité d'être trop proche de ses hommes. Il ne participait jamais à leurs plaisanteries ou à leurs beuveries. Après les repas, il se retirait toujours dans sa tente pour étudier les cartes et les plans de bataille.

En même temps, personne ne l'invitait. Désormais, Mulan se dit qu'elle aurait aimé mieux le connaître. Elle n'avait pas compris à quel point Shang avait œuvré à ce que son régiment forme une véritable équipe. La plupart des autres capitaines ne se seraient sans doute même pas souciés de retenir son nom, mais Shang, lui, courait auprès d'elle et des autres recrues pour s'assurer que personne ne reste à la traîne. Il avait façonné les faiblesses de chaque soldat en forces. Il avait même risqué sa vie. Pour elle.

Ne pense pas à ça, songea-t-elle, misérable. *Tu parles comme s'il allait mourir.*

Elle observa sa poitrine se soulever et se baisser. Le mouvement était si faible qu'elle se demanda si elle ne l'avait pas imaginé. Elle ne l'entendait même pas respirer. Elle lui prit le poignet pour sentir son pouls.

Elle le trouva. Faible, mais bien présent.

— Shang vivra, murmura Mulan en ravalant un sanglot. Il vivra.

Mais elle n'arrivait même plus à s'en convaincre. Sa gorge était si nouée qu'il lui était de plus en plus douloureux de ravaler ses émotions. *Il vivra.*

Des larmes chaudes roulèrent sur ses joues. Elle se rassit et essuya son visage, le goût salé de ses pleurs silencieux au coin des lèvres.

Ses mains tremblaient, sa tête tournait. La fatigue l'avait rattrapée. Elle s'en voulut de douter du destin de son capitaine.

J'ai besoin de dormir, la supplia son corps. *Juste un peu. Juste une minute.*

Non. Le monde chancela. Ses paupières étaient à moitié closes. *Je dois veiller sur Shang. Je. Le. Dois.*

Tu ne pourras pas t'occuper de lui si tu ne t'occupes pas de toi-même. Dors. Juste un peu.

Juste un peu.

Finalement, Mulan rampa dans un coin de la yourte et s'appuya contre un mât. Elle croisa les bras sur sa poitrine et étira ses jambes sur l'herbe recouverte de givre. Sa respiration ralentit.

Elle ne savait pas combien de temps elle avait dormi – quelques minutes ou plusieurs heures – quand un courant d'air lui caressa la joue et la réveilla.

La lueur de la lune filtrait à travers ses paupières. Les battants de la tente s'étaient-ils dénoués ? Paniquée, Mulan se redressa d'un bond pour refermer la yourte et se protéger de la brise.

Soudain, elle s'immobilisa.

Ce n'était pas la lueur de la lune. Ni le battant de la tente.

C'était un homme, penché sur le corps de Shang. Il portait un uniforme militaire, mais pas celui de leur régiment. Pourtant, ils devaient être à plusieurs jours de marche du village le plus proche. Voilà qui était étrange.

Plus étrange encore, l'homme luisait. Était-elle en train de rêver ? Mulan se frotta les yeux. Il luisait toujours.

De la tête aux pieds, il irradiait d'une douce lueur bleuâtre, comme si quelqu'un avait déposé une lanterne au fond de l'océan. Son visage fantomatique était si éclatant que Mulan ne parvenait pas à discerner ses traits. Sa voix était grave et harmonieuse.

— Ne meurs pas, je t'en prie, dit-il à Shang. Ton heure n'est pas encore venue.

Mulan se leva doucement, en faisant bien attention à rester dans l'ombre. Elle ne reconnaissait pas l'étranger. Son uniforme était bleu, comme tout son corps. Elle n'arrivait même pas à identifier son rang. Elle constata toutefois que son armure était de bien meilleure qualité que celle de Shang, ce qui laissait penser qu'il s'agissait d'un officier haut placé.

Un général !

— Mon fils, dit l'homme. Peux-tu m'entendre ?

Mulan retint sa respiration. *Mon fils ?* Était-ce… le général Li ?

Non, c'est impossible. Le général est mort. Je dois être en train de rêver. Je suis si fatiguée que je ne sais même plus distinguer le rêve de la réalité. Elle recula dans son coin. Le corps du général scintillait toujours d'un éclat aqueux. Ses bottes, remarqua Mulan, touchaient à peine le sol.

Il n'est pas réel. Je devrais me rendormir.

Mais elle en fut incapable. Pas tant que le général Li pleurait au chevet de son fils. Elle vit ses épaules tressauter à chaque expiration. Sa respiration était saccadée, accablée de chagrin, ce qui toucha profondément Mulan. Si ce fantôme, *cet esprit*, était vraiment celui du père de Li, elle se devait de faire tout ce qui était en son pouvoir pour apaiser leur souffrance. À tous les deux.

Elle fit un pas en avant. Si le général Li la vit, il n'en montra aucun signe. Il était entièrement tourné vers son fils.

— Te souviens-tu, Shang, lorsque tu étais enfant ? Tu étais déjà mon élève le plus brillant. Te souviens-tu quand ta mère te houspillait parce que tu étudiais l'histoire militaire au lieu de la littérature classique ? Ou quand tu as transformé sa cithare en cible pour ton instruction à l'arc ? J'ai dû te réprimander mais, au fond de moi, j'étais si fier. Tu n'avais peur de rien, si ce n'est de me décevoir. Et lorsque est enfin venue l'heure que tu conduises ton propre régiment à la bataille, j'ai nourri de grands espoirs. Mais je n'aurais jamais dû sous-estimer l'armée de Shan-Yu. J'ai causé ta perte, mon fils.

Mulan serra les lèvres. Comment parler à un fantôme ?

— Général Li ?

Le père de Shang se tourna vers elle. Elle laissa échapper un hoquet de surprise. La ressemblance entre le père et le fils était frappante : ils avaient le même regard sombre et pénétrant, la même mâchoire carrée, la même expression sincère. Mais, contrairement à Shang, ses cheveux étaient déjà striés de gris au-dessus des tempes, et une barbe soigneusement taillée soulignait les contours de son visage.

Mulan se ressaisit.

— Je m'appelle Ping. Je suis le…

Elle hésita. *La recrue ? Le soldat ?*

— Je suis l'ami de votre fils.

En entendant cela, l'expression du général se radoucit. Il inclina la tête.

— Ah. Je vois. Merci de veiller sur lui, Ping. Tu pourras très bientôt prendre congé.

Mulan grimaça à ces mots. Que voulait-il dire par « prendre congé » ? Shang allait-il mourir ?

Elle voulut lui demander, mais la question resta bloquée dans sa gorge. Au lieu de cela, elle dit :

— Général Li, pardonnez-moi, mais… comment pouvez-vous être là ?

— Shang ne passera pas la nuit, l'informa tristement le général sans répondre à sa question. Il me rejoindra bientôt dans l'au-delà.

— Monsieur, croassa Mulan, la voix cassée. Que dites-vous ? Vous ne pensez tout de même pas que le capitaine Li va…

— Si, l'interrompit le général. Je te remercie pour tout ce que tu as fait. Tu n'aurais pas pu le sauver. L'esprit de Shang est déjà en route vers le Diyu. À l'aube, il sera passé dans l'autre royaume.

Le Diyu. Sa grand-mère lui avait raconté des histoires sur le royaume des morts lorsqu'elle était petite. Elle lui avait expliqué que toute personne, bonne ou mauvaise, descendait au Diyu après sa mort pour y être jugée. Là, le roi Yama, le dieu du Diyu, jugeait sa vie sur Terre et déterminait combien de temps celle-ci resterait dans le royaume des morts sous forme de fantôme. Certains patientaient un an, d'autres plusieurs siècles. Certains n'en repartaient jamais et finissaient par se changer en démons.

« Sois gentille ou Yama te transformera en démon ! » lui disait souvent grand-mère Fa. « Respecte tes ancêtres, sans quoi aucun esprit ne viendra t'accueillir au Diyu pour te guider dans le monde souterrain. »

Mulan cligna des yeux. Tous ces récits… ce n'étaient que des légendes. N'est-ce pas ?

— Non, murmura-t-elle en secouant la tête. Non. Il doit y avoir un moyen de le sauver.

— Je crains que non.

— Vous êtes un esprit, raisonna-t-elle. Et pourtant, vous avez réussi à franchir la barrière entre ce monde et le Diyu. Vous devez connaître un moyen pour que j'aide Shang.

Le général Li hésita. Son visage était marqué par la tristesse.

— Je ne devrais pas être là. Ma famille te doit sa gratitude éternelle, Ping, pour avoir veillé sur Shang dans ses derniers instants…

— Non ! s'exclama encore Mulan. Votre famille ne me doit rien du tout.

Elle serra les poings et prit une profonde inspiration.

— C'est moi qui suis reconnaissant envers Shang. C'est à cause de moi qu'il se meurt. Votre fils m'a sauvé contre Shan-Yu. Sans lui, c'est moi qui serais mort. J'ai une dette envers lui et je ferai tout ce qu'il faut pour qu'il vive.

Le général la toisa.

— Tout ce qu'il faut ?

— Oui, souffla-t-elle. Dites-moi s'il existe un moyen. J'ai entendu ce que vous disiez. Ce n'est pas son heure. Votre fils est un homme bon. Aidez-moi à le sauver. Je vous en supplie.

Le général Li se frotta la barbe.

— Il existe un moyen, dit-il enfin. Mais c'est impossible.

— Je vous écoute.

— La seule solution, c'est de convaincre le roi Yama de changer d'avis, expliqua l'esprit. Mais le nom de Shang est déjà inscrit sur le registre de jugement de Yama. Il ne peut en être effacé.

— Rien n'est impossible tant que l'on n'a pas essayé, dit-elle sur un ton plus déterminé que jamais. J'y arriverai.

— Tu fais preuve d'un courage extraordinaire, jeune homme.

Une pointe d'espoir releva très légèrement la voix du général. Il hocha la tête.

— J'imagine que tu en auras besoin, si tu veux sauver mon fils. Mais je te conseille tout d'abord de te réveiller.

Mulan fronça les sourcils et inclina la tête.

— Pardon ?

Sa vue se troubla. Le son d'un grand gong résonna soudain. Elle se réveilla d'un coup et se cogna la tête contre le mât de la tente derrière elle. Ses oreilles tintaient et bourdonnaient. Elle se massa les tempes.

Elle était dans un coin de la yourte, son armure empilée à côté d'elle. Pourtant, il lui semblait bien s'être levée.

Elle donna un coup de pied frustré dans le sol. *Tout cela n'était donc qu'un rêve ?*

Elle se redressa et observa Shang. Il était immobile mais respirait encore.

C'était un soulagement. Elle se souvint ensuite des paroles du général Li : Shang ne passerait pas la nuit.

Mulan jeta un coup d'œil hors de la tente. La nuit était encore noire. Il n'y avait toujours pas la moindre étoile en vue. Le soleil ne se lèverait pas avant plusieurs heures encore.

Elle se rassit, croisa les bras et frissonna. Mushu et Cri-Kee étaient toujours endormis. Aucun gong n'avait sonné.

Je deviens folle, se dit-elle. *D'abord, je rêve du général Li, et maintenant, ça.*

C'est alors que…

— *PINGGGGG*, rugit une bête.

Le gong résonna de nouveau. Un autre rugissement.

— *PINGGGG !*

Chapitre cinq

Mulan enfila son armure à la hâte et empoigna son épée, puis repoussa le battant de la tente pour faire face à l'homme – ou à la chose – qui l'appelait.

Mais il n'y avait rien ni personne.

Le campement était toujours aussi immobile. Même les braises du feu s'étaient éteintes, désormais. Tout était sombre. Seul le ronflement régulier des soldats rythmait la nuit.

Mulan fronça les sourcils. Elle aurait pourtant juré avoir entendu quelque chose. Elle s'était probablement trompée. Alors qu'elle faisait demi-tour pour retourner auprès de Shang, elle entendit un bruissement non loin.

— Te voilà enfin, gronda une voix profonde.

Mulan pivota immédiatement, l'épée levée. Elle s'attendait presque à voir les Huns encerclant le bivouac. Mais elle était toujours seule.

Du moins, en apparence.

— Arrête donc de rêvasser !

L'intrus parlait si fort qu'il aurait dû réveiller tous les soldats, mais personne ne réagit. N'entendaient-ils pas cette voix tonitruante ?

— Es-tu un soldat ou une tombe ? Personne ne t'a donc expliqué que le temps presse ?

Mulan s'aventura dans le campement en direction de la voix. Elle évita prudemment ses compagnons profondément endormis et avança vers un large tronc, dans un coin encore plus sombre.

— Qui est là ? Montre-toi !

L'intrus gronda.

— Me montrer ? Je suis juste devant toi ! Lève la tête.

Mulan leva les yeux et sursauta. Ce n'était pas un tronc, mais un gigantesque lion de pierre ! Il était aussi grand que Khan et aussi large que sa tente. Ses yeux ronds étaient vifs comme des kakis. Un grand pendentif de jade était accroché à son cou. Il contracta ses pattes antérieures dans la neige et révéla des griffes aussi acérées que des dagues.

Mulan brandit de nouveau son épée et ouvrit la bouche, prête à appeler ses camarades, mais le lion de pierre bougea. Il avança sous la lueur de la lune.

— Qui… qui es-tu ? balbutia-t-elle.

— Mon nom est ShiShi, indiqua fièrement le lion.

Il scruta le visage de Mulan, comme s'il s'attendait à ce qu'elle soit impressionnée. Elle garda le silence.

— Je suis le gardien de la famille Li. Je veille sur tous les héros Li depuis plus de vingt générat…

— Alors… tu es là pour Shang ? l'interrompit Mulan.

Elle jeta un coup d'œil vers sa yourte, où Mushu, son propre protecteur, dormait sur ses deux oreilles.

ShiShi inclina légèrement la tête :

— Tu n'espérais quand même pas y arriver seul, n'est-ce pas ? demanda-t-il en plissant les yeux et en reniflant Mulan avec dédain. Pas étonnant que le général m'ait invoqué. Tu es plus chétif que je ne le pensais. Frêle et en retard : deux qualités inquiétantes pour un soldat.

Mulan ignora les insultes. Elle analysait les paroles de ShiShi. L'espoir rejaillit dans son cœur.

— C'est le père de Shang qui t'envoie ?

— Tu as promis d'aider son fils, n'est-ce pas ? Je suis là pour t'aider à tenir ta promesse… Même si je commence à me demander si ce n'est pas une quête vaine. Tu n'es pas de taille pour le royaume des morts.

— Il n'y a qu'une manière de le savoir, rétorqua Mulan. Acceptes-tu de m'y conduire ?

— Monte sur mon dos, souffla le lion. Fais attention en attrapant mes tresses. Et ne tire pas sur ma crinière.

La crinière en question était épaisse et bouclée, même si elle était sculptée dans la pierre. Mulan attrapa l'une des tresses ondoyantes, puis eut un instant d'hésitation. Devait-elle réveiller Mushu pour qu'il l'accompagne aussi ?

Non, il ferait tout pour me dissuader d'y aller. Il dirait que c'est trop dangereux.

Danger ou pas, elle avait fait son choix. Si elle avait une chance de sauver Shang, elle devait la saisir.

— Dépêche-toi, petit soldat, aboya ShiShi. Nous n'avons pas beaucoup de temps.

Mulan saisit la tresse du lion et monta sur son dos. Avant qu'elle n'ait le temps de poser une autre question, ShiShi poussa un rugissement assourdissant.

Soudain, la terre se mit à trembler et le sol se déchira sous leurs pieds. Mulan eut un mouvement de recul. Son épée lui échappa et s'enfonça dans la neige.

— Mon épée ! s'écria Mulan en voulant descendre de ShiShi. Attends, c'est celle de mon père !

Ses cris étaient recouverts par le rugissement de la terre. ShiShi ne l'entendit pas.

— J'espère que tu as l'estomac bien accroché, petit soldat ! cria-t-il.

Sans plus attendre, il plongea dans l'abîme.

Ils tombèrent ainsi dans les profondeurs de la Terre jusqu'au Diyu, le royaume des morts.

Chapitre six

Mulan serrait si fort la tresse de ShiShi des deux mains que ses articulations blanchirent. Non pas qu'elle pouvait les voir ; elle aurait tout aussi bien pu avoir les yeux fermés. La chute vers le Diyu était si obscure qu'elle n'aurait su dire s'ils tombaient effectivement, ou si ShiShi bondissait dans un tunnel invisible.

En fin de compte, c'était peut-être une bonne chose qu'elle n'ait pas trop mangé. Même l'estomac vide, elle sentit ses entrailles rouler et tourner dans son ventre.

Sois forte, se dit-elle. *Sois forte pour Shang.*

Elle ne savait pas combien de temps elle avait gardé le visage appuyé contre la nuque de pierre de ShiShi. Le temps semblait s'étirer et se contracter à la fois. Elle ne pouvait rien faire d'autre qu'avaler de grandes bouffées d'air pendant qu'ils s'enfonçaient dans le néant.

Avec un bruit sourd, ShiShi atterrit délicatement sur ses pattes.

— Toujours là, petit soldat ?

Mulan reprit son souffle et attendit un instant que son estomac cesse de s'agiter.

— Toujours là.

Le lion grogna pour indiquer, à sa manière, qu'il était à la fois impressionné que sa cavalière soit toujours en un seul morceau et déçu que la chute ne l'ait pas complètement terrifiée.

— La plupart des hommes sont malades pendant la descente.

Je ne suis pas un homme, se dit Mulan, mais elle garda le silence et mit pied à terre. Il faisait encore sombre. Il lui fallut un moment avant de remarquer que ShiShi avait changé.

— Tu es…

Son corps de pierre s'était évaporé, cédant la place à une épaisse fourrure ondulée et à une crinière flamboyante et touffue.

— Oui, oui, coupa ShiShi. C'est ainsi que tu me verrais si j'étais ton protecteur. Je sais, je suis splendide. Remercie la magie de cet endroit, qui te permet de me voir sous ma véritable apparence. Autrement, cet honneur échappe à ceux qui ne sont pas de la famille Li.

Dans l'obscurité, Mulan leva les yeux au ciel. Même Mushu n'était pas aussi arrogant.

Elle épousseta son pantalon et inspira profondément. L'air était humide et poisseux, mais il faisait plus chaud ici. Après avoir passé tant de temps dans la neige, elle avait presque oublié qu'il était possible de ne pas être transi de froid.

Ses yeux s'habituèrent lentement à la faible luminosité. Des stalactites pointues pendaient du plafond. Dans l'obscurité, elles brillaient comme des lames d'acier, mais lorsqu'elle tendit la main pour en toucher une…

— Du calcaire, murmura-t-elle.

Ils étaient dans une grotte.

— Est-ce le Diyu ?

— Pas encore, répondit ShiShi d'une voix basse mais dure.

Un peu plus loin devant eux se trouvaient des portes vermillon qui étincelaient sur les pierres érodées de la caverne. Shishi les indiqua d'un geste de la tête.

— Dépêche-toi, il vaut mieux ne pas…

— Se faire remarquer, termina Mulan.

Des ombres vacillaient non loin. Des bruits de pas, qui n'étaient pas les leurs, résonnaient dans le noir. Mulan serra la mâchoire en comprenant qu'ils n'étaient pas seuls.

Une horde de créatures monstrueuses les encercla aussitôt. Leurs yeux luisaient comme des lunes jaunes frappées de pupilles rouge sang. Certaines avaient des cornes, d'autres des écailles ou une fourrure aussi épaisse que celle d'un ours. Pourtant, en dépit de leur apparence bestiale, elles se tenaient debout sur leurs jambes et avaient deux ou quatre bras. Presque comme des humains.

Des démons.

— Pas d'intrus ! sifflèrent-ils en pointant leurs lances et leurs épées vers la gorge de Mulan et de ShiShi. L'entrée est interdite.

ShiShi renâcla à la face des démons.

— Je suis là pour affaires.

— Pas d'intrus. Tous les intrus doivent mourir.

— Eh bien, pour ma part, c'est impossible, fanfaronna le lion. Je suis fait de pierre.

Les démons étaient des gardes, comprit Mulan. Elle jeta un coup d'œil à la double-porte rouge écarlate. Il s'agissait sans doute de l'entrée du Diyu.

— Celui-là est encore vivant, constata l'un des démons en dévisageant Mulan.

Des cheveux blancs dépassaient de son crâne bleuté. Contrairement aux autres, il brandissait *deux* armes. Il la renifla. Mulan regretta d'avoir perdu son épée.

— Encore frais.

Les autres démons se tournèrent également vers elle.

Parfait.

Encerclée, Mulan recula contre la paroi de la grotte. Avant que les démons ne soient trop près, elle sauta et décrocha rapidement une stalactite. Elle tint son arme de fortune levée au-dessus de sa tête, prête à frapper toute créature qui oserait s'en prendre à elle. Mais ils étaient si nombreux !

Ils sont probablement plus forts que des hommes, se dit-elle. Elle observa leurs muscles gonflés, leurs griffes incurvées et leurs dents pourries, mais non moins tranchantes.

— Nous sommes là pour voir le roi Yama, cria Mulan. Laissez-nous passer.

— Aucun intrus, répétèrent les démons. Surtout s'ils sont *humains*.

— Ne savez-vous donc pas qui je suis ? gronda ShiShi en battant de sa queue pour éloigner les démons.

Il montra les crocs :

— Je suis le légendaire gardien de l'honorable famille Li. Maintenant, ouvrez les portes et laissez-moi passer avec ce garçon – ou la colère du roi Yama sera terrible.

Quelques gardes hésitèrent.

— Il vous punira tous, confirma Mulan. Il… Il…

— Il vous jettera dans la Montagne de Feu, menaça ShiShi. Ou mieux encore – dans le Fleuve du Désespoir !

Mulan ignorait complètement de quoi parlait ShiShi, mais ses menaces faisaient visiblement effet. La peur et le doute firent vaciller les yeux globuleux des démons. Ils hésitèrent encore, puis baissèrent leurs armes.

— Et le mortel ? s'enquit le démon bleu en penchant la tête vers Mulan.

— C'est mon petit soldat, répliqua aussitôt ShiShi. Il n'est pas… complètement humain. Dans ses veines coule le sang des fées.

— Mais il est si… petit.

— Je suis plus fort que j'en ai l'air, répondit Mulan.

Elle adressa un violent coup de pied au démon le plus proche et brisa le manche de sa lance en deux.

Le démon bleu ne parut pas convaincu, mais il baissa ses armes.

— Qu'il en soit ainsi. Nous laisserons le roi Yama décider de votre sort. Ouvrez les portes et faites-les traverser le pont.

Le pont ?

Le démon bleu arracha la stalactite des mains de Mulan et la broya entre ses doigts. Un autre la poussa vers les portes rouges. Les autres démons piétinaient derrière eux et frappaient les stalactites de leurs lames comme si tout cela n'était qu'un jeu.

Même dans la grotte sombre, la peinture vermeille des portes était éblouissante et contrastait avec l'environnement. Il n'y avait ni poignées ni barres ; aucun moyen de les tirer ni de les faire coulisser. Des figures de démons en bronze ornaient les panneaux de bois. Les yeux de ces médaillons flamboyaient d'un éclat malsain. Mulan aurait juré qu'ils l'observaient. Certains visages souriaient, quelques-uns grimaçaient, mais la plupart arboraient un rictus cruel.

— Regarde, murmura ShiShi à côté d'elle. Les Portes du Diyu. Le passage vers l'au-delà.

Deux soldats démoniaques encadraient la porte. Ils martelèrent le sol de leurs bottes. Puis ils appuyèrent en même temps sur plusieurs médaillons en bronze, si rapidement que Mulan ne put voir lesquels. Les portes tremblèrent bruyamment et s'écartèrent lentement.

Dès que l'ouverture fut assez grande pour que Mulan s'y faufile, les démons la poussèrent de l'autre côté. ShiShi se matérialisa près d'elle.

— Ferme la bouche, ricana le démon bleu. Tu es dans le royaume des morts, désormais.

Les Portes du Diyu claquèrent derrière eux. Mulan ne se retourna pas : le spectacle qui s'étendait devant elle lui fit presque oublier la salle précédente.

Elle en avait le souffle coupé. Ils se trouvaient sur une saillie, dans une gigantesque chambre caverneuse. Celle-ci était si haute que la voix du démon résonna plusieurs minutes et si profonde qu'elle distinguait le bruit d'une rivière en contrebas. Elle parvenait à peine à voir le bout de cette grotte béante.

C'était justement leur destination. Les démons poussèrent Mulan en avant, vers un pont pavé qui s'élevait au-dessus du gouffre.

— Le Pont-sans-retour, s'émerveilla ShiShi. Peu l'ont traversé et en sont revenus. Comme son nom l'indique, c'est le point de non-retour, petit soldat.

L'avertissement de ShiShi n'effraya pas Mulan. Toute son attention était portée sur les démons, qui semblaient déterminés à la faire trébucher. Elle regarda scrupuleusement où elle posait les pieds sur les trois marches qui conduisaient au pont. La roche, d'un gris délavé, était lisse et plate, probablement usée par les va-et-vient incessants des démons.

Le Pont-sans-retour était une construction impossible en-dehors du Diyu. Mulan s'en rendit compte avant même d'en commencer la traversée. Il n'était retenu par aucune corde, aucun mât. Pourtant, il était si long que Mulan n'en voyait pas le bout.

Les démons la forcèrent à ouvrir la marche. ShiShi lui emboîtait le pas. Mulan se sentait ridiculement petite dans l'ombre gigantesque du lion, qui était d'ailleurs presque aussi large que le pont lui-même. Mulan n'y prêta pas vraiment attention : il y avait bien trop de vide devant elle… et sous elle.

Le garde-fou était aussi trop bas pour la rassurer. Mulan n'avait jamais eu le vertige, mais un simple coup d'œil dans le vide suffit à raidir les muscles de ses jambes. Il était impossible d'évaluer la hauteur. Sous leurs pieds, d'innombrables niveaux descendaient dans l'obscurité, entre arêtes et falaises escarpées, déserts rocheux et villages envahis par les fantômes et les démons. Elle aperçut, loin en contrebas, la Montagne de Feu que ShiShi avait mentionnée. D'insupportables cris remontaient de cette direction. Le fleuve dont il avait parlé était également là. Ses flots noirs déferlaient dans le lit tortueux qui découpait le paysage escarpé.

Des torches en bois illuminaient faiblement le pont. Les flammes dansaient comme des lucioles apeurées dans des lanternes. Mulan tenta de garder une trace de leur progression en comptant les torches, mais elle arrêta après cent huit.

Elle avait du mal à imaginer que, quelques heures plus tôt, elle escaladait les pentes enneigées du col de Tung-Shao et avait tiré au canon avec Mushu sur son épaule. Sa formation de soldat ne l'avait pas préparée à visiter l'au-delà ni à affronter des démons dans des grottes magiques – et qui savait quoi encore.

Malgré la présence du fier protecteur des Li à ses côtés, Mulan doutait de pouvoir survivre dans le Diyu, et même de pouvoir sauver Shang. Son gardien lui manquait. Bien sûr, ShiShi comptait des siècles d'expérience auprès des plus grands héros militaires que la Chine avait connus, mais Mushu, lui, la comprenait. Et il connaissait son secret. Elle ne savait pas si ShiShi accepterait encore de l'aider s'il apprenait qu'elle était une femme. Une femme soldat, qui plus est.

Et Shang ? Resterait-il ? se demanda-t-elle en se souvenant à quel point elle avait voulu lui dire toute la vérité lorsqu'il avait repris conscience, avant d'arriver au bivouac.

Un éclat attira son regard sur le côté. La lumière se faisait plus intense au fur et à mesure qu'ils avançaient sur le Pont-sans-retour, mais elle n'arrivait pas à en trouver la source.

— ShiShi, tu vois ça ? demanda-t-elle en regardant le lion par-dessus son épaule. Ces lumières, sur les pierres de la grotte.

— Je ne vois rien du tout, répondit le lion.

— Les lumières, on dirait qu'elles rebondissent sur quelque chose… Comme de grands éclats de verre… ou des miroirs.

— Peut-être, concéda ShiShi, mais les miroirs seront le cadet de nos soucis dans le Diyu, petit soldat. Personne ne nous aidera à sauver Li Shang.

Puis le lion tourna la tête vers le démon bleu et grogna férocement :

— Arrête de me pousser !

Mulan observa les démons. Ils avaient calé leur cadence sur ses pas, mais ralentissaient, maintenant. Quelque chose bloquait leur progression.

Pas quelque chose, comprit Mulan en avançant. Quelqu'un. *Des esprits.*

Quatre fantômes étaient assis en tailleur autour d'un plateau de mah-jong, au milieu du pont. Ils semblaient s'ennuyer. Ils émettaient une lueur jaune orangé, et non bleue comme le général Li. Mulan se demanda si les couleurs avaient un sens.

L'esprit situé au nord fut le premier à la voir. Un rictus se dessina sur son visage. Il donna un petit coup de coude à son voisin de gauche. Ils se redressèrent en même temps, croisèrent les bras et flottèrent vers Mulan.

— Où crois-tu aller, gamin ?

— Tu ne peux traverser le Pont-sans-retour si tu es vivant.

— Je suis là pour affaires, répondit Mulan en reprenant les termes de ShiShi.

— Pour affaires ? s'étonnèrent les fantômes, avant de se tourner vers les démons qui escortaient Mulan et ShiShi.

— Qui est-ce ? demanda l'un des esprits – une femme. Qui conduisez-vous au Diyu ?

— Je m'appelle Ping, répondit directement Mulan. Je suis là pour voir le roi Yama.

Elle passa au milieu des fantômes qui la suivirent.

— Le roi Yama n'aime pas les visiteurs.

— Surtout pas les visiteurs *vivants*, précisa l'un des fantômes en toisant les démons. Tu devrais le savoir, Languai.

Languai, le démon bleu auquel semblaient obéir tous les autres, cracha :

— Va-t'en. Occupe-toi de tes affaires.

— Nous gardons le pont, tout comme toi, lui rappela le fantôme.

— Peut-être que nous devrions le faire passer par-dessus bord ? suggéra un autre. Alors il ne serait plus vivant. Yama préférerait probablement ça.

— Vous ne ferez rien de tel, gronda ShiShi. Le garçon m'accompagne. J'ai une audience avec Yama.

Le fantôme le plus âgé leva un sourcil.

— Une audience ? Voilà qui est inhabituel, s'étonna-t-il en tournant autour de ShiShi. Et avec un gardien, rien que ça.

— Ne sois pas si dur avec le garçon, le sermonna la femme en adressant un sourire doux et triste à Mulan. Il me fait penser à mon fils ; c'était un soldat, lui aussi. Laisse-le passer.

— Oui, laisse-le passer, approuva un autre fantôme. J'ai envie de savoir ce que Yama pense de lui. Il ne se passe jamais rien, ici.

Le fantôme à lunettes fronça les sourcils. Son aura était la plus lumineuse des quatre, aussi vive que les yeux de ShiShi. Il scruta Mulan.

— Il y a quelque chose de différent en lui.

— Tu dis toujours ça, Jiao.

— Non, vraiment. Mais je ne saurais dire quoi.

— Le gardien a dit qu'il avait du sang de fée, précisa un démon.

— Non, c'est autre chose. Il y a quelque chose. Je le sens.

— Tu ne sens rien, tu es mort.

Tandis que les spectres se chamaillaient, les démons poussèrent Mulan en avant.

— Stupides jacteurs, grommela Languai à demi-mot. Tu peux être fier, tu as attiré l'attention des fantômes.

— C'est une mauvaise chose ? demanda Mulan.

Le démon se contenta d'un rire malicieux :

— Tu verras.

Jiao, le fantôme à lunettes, l'observait toujours. Une expression intriguée se dessina sur son visage translucide.

— Gardons-le à l'œil. Ce n'est pas tous les jours qu'un étranger visite le Diyu. Je suis persuadé qu'il n'est pas comme les autres.

Mulan déglutit. Elle savait bien qu'elle n'était pas comme les autres, mais comment un fantôme aurait-il pu *sentir* qu'elle était une femme ?

Languai enfonça la garde de son épée dans le flanc de Mulan.

— Arrête de lambiner. On ne va pas y passer la nuit.

Mulan grimaça. *La nuit*, répéta-t-elle intérieurement.

Elle leva la tête pour voir le sommet de la grotte. Il y avait une ouverture, juste assez grande pour laisser entrevoir un filet de lumière lunaire. En plissant les yeux, elle devinait la silhouette de l'astre. Elle était pleine et lumineuse, telle une perle dorée sur le ciel noir.

Il fait encore nuit, se dit-elle. *J'ai jusqu'au matin pour sauver Shang.*

Elle accéléra le pas, imposant sa cadence aux démons.

— Je n'ai jamais vu de mortel aussi impatient de rencontrer le roi Yama, marmonna Languai derrière elle.

Un autre démon renifla.

— C'est parce qu'il ne sait pas. Regarde-le courir à sa perte. Même si Yama ne le tue pas, il ne fera pas de vieux os, au Diyu.

Mulan ignora les démons. Leurs paroles ne l'effrayaient pas.

Elle avait franchi le Pont-sans-retour en connaissant pertinemment le prix à payer : une fois dans le royaume des morts, le monde de la surface ne serait pour elle rien d'autre qu'un rêve lointain dans un sommeil dont elle ne pourrait plus jamais sortir.

Peur, culpabilité, chagrin : elle avait enfoui toutes ces émotions quand le général Li lui avait annoncé qu'elle avait une chance de sauver Shang. Désormais, à quelques enjambées des Enfers, la flamme de son courage se ranima. De même que celles de l'espoir et de la détermination.

Elle espérait seulement que cela suffirait.

Chapitre sept

Chaque fois que Mulan pensait avoir atteint le bout du pont, elle se fourvoyait. Le chemin de pierre semblait se prolonger à l'infini. Par moments, elle avait même l'impression de courir sur les écailles d'un dragon qui ne cessait de grandir et de grandir pour l'empêcher d'atteindre sa queue.

Si ce chemin visait à mettre sa détermination à l'épreuve, Mulan releva le défi haut la main. Finalement, le nombre de torches sur le pont décrut sans que de nouvelles viennent les remplacer. *Douze, onze, dix…* et puis, *enfin !* Mulan découvrit l'autre rive de cette gigantesque caverne.

Elle descendit du Pont-sans-retour et s'arrêta pour reprendre son souffle. Quand elle leva les yeux, elle s'étonna de voir le ciel.

J'imagine que nous ne sommes plus sous terre, songea-t-elle en cherchant la lune parmi les nuages argentés. Le ciel avait quelque chose de paisible – et de magnifique –, ici. Les étoiles paraissaient plus proches ; elle ne les avait jamais vues briller aussi fort. Elle ignorait s'il s'agissait des mêmes cieux que ceux qu'elle connaissait, ou si tout cela n'était qu'une voûte tissée uniquement pour le Diyu. Elle penchait pour la deuxième possibilité.

Des ombres vacillèrent devant elle. Derrière, les démons peinaient à tenir le rythme et étaient essoufflés.

Elle ne les attendit pas, ni même ShiShi. Elle continua son chemin et franchit un passage illuminé de lanternes, surveillé par des sentinelles démoniaques. Les murs s'étiraient aussi loin que portait le regard. Le sol s'élevait progressivement, formant une colline dans laquelle des centaines de marches de pierre avaient été taillées. Elle ne pouvait voir ce qui l'attendait au sommet, masqué par la plus longue file qu'il lui avait été donné de voir. Des âmes.

Il devait y en avoir des milliers. Non, des *centaines de milliers*.

— Qu'attendent-ils ?

Languai, le premier à la rattraper, ricana de sa question.

— De voir le roi Yama, bien sûr ! Tu ne croyais pas être le seul à avoir rendez-vous ! Tu seras mort juste à temps pour le rencontrer.

Les démons gloussèrent de la naïveté de Mulan. Une fois encore, elle ignora leurs moqueries et se tourna vers ShiShi.

— Ces personnes sont mortes récemment, murmura-t-il.

Les visages des âmes témoignaient de leur chagrin ou de leur surprise, comme si elles venaient tout juste de découvrir qu'elles avaient perdu la vie. Bon nombre de fantômes avaient des flèches plantées dans la poitrine ou d'autres terribles blessures de guerre. Certains avaient dû être empoisonnés. Beaucoup étaient simplement très âgés.

— Attends-moi ici, ordonna Mulan à ShiShi pour qu'il garde sa place dans la fille.

— Où vas-tu ? aboya le grand lion.

Mulan se fraya un chemin dans la foule en direction d'une saillie rocheuse d'où elle pourrait voir la colline du roi Yama. Les sentinelles-démons étaient trop occupées à faire respecter l'ordre dans la file pour la remarquer : les fantômes étaient effectivement bavards et chamailleurs les uns avec les autres, remarqua Mulan. Peut-être s'ennuyaient-ils.

Une dizaine de places devant ShiShi, elle crut reconnaître quelques Huns qui avaient péri dans l'avalanche. Mais elle ne vit pas Shan-Yu.

— Ping ! cria quelqu'un. Ping, c'est bien toi ?

Mulan fouilla la foule des yeux en reconnaissant la voix. C'était l'un des soldats qui combattaient avec elle la veille encore. Elle ne s'était pas trouvée près de lui, puisqu'elle était restée avec Ling, Yao et Chien-Po, mais l'entraînement intense imposé par le capitaine Li avait créé des liens entre toutes les recrues. Mulan descendit de son rocher.

— Xiaobo ? fit-elle, la voix étranglée.

Il n'avait pas changé : sa fine moustache noire descendait toujours le long de son menton, et son ventre protubérant dépassait de son armure. Il se tourna pour qu'elle voie la flèche qui dépassait de son dos.

— Les Huns ne m'ont pas raté.

— Je suis désolé, murmura Mulan.

— Ne t'en fais pas, dit-il avec un haussement d'épaules. Ça ne fait plus mal. Et puis, il y a Lei et Xing qui me tiennent compagnie.

Il fit un pas sur le côté et Mulan découvrit les deux autres soldats de son régiment. Malgré les sourires qu'ils arboraient, eux aussi étaient tombés sous la volée de flèches des Huns. Son cœur se serra.

Nous avons quitté le col si vite, nous n'avons même pas eu le temps de pleurer nos camarades tombés au combat. Trop d'entre eux ont péri. Elle regarda Lei, Xiaobo et Xing. *J'aurais voulu avoir la chance d'apprendre à les connaître.*

— On dirait que tu viens d'arriver, remarqua Lei. Ne t'inquiète pas, on va t'expliquer.

— Tous ces Huns qui apparaissent dans la file, ajouta Xing en montrant les guerriers derrière lui. Il y en a des centaines. Ils frissonnent, comme s'ils avaient été ensevelis sous la neige.

Puis il donna un petit coup de coude complice à Mulan avant d'ajouter :

— Est-ce que ça veut dire ce que j'imagine ?

Elle acquiesça lentement.

— Ils nous ont tendu une embuscade, mais nous avons réussi à les vaincre.

Le visage de Ling s'illumina.

— Oui ! Je savais qu'on gagnerait !

Contrairement à ses compères, Lei ne semblait pas particulièrement réjoui. Il ne quittait pas des yeux la flèche qui dépassait de son estomac.

— Ping, tu es mort pendant la bataille, toi aussi ?

Mulan préféra ne pas répondre directement.

— Je dois parler au roi Yama, dit-elle en choisissant ses mots prudemment. Vous attendez de le voir aussi ?

— Oui, il n'y a rien de pire, indiqua Xing. J'étais plutôt bon, de mon vivant. Enfin, je crois. Je n'ai jamais mangé plus que ma portion de riz, je n'ai jamais causé de souci à ma mère et je n'ai même pas pleuré ni juré quand j'ai été enrôlé. Ni même quand le capitaine Li Shang me frappait les doigts pendant l'instruction, expliqua-t-il avec un clin d'œil. Et pourtant, c'était vraiment douloureux.

Lei leva les yeux au ciel.

— J'espère juste que nous n'aurons pas à rester trop longtemps au Diyu. Je préfère encore retourner sur Terre sous forme de cafard plutôt qu'attendre plus longtemps.

La file avança enfin. Lei et Xing firent quelques pas en avant, mais Xiaobo soupira :

— Nous avons passé toute la journée ici et nous sommes encore loin. À croire que nous y passerons l'éternité.

Mulan leva les yeux vers la lune, toujours faiblement visible. *Je n'ai pas l'éternité devant moi... Je n'ai que jusqu'à l'aube.*

— Je suis heureux de vous avoir vus, mes amis.

Elle s'apprêtait à poser la main sur l'épaule de Xiaobo quand elle se souvint qu'il n'était plus qu'un fantôme.

— Ping, où vas-tu ?

— Mon entretien avec le roi Yama ne peut attendre, répondit-elle en se frayant un chemin vers le sommet de la colline.

Le capitaine Li n'avait pas eu le temps de leur inculquer l'art de l'infiltration pendant leur entraînement. Par chance, Mulan, agile et menue, passait facilement inaperçue. Les ombres ne lui accordèrent aucune attention. Elles étaient occupées à bavarder entre elles ; les retrouvailles étaient d'ailleurs nombreuses, même si certaines n'étaient pas aussi chaleureuses que celles de Mulan et ses camarades.

Mulan avait les yeux rivés sur l'estrade, au sommet de la colline. Une table en bois couverte de parchemins et de registres imposants trônait en son centre. Était-ce Yama en personne qui y siégeait ? Ou bien l'un de ses sombres sbires ? Les livres lui bloquaient la vue.

Un brouhaha éclata devant. Mulan aperçut la queue d'un lion battre frénétiquement.

— Je ne coupe pas la file ! J'ai le *droit* de passer. Je ne suis pas mort, moi !

— ShiShi ! murmura Mulan en pressant le pas pour le rejoindre.

Le gardien grogna en la voyant.

— Tu es là, petit soldat.

— Je t'avais dit de m'attendre derrière.

Il lui jeta un regard froid.

— On ne se faufile pas dans la salle du trône de Yama ainsi. On y entre fièrement, avec dignité !

Mulan jeta un regard en coin aux gardes démoniaques qui surveillaient les âmes.

— Je ne suis pas sûr que ce soit une bonne idée…

— Roi Yama ! cria soudain ShiShi, sa voix résonnant dans toute la caverne. Je suis le grand gardien de la famille Li et je suis là pour une requête de la plus haute importance. Je sollicite une audience avec vous, roi Yama !

Personne ne réagit, à l'exception de quelques fantômes en colère qui l'entouraient, criaient et juraient, mais ShiShi joua de sa stature pour monter jusqu'à l'estrade.

Mulan en profita pour agripper la crinière du grand lion. Les protestations se répandirent comme une vague. Certains esprits tentèrent de les retenir, mais leurs mains spectrales traversaient sans effet l'armure de Mulan.

— Gardes ! hurla une âme. Ils nous dépassent !

Le chaos était tel que toute la caverne résonnait de cris hystériques et assourdissants. Mulan n'arrivait même plus à discerner un mot.

— SILENCE !

Les parois de la grotte tremblèrent. Des gravillons tombèrent du plafond sur les démons et les esprits.

Mulan sentit ses genoux défaillir.

— J'EXIGE LE SILENCE DANS MON TRIBUNAL !

Mulan et ShiShi rentrèrent dans le rang, crispés par la terrible voix. Les sentinelles-démons les attrapèrent aussitôt.

— AMENEZ-MOI LES INTRUS. SUR-LE-CHAMP !

Chapitre huit

Le roi Yama, dieu et souverain du purgatoire, n'avait pas l'air heureux de les voir.

Ses lèvres, à peine visibles sous son épaisse barbe poivre et sel, étaient déformées par le dédain. Ses sourcils, dressés sur son front comme des pics abrupts et si longs qu'ils s'enroulaient près de ses tempes, étaient froncés par le mépris.

Mulan ne savait plus si elle devait être admirative ou effrayée. Après tout, c'était la première fois qu'elle rencontrait une divinité. À sa grande surprise, Yama ne luisait pas comme ses sujets. Il ne ressemblait en rien à ses démons. Son apparence n'en était pas moins terrifiante.

Son visage était sillonné de rides, ses joues étaient rougeâtres, et ses yeux brûlaient d'un feu rougeoyant. Il avait le cou large comme un saule, et ses cheveux noirs ébouriffés étaient aussi abondants que la crinière de ShiShi. Lorsqu'il se tenait debout, comme c'était le cas à cet instant, le sommet de sa lourde couronne d'or disparaissait dans l'espace obscur au-dessus d'eux. Sa robe noir et émeraude cascadait sur les marches autour de son bureau.

Ses yeux, durs, calculateurs – et injectés d'un jaune témoignant de son irritation – descendirent sur Mulan.

Il lui fallut un moment pour comprendre pourquoi : elle était la seule à ne pas s'être agenouillée ! Même ShiShi s'était respectueusement incliné.

Mulan se dépêcha d'imiter le lion. Alors qu'elle avait les yeux rivés sur le sol, le roi Yama se rassit. Son trône, une chaise de bois recouverte de coussins de soie rouge à pompons, craqua sous son poids.

Mulan hasarda un coup d'œil. Elle leva timidement la tête pour franchir du regard les neuf marches qui la séparaient du roi. Elle le vit ouvrir l'un des grands livres sur son bureau et reprendre son écriture. Deux lanternes en laiton en forme de tête de dragon flottaient au-dessus des pages.

Elle attendit aussi patiemment que possible, espérant que Yama finirait par lui adresser la parole, mais le roi des morts continuait d'écrire.

Nuit et jour, le roi Yama travaille à son bureau, lui avait raconté sa grand-mère. *Il est rare qu'il s'aventure lui-même dans l'au-delà.*

Jusqu'à présent, l'histoire de Grand-Mère Fa était exacte. Yama avait le visage fermé. Il semblait mécontent de voir les piles de parchemins s'élever plus haut que sa chaise.

Il ne daigna plus leur adresser un regard.

Mulan fronça les sourcils. Elle n'avait pas fait tout ce chemin pour être ignorée.

ShiShi n'en pensait visiblement pas moins. Le lion s'était discrètement approché de quelques pas. Mulan fit de même.

— N'allez pas croire que je ne vous vois pas, marmonna le roi Yama, le nez toujours dans son livre.

Mulan se redressa.

— Votre Majesté, je…

— Retournez dans le rang, ordonna Yama en griffonnant furieusement.

L'encre tachait ses longues manches émeraude.

— Votre indiscrétion a bien été remarquée. Chacun son tour.

— Je ne suis pas mort, déclara Mulan. Et je ne fais pas la queue, je suis là pour vous demander…

Le roi Yama leva enfin les yeux, ses épais sourcils dangereusement inclinés :

— CELA M'EST ÉGAL ! gronda-t-il. Retournez dans le rang.

ShiShi dévisagea Mulan.

— À partir de maintenant, tu me laisses parler.

Il gravit les escaliers d'un bond et s'arrêta à deux marches du bureau de Yama.

— Votre Majesté, vous me reconnaissez sans doute. Je suis le grand gardien de la famille Li, protecteur du respecté général Li, récemment arrivé dans votre domaine.

— N'avez-vous donc pas entendu ? s'emporta le roi en frappant son bureau du poing, tandis que les gardes levaient leurs épées. J'ai dit : « Retournez dans le rang. »

ShiShi ouvrit la gueule, ce qui dut être la goutte de trop. Yama frappa dans ses mains monstrueusement grandes. Mulan eut l'impression que le tonnerre avait éclaté dans la caverne.

Le grand lion ne put finir sa phrase. Sa queue couleur abricot devint grise. Sa crinière, hérissée par le danger depuis qu'il se trouvait devant le roi, durcit.

ShiShi était redevenu pierre, immobile comme une statue.

— Arrogant gardien, marmonna Yama. Ceux de pierre sont les pires. Ils se croient tout permis.

Mulan retint sa respiration. Elle réfléchissait aussi vite que possible pour savoir ce qu'elle allait dire ou faire. Elle devait être prudente. Elle commença à gravir les marches, la tête humblement baissée.

— Et celui-là ? s'indigna le fantôme en tête de file en désignant Mulan.

Yama agita simplement une main. Aussitôt, ses gardes pointèrent leurs armes pour forcer Mulan à retourner à sa place.

Mais la jeune femme fut trop rapide. Elle sauta sur la lance d'un démon, s'appuya sur l'épaule d'un autre et bondit sur l'estrade du roi.

Elle referma le livre de Yama et posa les mains sur son bureau. Fantômes comme démons hoquetèrent devant son audace, mais Mulan ne s'en souciait guère. *Maintenant*, elle avait toute l'attention du roi Yama.

Elle inclina la tête autant qu'elle le put, sans trop savoir comment s'adresser au souverain du royaume des morts. Elle ne voulait pas l'énerver davantage, mais elle devait faire en sorte qu'il l'écoute.

— Votre Majesté, je sais que vous êtes fort occupé, mais je suis là pour une question urgente. Je vous implore d'épargner la vie du fils du général Li, le capitaine Li Shang.

Le roi Yama leva un sourcil broussailleux.

— Et qui es-tu donc ?

Mulan déglutit et retira les mains du bureau. Comment allait-elle répondre à cela ? Même ShiShi ignorait qu'elle était une femme. Le roi Yama, un dieu, pouvait-il percer son secret ?

— Fa P-Ping, monsieur.

— Ping, tu dis ? soupira le roi. Il tourna les pages d'un autre gigantesque volume sur son bureau. Il n'y a aucun Fa Ping dans mon livre.

— Ce n'est pas le sujet, insista Mulan en retrouvant son assurance. J'ai besoin que vous examiniez le dossier de Li Shang. Capitaine Li Shang, fils de…

— Je sais qui il est, coupa Yama. Il a été mortellement blessé par l'épée de Shan-Yu.

Il tourna la tête vers un sablier sur son bureau. Le sable qui y coulait était noir comme l'encre.

— Il mourra dans quelques heures, au lever du soleil.

Il tourna une page d'un air absent.

— Quant à toi, Ping, personne ne t'a donc prévenu que les mortels ne sont pas les bienvenus au Diyu ? Ta présence ici est interdite. Je prends note de ta transgression, afin que les gardes veillent à ce que tu reviennes sous forme de fantôme. Préfères-tu mourir par le feu ou par démembrement ?

Mulan se crispa.

— Je ne suis pas là pour faire intrusion dans votre royaume, Votre Majesté. Je suis là pour ramener le capitaine Li Shang parmi les vivants.

Sur ce, le roi Yama posa tranquillement sa plume avant d'exploser de rire. C'était un rire terrible, dont l'écho rebondit dans toute l'étendue de la caverne et fit taire les murmures des fantômes.

— Parmi les vivants, dis-tu ? Ah ! Tu as de l'humour, Fa Ping. Surtout pour quelqu'un qui n'existe pas.

— Je ne plaisante pas. Je suis là pour ramener le capitaine Li. Son heure n'est pas encore venue.

— *Et qui es-tu pour en juger ?*

Le rire du roi s'était rapidement transformé en rage.

— Des centaines d'âmes arrivent en mon royaume toutes les heures. Je suis celui qui décide qui doit rester au Diyu, retourner sur Terre ou monter au Paradis. Sais-tu ce qu'il en coûte de prendre de telles décisions ? Sais-tu à quel point il est difficile de décider si quelqu'un mérite d'aller au Paradis en récompense de sa bonne conduite sur Terre, ou s'il doit rester au Diyu pour se faire pardonner d'avoir donné un coup de pied à un chien ou bu un verre de trop ? Ou même s'il doit expier ses péchés lors d'une nouvelle vie sur Terre ? Mon temps est précieux, jeune homme, et j'en ai déjà trop perdu avec toi.

Je ne peux pas abandonner maintenant, se dit Mulan. *Pas après tout ce chemin.* Elle devait essayer une autre approche.

— Cela semble être un terrible fardeau, convint-elle, mais un fardeau primordial. Peut-être puis-je vous aider. Et en échange de mon aide, vous pourriez… envisager de laisser Li Shang partir.

— Toi, un simple mortel, tu crois pouvoir manipuler les registres du Diyu ?

Le roi Yama balaya une pile de papiers du revers de la main. Mulan se protégea pour éviter de les recevoir en pleine figure. Elle attrapa plusieurs feuilles au passage et les reposa sur le bureau.

Pour un dieu aussi irascible, Yama avait une écriture étonnamment raffinée. Cela l'aida à chasser ses craintes. Il ne pouvait pas être *si* terrible si tout ce qu'il faisait de ses journées était de noter des noms dans ses livres.

Ne te fais pas d'illusions, Mulan.

— Je vous prie de m'excuser, dit-elle. C'était présomptueux de ma part, mais... si vous étudiez des centaines de vies par heure, peut-être avez-vous commis un impair ici ou là.

Les narines du roi se dilatèrent.

— Un « impair » ?

— Le capitaine Li Shang a été blessé en voulant me sauver, continua Mulan avant que Yama n'ait le temps de protester. Sans moi, il ne serait pas en train de mourir, et nous – elle fit un geste pour englober ShiShi, toujours pétrifié – ne serions pas là à gaspiller votre précieux temps. Mais nous sommes là parce que le capitaine Li Shang est un homme bon. C'est un brave guerrier, un chef d'exception et un ami loyal. La Chine a besoin de lui.

— Et la Chine le retrouvera, répliqua le roi. Dès que j'aurai pu apprécier le courage et les qualités de Li Shang.

Mulan sentit ses muscles se tendre.

— Que voulez-vous dire par « la Chine le retrouvera » ?

Yama plissa les yeux en faisant glisser son doigt sur la page.

— Hum, là. Il est écrit que le capitaine Li Shang se réincarnera. Plutôt rapidement après sa mort, d'ailleurs. C'est pourquoi son esprit est déjà ici, au Diyu. Il est en train d'être préparé pour sa nouvelle vie. C'est un grand honneur.

— Mais la Chine a besoin de lui *maintenant*, insista Mulan. Les Huns ont été vaincus, mais il y aura toujours de nouvelles menaces qui pèseront sur l'empereur. Il a besoin d'un homme comme Shang pour le protéger. Pour protéger la Chine.

La voix de Mulan tremblait, à présent.

— Vous avez déjà pris le général Li. Je vous en conjure, ne prenez pas son fils.

— Je n'ai pas reçu cette fonction parce que je fais preuve de compassion, annonça abruptement Yama.

Il reporta son attention sur son travail et griffonna quelque chose.

— Pars maintenant ou affronte les conséquences de tes actes. Le feu ou le démembrement, si tu as besoin de te rafraîchir la mémoire.

Mulan savait qu'elle était congédiée, mais elle refusa de bouger. Elle entendait les démons s'agiter derrière elle, mais aucun n'approcha. Elle se demanda s'ils étaient trop effrayés par leur roi.

— Je suis venu sauver Shang, répéta Mulan, les dents serrées. Je ne partirai pas sans lui.

Yama reposa sa plume. Il paraissait prêt à crier encore mais, au lieu de cela, il se contenta de grogner, incrédule.

— Tu es prêt à tout risquer pour sauver la vie de ton capitaine ?

— Oui.

Le roi Yama tapota son bureau de ses longs doigts.

— Ta détermination m'intrigue, Ping. Plus que cela, elle me divertit, admit-il en laissant échapper un petit rire ; il s'adossa ensuite à sa chaise, l'air las. Ce n'est pas tous les jours qu'un mortel parvient à pénétrer dans mon royaume et à piquer ma curiosité. Je vais donc te laisser une chance.

Puis il brandit son index sous le nez de Mulan.

— Mais c'est tout ce que tu auras. Une seule chance.

Une étincelle d'espoir s'embrasa dans la poitrine de Mulan. Elle se raidit, impatiente d'entendre ce que le souverain des morts avait à dire.

— Mon royaume est vaste. Le Diyu compte des centaines de niveaux et de chambres. La plupart évoquent la terreur ou le désespoir, mais d'autres mettent à l'épreuve la valeur de ceux qui y pénètrent. Après tout, la plupart des âmes qui arrivent ici n'ont pas vocation à y demeurer pour l'éternité. C'est le cas du capitaine Li Shang. Et le tien, sans doute. Tu as risqué ta vie pour me trouver et me supplier de rendre la vie à ton capitaine. Je vais donc te donner la possibilité de le faire. Je te propose un marché.

Il marqua une pause lourde de sens.

— Si tu parviens à trouver l'esprit de Shang et à regagner la sortie de mon royaume avec lui avant le lever du jour, tu seras libre de partir.

— Moi… et les autres ? voulut clarifier Mulan.

— Oui. Toi, le capitaine Li Shang et ton gros chat prétentieux, annonça Yama en agitant la main vers ShiShi.

— Mais il est…

Le roi frappa encore dans ses mains et provoqua un nouveau coup de tonnerre qui fit chanceler Mulan.

À côté d'elle, ShiShi laissa échapper un faible gémissement. Sa fourrure retrouva des couleurs, ses yeux reprirent vie.

— C'était… désagréable, jugea le lion en s'ébrouant.

— Silence ! gronda Yama. Tu as de la chance que je sois de bonne humeur. Mais si tu m'importunes encore, gardien, tu ne quitteras plus mon royaume. La cité de Youdu aurait bien besoin d'une nouvelle statue.

Pour une fois, ShiShi garda le silence.

— Où en étions-nous ? reprit le roi en s'adressant à Mulan. Ah, oui. Le prix que tu auras à payer si tu perds notre petit pari.

Il joignit les mains, l'air sournois.

— Ping…, murmura ShiShi. Sois prudent !

Mulan l'ignora.

— Je vous écoute.

— Mon royaume est dangereux, et ses habitants ne sont pas… habitués aux étrangers. Si tu perds la vie ici ou si tu n'arrives pas à quitter le Diyu avec l'esprit du capitaine, alors toi, le mystérieux Ping qui n'existe pas dans mes registres, tu demeureras au Diyu en guise de châtiment pour avoir violé mon royaume. Tu seras mon prisonnier. À jamais.

À jamais. Mulan tressaillit. Elle balaya des yeux le monde sinistre qui l'entourait. La file de fantômes qui s'étirait indéfiniment. Les scènes du Diyu qu'elle avait aperçues du haut du Pont-sans-retour.

Un frisson lui parcourut l'échine, mais elle inclina respectueusement la tête.

— Je vous remercie pour votre offre, Votre Majesté.

Le roi Yama éclata de rire.

— Je me disais bien que tu y réfléchirais à deux fois !

— Ce n'est pas le cas. J'accepte. *Nous* acceptons.

Yama cligna des yeux, interdit.

— Très bien. Qu'il en soit ainsi.

Le roi désigna la lune, qui paraissait plus proche ici que depuis le pont.

— Voici ton horloge. Tu as jusqu'aux premières lueurs du jour. Je préfère te prévenir : ici, le temps ne s'écoule pas comme à la surface. Lorsque tu ne verras plus que le côté sombre de la lune, cela signifiera que ton temps est écoulé.

Mulan leva les yeux. La lune était ronde et brillante, mais une fine ligne noire obscurcissait déjà ses bords.

Elle chassa ses peurs. Elle avait le reste de la nuit pour sauver Shang. Ils avaient défié des milliers de Huns ensemble et sauvé la Chine. Le retrouver et quitter le Diyu n'était qu'une bataille de plus. Elle pouvait y arriver.

Le roi Yama frappa dans ses mains. Ses lanternes s'élevèrent et illuminèrent un porche voûté derrière son bureau.

Mulan étudia le porche en l'approchant. Dans la pierre blanche étaient gravés les mots suivants : « LA VIE EST UN RÊVE EN MARCHE, LA MORT EST UN RETOUR AU PAYS. »

Elle reconnut le proverbe. L'un de ses professeurs le lui avait fait mémoriser et écrire encore et encore pour qu'elle pratique sa calligraphie. Elle n'en avait jamais compris la signification, mais…

maintenant qu'elle se tenait au seuil de l'au-delà, sa gorge se noua en retrouvant ces mots.

Le trône du roi Yama disparut derrière eux. Mulan s'attarda un instant sur le porche. La silhouette floue d'un visage, semblable aux médaillons de bronze sur les portes rouges, se mit à luire sous l'arche, l'empêchant de voir de l'autre côté. Des sourcils épais et arqués, un nez large, des joues bouffies et des yeux rouges malveillants : le roi Yama.

Mulan se tourna vers ShiShi et lui adressa un signe de la tête. Puis, en prenant une profonde inspiration, elle fit un premier pas sous la voûte. À cet instant, la voix de Yama résonna :

— BIENVENUE AU DIYU !

Chapitre neuf

Par-delà la voûte s'étendait une forêt de bambous morts. Bien sûr, Mulan avait déjà vu du bambou auparavant : les tiges étaient aussi vertes que de l'herbe, aussi droites et fières que des flèches. Pas cendreuses ni crochues comme des éclairs.

Elle jeta un coup d'œil par-dessus son épaule. Le portail avait disparu ; il n'y avait plus aucun moyen de rejoindre le trône de Yama.

— ShiShi, sais-tu où trouver Shang ?

— Est-ce que je ressemble à une carte du Diyu ?

Mulan fronça les sourcils. Pourquoi le lion semblait-il lui en vouloir ?

— Non, mais tu es un grand gardien. Je pensais que tu connaissais le chemin.

ShiShi grogna pour toute réponse.

La jeune femme s'engagea sur le sentier. Une brume épaisse flottait autour d'eux et les empêchait de voir correctement le chemin. Les larges tiges de bambou étaient si denses qu'elle avait l'impression d'évoluer dans un champ rempli de grands paniers en osier. Sans criquets qui stridulent ni oiseaux qui chantent.

Quand Mulan levait les yeux, elle voyait des étoiles qui scintillaient telles des paires d'yeux qui clignent. À bien y réfléchir, certaines des plantes – non, la *plupart* des plantes – avaient des formes presque humaines. Dans le silence oppressant, elle imagina des murmures provenant des troncs creux.

Elle soupira. Elle ne savait même pas par où commencer pour retrouver Shang. Depuis le Pont-sans-retour, elle avait eu un aperçu des centaines de régions qui composaient le Diyu. Des miroirs et du feu, des déserts et des montagnes. Mais ici, dans cette forêt grise et désolée, il n'y avait que des tiges mortes à perte de vue.

Le roi Yama lui avait-il joué un tour ?

Elle devait continuer. Elle ne pouvait se laisser décourager. Elle devait impérativement garder espoir.

D'ailleurs, c'était justement pour cette raison que ShiShi l'accompagnait, n'est-ce pas ? Il devait bien savoir comment trouver Shang, lui. Pourtant, le lion restait muet comme une tombe. Il suivait son rythme sans sourciller, mais il était étrangement silencieux. Était-il toujours sous le choc d'avoir été changé en pierre ?

— ShiShi, essaya encore Mulan. Sais-tu où nous sommes ?

Le lion renâcla.

— Tu m'en veux. Pourquoi ?

— Parce que tu as été stupide, aboya le lion. Accepter le marché du roi était une erreur.

Mulan continua de marcher. Elle poussa quelques branches pour leur ouvrir un chemin.

— Tu avais une meilleure idée ?

— Si tu m'avais laissé lui parler…

— Il t'avait transformé en pierre.

— Ce n'est pas la question ! Qu'est-ce que ta famille penserait de toi ? Mettre ta propre vie en jeu ainsi… Et ton gardien ? As-tu seulement un gardien ?

— Oui, j'en ai un, se défendit Mulan, mais tu m'as embarqué vers le Diyu avant que j'aie le temps de le prévenir.

De toute façon, Mushu dort, songea Mulan. *Ce qu'il ignore ne peut l'offenser.*

Néanmoins, ShiShi avait raison au sujet de sa famille. Elle déglutit. *Baba ne saura jamais ce qui m'est arrivé si je reste prisonnière des Enfers. Il croira que j'ai déserté ou que j'ai été tuée au combat. Il aura le cœur brisé. Et Mama aussi.*

— Pourquoi tu t'en soucies tant ? demanda-t-elle en repoussant ses inquiétudes aussi loin que possible. Tu es le grand gardien de la famille Li. Et puis, tu aurais dû me dire que tu ne savais pas t'orienter dans le Diyu.

— Et comment le pourrais-je ? gronda ShiShi. Je sers fidèlement la famille Li depuis trois siècles. Je guide ses fils vers la victoire et j'apporte gloire et honneur à leur nom. Tous mes protégés sont des héros, ils ne se sont donc pas attardés dans le royaume des morts. Dix généraux, deux amiraux et trois conseillers militaires impériaux. Mon bilan était irréprochable jusqu'à ce que le général Li tombe dans cette embuscade humiliante des Huns…

— Le général Li était un héros, l'interrompit Mulan. Le fait qu'il soit mort au combat n'y change rien.

La colère de ShiShi – et son esbroufe – retomba.

— Je sais.

La mine sombre, il poursuivit son chemin sans dire un mot de plus, écrasant les tiges de bambou sur son passage.

— Shang est un héros, lui aussi, dit doucement Mulan.

La face du lion se referma. Des crevasses ciselaient sa truffe. Ses vibrisses se raidirent.

— Li Shang… Li Shang périra avant même que j'aie eu le temps de l'aider.

— Shang n'est pas mort.

— Pas encore. Mais son père, si.

L'amertume dans la voix de ShiShi incita Mulan à se radoucir.

— Il doit te manquer.

Le lion grogna.

— Que sais-tu du lien qui unit un homme et son gardien ? Tu n'as vécu qu'une bataille. Le général Li et moi avons combattu durant des centaines côte à côte.

— Avant de m'engager dans l'armée, j'étais gauche et impulsif. Je ne connaissais rien à l'art de la guerre. Mon gardien m'a aidé.

— *L'instruction de Li Shang* t'a aidé, corrigea le lion. Et d'ailleurs, qui est ton gardien ?

— Son nom est Mushu.

— Jamais entendu parler. J'aurais pensé que tes ancêtres enverraient le Grand Dragon de Pierre de la famille Fa pour te protéger.

Mulan haussa les épaules.

— Mushu est… à la hauteur, sourit-elle. Lorsque je l'ai rencontré, j'ai cru que c'était un lézard domestique.

— Un lézard domestique ? fit ShiShi, l'air répugné. Étrange que tes ancêtres aient envoyé un gardien si pitoyable pour te protéger au combat.

— Mushu n'est pas pitoyable, il est…

— Un gardien est le reflet de son protégé. Si tes ancêtres t'ont envoyé un lézard, c'est qu'ils ne doivent pas te tenir en haute estime, lança ShiShi. Il serait peut-être préférable que je parte seul à la recherche de Shang.

Mulan n'avait pas l'intention de laisser le scepticisme du lion l'affecter. Elle répondit calmement :

— Tu auras besoin de mon aide, ShiShi.

Le lion lui montra les crocs :

— Je n'ai besoin de l'aide de personne. Tu ne fais pas partie de la famille Li. Je ne comprends toujours pas pourquoi le général t'a accordé sa confiance à *toi*, une simple recrue, pour ramener son fils. Enfin, regarde-toi ! Tu n'es absolument pas prêt pour les dangers du Diyu. Tu n'as même pas pris ton épée !

— Je… je l'ai lâchée quand tu m'as emmené ici.

— À quel point désires-tu vraiment sauver Li Shang, petit soldat ? demanda le grand lion. Es-tu là seulement parce que tu te sens coupable de son état ? À moins que tu n'espères faire honneur à ta famille en réussissant ta mission ?

— Un peu des deux, confessa Mulan.

Elle ne pouvait mentir au gardien de Shang ; elle se sentait effectivement coupable. Et elle espérait également que sa famille serait fière d'elle. Mais ShiShi ne savait pas *pourquoi* c'était si important pour elle. Il ne savait pas qu'elle voulait absolument prouver à tous qu'elle pouvait faire honneur à sa famille, même sans impressionner la marieuse ou trouver un bon époux. ShiShi ignorait qu'elle était une femme. S'il l'avait su, il ne l'aurait sans doute jamais accompagnée au Diyu.

— Même si le capitaine Li ne m'avait pas sauvé contre Shan-Yu, je serais venu ici, déclara-t-elle. Shang est mon ami, et la Chine a besoin de lui. S'il le faut, je prendrai sa place au Diyu.

ShiShi l'étudia longuement. Sa colère s'évapora.

— Espérons que ce ne soient pas que des paroles en l'air, Ping, soupira-t-il. Je me souviens de ton père, Fa Zhou. Il a combattu auprès du général Li il y a bien des années. Ils étaient amis. Pas proches, mais ils éprouvaient du respect l'un pour l'autre. Tu me rappelles ton père. Mais tu es bien plus têtu. Et petit.

Si les paroles du lion se voulaient moqueuses, Mulan sourit, heureuse d'être comparée à son père.

— Nous retrouverons Shang, dit-elle doucement. Mais pour cela, nous devons arrêter de nous disputer. Nous devons travailler ensemble.

Le lion hocha brièvement la tête.

— C'était stupide de passer un marché avec le roi Yama, insista ShiShi. Mais c'était courageux. Et pour cela, tu as mon respect. (Il marqua une pause.) Mes visites au Diyu ont toujours été brèves, mais j'ai des siècles d'expérience. En dépit des doutes que je peux nourrir envers toi, petit soldat, je fais le serment que je t'aiderai autant que possible. Je l'ai promis au général Li.

C'était un début.

— Merci.

— Bon, mais tout d'abord, nous devons sortir de cette fichue forêt, dit ShiShi en arrachant une autre branche de ses crocs. Je vois à peine où je mets les pattes.

Mulan observa les bambous qui les entouraient. Les branches s'étaient resserrées et masquaient le chemin. Elle porta son attention sur les formes autour d'eux. Certaines tiges s'entremêlaient, telles des toiles ; d'autres étaient recourbées sur elles-mêmes, comme des araignées ; d'autres, enfin, étaient droites comme des échelles.

Elle sentit son estomac se nouer. Elle avait déjà vu cet endroit.

— Donne la patte.

— Quoi ?

Elle souleva l'une des énormes pattes du lion et griffa une tige de bambou.

— On doit suivre nos traces.

Elle lui montra un fourré noué à leur droite, les bambous penchés comme des vieillards.

— J'ai vu ces plantes quand nous avons quitté le trône de Yama. On tourne en rond.

— Je ne reconnais rien, s'entêta ShiShi.

Mulan soupira. *Ça recommence déjà.*

— As-tu au moins une idée de l'endroit où nous pourrions trouver Shang ?

— Il n'est pas encore mort, mais il n'est plus tout à fait vivant. C'est un esprit, pas encore un fantôme.

— Il y a une différence ?

— Eh bien, il n'a pas encore le droit de flâner dans le Diyu, expliqua ShiShi. Il doit être quelque part, en train d'attendre son heure.

Le lion se pencha en avant et ajouta :

— Monte. Nous irons plus vite. Et je me fatigue moins vite que vous autres, humains.

Mulan ignora la raillerie et sauta sur le dos du gardien. ShiShi n'avait pas menti : il bondissait à travers la forêt. La brume semblait s'épaissir au fur et à mesure qu'ils prenaient de la vitesse. Bientôt, Mulan ne put voir qu'à quelques pas devant eux.

Un peu plus tard, ShiShi s'arrêta.

— Que se passe-t-il ?

Il grogna et fit descendre sa cavalière. Quand elle se redressa, elle vit ce qui froissait le lion. Ils étaient de nouveau devant le bambou en forme de vieillard.

Qui plus est, des murmures émanaient effectivement des tiges. Les voix étaient si nombreuses qu'elles évoquaient le bruit du vent mais, en écoutant attentivement, Mulan comprit que les sons provenaient des plantes elles-mêmes.

— Elles sont vivantes, chuchota-t-elle.

— Ce sont des fantômes, corrigea ShiShi en s'éloignant du bambou racorni. Des fantômes punis pour leurs méfaits sur Terre.

Des branchettes craquèrent sous les pieds de Mulan. Elle fit un pas de côté et les vit serpenter vers leur plante d'origine puis s'y rattacher. Les entailles qu'elle avait faites avaient disparu. Toutes les branches arrachées par ShiShi avaient repoussé.

Mulan observa de plus près la plante rabougrie. La mystérieuse brume de la forêt semblait plus dense autour de celle-ci. Elle avait presque l'impression de discerner un visage. Les nœuds les plus élevés de la tige étaient penchés en avant et dessinaient une sorte de cou. Mulan devina deux yeux et une bouche. Elle colla son oreille contre la plante.

— *Aide-moi*, murmura une voix. Au même moment, ShiShi poussa un terrible rugissement.

— Je le savais ! s'écria-t-il. Yama nous a trompés ! Nous sommes piégés.

Il leva une patte pour écraser la plante, mais Mulan l'en empêcha.

— Attends ! Si nous revenons toujours ici, c'est peut-être qu'il y a une raison. Elle m'a parlé.

— *Aide-moi*, répéta le bambou.

— Si nous voulons sauver Li Shang, nous n'avons pas de temps à perdre à écouter un bosquet de bambous démoniaques.

— Laisse-moi juste une minute, dit Mulan.

Elle fit face à la plante inclinée. Son apparence avait quelque chose de mélancolique. Du chagrin et de la frustration, peut-être.

« *L'homme se fatigue davantage quand il est immobile* », lui disait son père quand Mulan se plaignait de devoir pratiquer ses postures pendant des heures d'affilée. Quand elle voyait son père entrer en boitant dans une pièce, elle se redressait automatiquement. Elle se souvenait comme il était difficile pour lui de marcher sans canne et encore plus de garder le dos droit.

— Je crois que je sais quoi faire, murmura-t-elle.

Elle scruta les environs en quête d'une branche tombée. La plupart des bouts de bois étaient cassés ou tordus. Elle avait besoin d'un bâton bien droit, qui pourrait servir de canne…

Là !

Elle s'agenouilla et crapahuta dans le feuillage.

— Par l'empereur, qu'est-ce que tu fabriques ?

Elle l'ignora.

Mulan étudia encore le vieux bambou. Sa tige s'enroulait. Une branche en dépassait et tombait, comme un bras trop lourd. Si elle parvenait à y caler la canne pour lui redresser la tige… « l'homme » pourrait enfin se tenir droit.

Avec précaution, Mulan mit le bâton en place.

— Tu gaspilles notre précieux temps à faire du jardinage ?

— Regarde, dit-elle, toujours à voix basse. À présent, il peut se redresser.

Le bambou se mit à briller, puis à vibrer, si violemment que le bâton que Mulan venait juste de placer s'envola.

— Recule ! cria ShiShi. Tu as dû libérer un esprit !

Un fantôme émergea de l'arbre. Mais il n'était pas vicieux et colérique, comme ShiShi l'avait craint.

— Général Li ? s'étouffa ShiShi, sous le choc.

Mulan le dévisagea, les bras ballants, aussi surprise que ShiShi de se retrouver devant le père de Shang.

Le général se frotta brièvement le dos.

— Ah, j'ai bien cru que je resterais là pendant des jours. Merci de m'avoir trouvé. J'avais l'intention de vous attendre à côté de la porte, mais j'ai été piégé par la forêt.

ShiShi restait sans voix.

Le général Li caressa la joue du lion.

— Je suis heureux de te revoir, mon vieil ami. Et je suis soulagé que vous soyez arrivés jusque-là, tous les deux.

Le général Li luisait toujours de son aura bleue, mais celle-ci était plus lumineuse encore que lorsque Mulan l'avait vu sur Terre. Le fantôme était tellement translucide qu'elle pouvait presque voir les bambous derrière lui.

— Je ne peux rester longtemps, continua le père de Shang. Les gardes du roi Yama me recherchent.

— Pourquoi ? demanda ShiShi en bombant le torse. Qu'avez-vous fait ?

Le général adressa un sourire amer à son ancien gardien.

— Mon vieil ami, ils me recherchent car je dois monter au Paradis. Ils étaient censés m'escorter aux portes il y a plusieurs heures, mais je voulais rester ici pour vous aider.

— Nous ne le trouvons pas ! explosa soudain Mulan. Je ne sais même pas où le chercher !

— Il est toujours difficile de s'aventurer dans le Diyu, mais Shang n'est pas loin d'ici.

Le général Li fit un pas de côté.

Derrière lui, la brume de la forêt se dissipa et révéla un portail aqueux entre deux bambous, dans lesquels étaient insérées des têtes de démons en bronze.

— Vous le trouverez dans la Tour du Dernier Regard, annonça le général en montrant le portail.

Mulan scruta l'ouverture et aperçut une tour écarlate et émeraude, coiffée de tuiles d'or et ornée d'élégantes fenêtres à croisillons. La tour se dressait vers le ciel d'encre tel un cerf-volant attaché au sol.

— C'est là que vont toutes les âmes avant leur réincarnation pour réfléchir et se remémorer leur foyer, expliqua le général Li. Au matin, Meng Po – la Dame de l'Oubli – apportera une potion à Shang. Lorsqu'il la boira, il oubliera tout : sa famille, ses amis, et même son nom. Il flottera alors vers la Terre pour un nouveau cycle de vie. Une fois qu'il aura quitté la tour, Shang ne se souviendra plus de nous.

Mulan déglutit :

— Je ferai en sorte que ça n'arrive pas.

— Trouver mon fils ne sera pas le plus dur, avertit le général. Plus vous vous enfoncerez dans le Diyu, plus forte sera l'emprise de Yama. Cherchez les portes à têtes de démon.

Mulan hocha la tête.

— Et comment ferons-nous pour les trouver ?

— Certaines resteront invisibles. Vous aurez besoin d'aide. Mais la plupart des niveaux sont indiqués.

Le général montra les deux plaques qui encadraient le portail. Mulan remarqua alors seulement qu'un chiffre était gravé sous chaque tête de démon.

— « Soixante-dix-neuf », lut-elle. Comment sommes-nous arrivés si bas ? Je ne me souviens pas...

— Il est plus facile de descendre que de remonter, la coupa ShiShi. La seule issue est en haut.

— À quel niveau se trouve la salle du trône de Yama ?

— Je ne saurais dire, mais ShiShi a raison. Vous devez remonter pour quitter le Diyu, dit le général avant de marquer une pause. Mais ce ne sera pas chose aisée. Le Diyu est un monde dangereux, et il est facile de s'y perdre. Les fantômes du pont ont déjà répandu la nouvelle de votre venue. Beaucoup tenteront de vous mettre des bâtons dans les roues... pour leur simple amusement.

— Savez-vous comment nous pouvons regagner la sortie ?

— Malheureusement, je l'ignore. Peu connaissent aussi bien le Diyu. Il m'a fallu bien du temps pour trouver la porte menant à Shang.

— C'est un début, répondit doucement Mulan. Merci, général.

Elle s'apprêtait à remonter sur le dos de ShiShi quand le père de Shang reprit la parole :

— Ping, attends. Mon fils... Mon fils me ressemble, à bien des égards. Il aura sans doute accepté son trépas. Il sera persuadé que sa mort est honorable. Tu devras le convaincre du contraire.

— Je n'y manquerai pas.

— Ne va pas croire que cela sera simple, dit le fantôme en hésitant un instant. Il risque de ne pas te croire. Rappelle-lui son enfance. (Sa voix se fit râpeuse.) Rappelle-lui que, quand il avait six ans, il voulait tellement m'accompagner à la guerre qu'il s'était caché dans ma malle. Je n'ai remarqué sa présence qu'après un jour et demi de marche. Je lui ai ordonné de rentrer, pieds nus, sous la pluie, pour lui apprendre l'obéissance et la patience. C'était une punition sévère, surtout pour un si petit garçon, mais Shang n'a pas protesté. Quant à moi, j'ai poursuivi ma route. Mais, au bout d'un moment, j'ai fait demi-tour pour le retrouver et le raccompagner jusqu'à sa mère. Je lui ai ensuite dit qu'un jour, nous combattrions ensemble et qu'il guiderait mes hommes. Mais que, d'ici là, il devait se montrer patient.

Mulan serra les dents. Baba lui demandait souvent d'attendre, lui aussi. Il disait qu'elle était trop impatiente de démontrer sa valeur. *Sauf que Shang était un garçon. Il savait qu'il aurait la chance de faire ses preuves, tôt ou tard. Moi…* Sa poitrine se serra. Elle se souvint de son dernier dîner chez elle, de sa dernière dispute avec son père.

— *Tu n'es pas obligé d'y aller !* avait-elle dit.

— *Mulan !*

— *Il y a des milliers de jeunes gens prêts à se battre pour la Chine.*

— *C'est un grand honneur de protéger mon pays ainsi que ma famille.*

— *Alors, tu mourras pour l'honneur ?*

— *Je mourrai en faisant ce qui est juste.*

— *Mais si…*

— *Car c'est ma place ! Et il est temps que tu trouves la tienne.*

Elle avait été si blessée. Et pourtant, elle ne regrettait pas une minute d'avoir pris la place de son père. Le seul remords qu'elle nourrissait était d'avoir trompé sa famille.

Le général Li la tira de ses souvenirs.

— Ping, la vie de Shang n'est pas censée se terminer ainsi. Tu peux croire que je suis de cet avis car c'est de mon fils qu'il s'agit, mais c'est bien plus que cela. Son cœur a toujours été dévoué à sa famille, à son pays. À ses amis. Il est trop jeune pour mourir. Il peut encore apporter tellement à la Chine. Tu dois l'aider à comprendre que cette vie est son chemin.

— J'y arriverai, affirma Mulan en regardant le général dans les yeux. Je vous promets que je trouverai Shang et que je le ramènerai.

Sa détermination fit naître un sourire triste sur le visage du général.

— Je te crois. Je ne sais pas si nous nous reverrons, Ping. Lorsque tu trouveras Shang, dis-lui… Dis-lui qu'il m'a rendu fier. Et dis-lui que je suis désolé… que nous n'ayons jamais pu combattre côte à côte.

La gorge de Mulan se serra. Aucun mot ne put en sortir. Elle inclina simplement la tête.

— Va. Tu as toute ma confiance.

Confiance. Pourquoi ce mot piquait-il ainsi sa conscience ? Shang lui avait dit la même chose quelques heures plus tôt. Elle en avait été honorée, mais elle en souffrait également. Elle ne méritait pas tant de confiance.

Elle parvint toutefois à esquisser un sourire.

— Je ne vous décevrai pas, général.

Avec un petit signe de la tête, le général Li s'enfonça dans la brume et disparut.

Mulan se tourna vers le portail, les yeux rivés vers la Tour du Dernier Regard, au loin, puis vers la pleine lune suspendue dans l'horizon obscur. La bande sombre qui l'entourait s'épaississait.

Elle traversa le portail. *J'arrive, Shang.*

Chapitre dix

Mulan et ShiShi se retrouvèrent au pied d'une colline rocheuse, à courte distance de la Tour du Dernier Regard. *Solitaire, presque mélancolique*, songea Mulan. Outre ses murs colorés, ses fenêtres rouge défraîchi et son toit doré, elle lui rappelait les tours de guet austères qu'elle avait vues sur les peintures de la Grande Muraille qui protégeait la Chine.

ShiShi était silencieux. Mulan se dit que croiser l'esprit du général au Diyu avait dû le bouleverser.

Au-dessus d'eux, le ciel changea pour se parer d'un gris lugubre.

La lune, elle, était fidèle au poste. Elle était plus pâle, plus douce que celle que Mulan observait dans le monde des vivants. Comme si quelqu'un l'avait enveloppée d'un voile de gaze.

Mulan inspira. Un parfum épicé familier flottait dans l'air. L'odeur était légère, mais reconnaissable entre mille.

— Tu sens ça ?

— De l'encens, confirma ShiShi.

Qui vient du sommet de la tour, pensa Mulan en levant les yeux.

Au pied de la tour se trouvait un petit passage rectangulaire, trop étroit pour ShiShi.

Les deux compagnons échangèrent un regard. Mulan devrait y entrer seule.

Le gardien fronça les sourcils, mais ne protesta pas.

— Souviens-toi de ce que le général Li t'a dit. Et ne tarde pas.

Elle acquiesça.

— Ping, ajouta ShiShi. Ne lui parle pas de ton contrat avec le roi Yama. Pas encore. Fais renaître l'espoir en lui. Il a besoin d'une raison de vivre.

Mulan inclina la tête. Elle était touchée par la bienveillance du lion.

— Très bien, dit-elle avant d'hésiter. Tu es sûr que tu ne veux pas venir ?

— Même si je le pouvais, ce ne serait pas une bonne idée.

— Pourquoi ça ?

— Pourquoi ? s'étonna ShiShi. Parce que… Oh, je perdrais mon temps à t'expliquer les subtilités des liens qui unissent un homme et son gardien. *Ton* gardien n'est qu'un lézard domestique. Assez parlé. Vas-y.

Mulan ne se le fit pas répéter et se rua vers les escaliers.

L'encens se fit plus prégnant, plus lourd au fur et à mesure qu'elle gravissait les marches. Elle se souvenait que cette odeur la rendait somnolente quand elle était enfant. À l'époque, Grand-Mère Fa l'emmenait souvent au temple familial prier leurs ancêtres. La jeune fille devait toujours réprimer un bâillement quand venait son tour de brandir l'encens et de s'incliner devant l'autel.

Pour l'heure, elle était loin d'avoir les paupières lourdes. Elle se sentait particulièrement énergique et accéléra sans se soucier des ombres vacillantes de ses bottes que projetaient les chandelles.

Elle regretta de ne pas avoir ôté son armure en bas. Ces quarante *jin*[1] la ralentissaient, mais elle refusait de se relâcher. Elle fixait du regard la porte de bois au sommet des escaliers. Elle était entrouverte. Un filet de lumière s'en échappait.

Shang était forcément là.

Le souffle court, Mulan gravit la dernière marche. Elle prit un instant pour se ressaisir, puis pénétra dans la pièce. De fins bâtonnets d'encens étaient plantés dans une mandarine entourée de chandelles dans des bougeoirs en bronze.

Un autel pour vénérer les morts, se dit Mulan. Mais ce ne fut pas cette vision qui la fit frissonner. Ses jambes se figèrent. Ses muscles se crispèrent.

Shang était adossé à un mur et observait le monde par la fenêtre. Il ne se retourna pas quand elle approcha. Il ne semblait même pas l'entendre.

À première vue, il était exactement tel qu'elle l'avait vu la première fois : une queue-de-cheval, la cape rabattue sur les épaules et l'armure lustrée, dépourvue de la moindre tache – y compris de sang.

Mais il y avait une différence : Shang n'était plus qu'un esprit.

Mulan porta la main à sa bouche. *Non !*

Elle ne pouvait nier les faits. Une douce lueur bleu pâle émanait de son corps et dansait comme des reflets sur l'eau.

1. Unité de poids chinoise dont la valeur dépend des lieux et des époques, actuellement équivalent à 500 grammes en Chine.

Elle distinguait les croisillons géométriques de la fenêtre à travers sa peau.

— Shang ? tenta-t-elle.

Sa voix était étranglée et rauque. La pièce était petite – à peine une dizaine de pas de long et de large. Elle avança vers lui, mais il ne réagit pas.

— Shang ?

Que regardait-il ?

Tout ce qu'elle pouvait voir au-dehors était le sinistre gris du ciel. Il n'y avait pas un nuage ni un oiseau à l'horizon.

Il doit voir quelque chose d'autre.

Les sourcils froncés de Mulan trahissaient son inquiétude. Les yeux de Shang étaient vitreux. Pas un seul de ses muscles ne tressauta quand elle appela son nom. Elle voulut lui secouer les épaules, mais elle ne pouvait même pas le toucher. Elle essaya malgré tout d'approcher sa main de son bras. Elle avait l'impression de frôler de l'eau chaude.

Est-ce déjà trop tard ?

— Shang, c'est moi, Ping. Je suis là.

Il dut ressentir quelque chose. Il se tourna enfin.

Quand il vit Mulan, l'un de ses sourcils se dressa. C'était un geste minuscule, mais suffisant pour la rassurer. Il était heureux de la voir ! Il cligna alors des yeux, et ses lèvres dessinèrent une grimace. Il se tordit les mains.

— Pas toi aussi, Ping.

Mulan écarquilla les yeux, comprenant soudain ce que Shang devait penser.

— Non. Pas moi. Je suis vivant.

Shang secoua la tête.

— Pas si tu es là.

— Shang, je suis venu vous ramener à la maison.

— Ping, regarde autour de toi. Nous sommes dans le royaume des morts.

— Oui, concéda-t-elle, mais je ne suis pas mort. L'esprit de votre père m'est apparu. Il a invoqué pour moi le gardien de votre famille, ShiShi. Venez avec moi, il nous attend en bas.

— Ping, dit Shang en haussant subitement la voix. C'est ma dernière chance de voir ma famille. J'aimerais être seul.

— J'ai parlé à votre père, répéta Mulan. Il m'a dit que vous ne me croiriez pas.

— Tu aurais dû l'écouter, lança-t-il en se retournant face à la fenêtre. Pars. Je n'ai pas beaucoup de temps ici et je veux garder autant de souvenirs que possible.

— Alors, vous savez ? Le roi Yama vous a dit que vous quittiez le Diyu ?

— Je sais que mon corps meurt, dit Shang d'un ton neutre. Je sais que j'ai été choisi pour retourner sur Terre. C'est un honneur. J'espère seulement pouvoir continuer à protéger la Chine dans ma prochaine vie.

— C'est dans *cette vie* que vous devez protéger la Chine ! rétorqua Mulan. Capitaine, je suis vraiment là !

— Non, Ping. (Il plissa le front et afficha une expression chagrinée.) Si tu es là, cela veut dire que tu meurs, toi aussi. Et j'en suis désolé. Tu devrais être dans ta propre tour.

Mulan serra les dents. Elle avait oublié à quel point Shang pouvait être obstiné. Presque plus qu'elle. Presque, seulement. Elle n'avait pas l'intention de baisser les bras.

Aide-le à croire. Aide-le à se souvenir.

— Vous avez dit que vous me faisiez confiance, n'est-ce pas ? dit-elle doucement.

Shang se retourna. Il la regardait d'un air incertain.

— Votre père veut que vous viviez, Shang. Je sais que vous pensez qu'il n'est pas honorable de refuser son destin, mais vous le devez. Nous avons besoin de vous. Vos hommes ont besoin de vous... Vous vous rappelez comme nous étions tous désespérés, au début ?

Shang laissa échapper un rire. Un rire brusque, certes, mais qui encouragea Mulan à poursuivre.

— Vous vous souvenez de notre première rencontre ?

— Comment pourrais-je oublier ? Tu étais le pire soldat que j'avais jamais vu.

Ce fut au tour de Mulan de rire.

Il lui arrivait parfois de vouloir effacer ce souvenir de sa mémoire. Mushu lui avait prodigué quelques conseils douteux pour se comporter comme un homme. Elle s'était avancée d'un pas lourd dans le camp d'entraînement et avait réussi à déclencher une bagarre générale avec les autres recrues. Shang lui-même avait dû intervenir pour remettre de l'ordre. Il l'avait trouvée recroquevillée au sol, les mains sur la tête pour se protéger des coups. La vue du capitaine lui avait fait tourner la tête – pas parce qu'il était grand, imposant et beau, mais parce qu'elle s'était relevée trop vite.

— J'avais si peur de vous que j'en avais oublié mon nom, confessa Mulan.

Ce n'était pas complètement faux. Pour être honnête, elle n'avait pas encore eu le temps de penser à un nom d'homme.

Toutefois, elle avait été sincèrement terrifiée par le capitaine. Terrifiée et curieuse.

Avec le recul, elle n'arrivait toujours pas à décrypter l'expression de Shang ce jour-là. Avait-il été en colère ? Perplexe ? Les deux ?

Il avait dû la prendre pour une imbécile !

Maintenant qu'elle le connaissait mieux, elle parvenait à déchiffrer ses expressions. La tête légèrement penchée : il écoutait. Le bras subtilement plié quand il s'adressait à elle : il était prudent. Les lèvres entrouvertes quand il attendait sa réponse : il espérait. Un doute subsistait dans ses yeux, mais il voulait la croire.

— As-tu encore peur de moi ? Maintenant que… je ressemble à ça ? demanda Shang en levant ses bras bleutés.

— Non, répondit Mulan. J'ai juste peur de perdre mon ami. Yao, Ling et Chien-Po aussi… Nous avons peur de perdre notre capitaine. Qui d'autre nous fera travailler aussi dur ? Vous devez vous battre, Shang. C'est ce que *vous* nous avez appris à faire.

Les yeux du capitaine se radoucirent.

— Alors c'est vraiment toi, Ping ?

— Je sais que c'est dur à croire, mais… oui.

— Et mon père… Mon père t'a vraiment envoyé ? Pour me ramener ?

— Il se doutait que vous seriez sceptique. Il vous connaît bien… Il m'a dit de vous raconter une histoire de votre enfance, au cas où vous ne me croiriez pas.

— Quelle histoire ?

— Il a dit que quand vous aviez six ans, vous vous étiez caché dans sa malle pour le suivre au combat. Il vous a surpris et vous a promis qu'un jour, vous combattriez ensemble.

Mulan hésita un instant.

— Il a aussi dit qu'il était désolé que ce jour ne soit jamais arrivé.

Les sourcils de Shang tressautèrent imperceptiblement, mais Mulan le remarqua néanmoins. Ses épaules se crispèrent.

— Il est là… au Diyu ? Je peux lui parler ?

— J'ignore où il est. Il a dit qu'il devait partir au Paradis.

Les épaules de Shang retombèrent. Il parut soulagé et triste en même temps.

— Je vois.

— Il veut que vous viviez, Shang, continua Mulan. Le gardien de votre famille m'a accompagné jusqu'ici pour vous ramener. Il est en bas. Il nous attend.

Shang baissa les yeux pour mieux observer Mulan. Il sondait son visage. Mulan voyait bien qu'il avait vraiment envie de la croire.

— Tu ne peux pas être réel.

— Je le suis pourtant. Shang, vous devez me croire. Vous devez vivre.

— Pourquoi ?

Pourquoi ? se répéta-t-elle. Elle chercha une réponse un moment.

— Mon père me racontait souvent les histoires des héros d'autrefois, les héros qui protégeaient la Chine contre les démons. Les dieux leur donnaient des pierres, des épées ou des lanternes magiques pour les aider dans leur quête. Même ainsi, les héros n'étaient pas invincibles. Ils connaissaient la peur et la mort, mais ils luttaient malgré tout parce qu'ils savaient que c'était ce qui était juste. Parce qu'ils étaient sincères et courageux.

Elle se mordit la lèvre en repensant aux histoires de son père. Les héros l'avaient toujours inspirée, même si tous étaient des hommes.

Ce n'est pas le sujet, se reprit-elle. *Je dois redonner à Shang l'envie de vivre.*

— Nous ne sommes que des hommes, Shang. Nous n'avons pas de magie, mais nous avons notre courage et notre force. La Chine a besoin de nous. Comme vous l'avez sans doute compris, j'ai profondément déçu mes parents. J'étais maladroit et têtu, mais aussi mécontent de moi. Je n'avais pas encore trouvé de but à ma vie. Je ne savais pas qui j'étais. Il m'arrive encore de l'oublier.

Elle s'arrêta, une boule dans la gorge.

— Mais ce n'est pas de moi qu'il est question. C'est de la Chine. De ma famille. De mes amis. J'ai choisi de venir au Diyu et de vous ramener. Vous aussi, vous avez un choix à faire, à présent. Si vous pensez que la route s'arrête là pour vous, je partirai. Mais si vous voulez continuer, venez avec moi.

Elle patienta le temps que Shang assimile ses paroles.

— Je reconnais bien là le véritable Ping, dit-il finalement en s'écartant de la fenêtre.

Sa voix était posée, comme lorsqu'il dirigeait ses troupes. Mais l'urgence résonnait dans ses paroles suivantes :

— Alors, comment partons-nous d'ici ?

Mulan sourit. Voilà le Shang qu'elle connaissait.

— Suivez-moi, dit-elle en se dirigeant vers la porte.

Toutefois, à peine Shang avait-il franchi le seuil que les murs se mirent à trembler. Le sol semblait prêt à se dérober sous leurs pieds.

— La tour va s'effondrer ! s'alarma Shang.

Il tendit la main pour saisir le bras de Mulan, mais il le traversa comme une ombre. Son visage se déforma de tristesse et de frustration. Il la regarda, les mâchoires serrées par la détermination :

— Allons-y !

Mulan dévalait les marches deux par deux, voire trois par trois. Elle entendait les roches tomber partout autour d'elle, comme si un géant avait abattu son marteau sur le toit de la tour. Le vacarme était presque assourdissant.

Il ne restait plus qu'une vingtaine de marches avant la sortie quand Mulan aperçut ShiShi faisant les cent pas dehors. Ils y étaient presque.

C'est alors que les marches se lissèrent sous ses pieds. Shang et elle glissèrent jusqu'en bas, poursuivis par un gigantesque éboulement. Ils se dirigeaient droit vers le mur !

Ils battirent tous les deux des pieds pour tenter de freiner leur chute, mais en vain.

Voyant le danger qu'ils encouraient, ShiShi fonça à travers l'entrée et chargea droit vers eux. Il les rattrapa et les protégea pendant que les pierres s'abattaient sur son dos. Mais avant même qu'il ait eu le temps d'attraper Mulan entre ses crocs pour la faire sortir, la tour disparut.

Ils tombèrent tous les trois dans le vide.

Le rugissement de ShiShi résonna tandis qu'ils chutaient vers les profondeurs du Diyu.

Chapitre onze

Mulan se retint de crier. Elle avait pris l'habitude de marcher, de manger et de parler comme un homme, mais elle ignorait encore comment crier comme tel. Elle avait bien entendu Ling et Mushu hurler plus d'une fois, mais jamais Shang. Shang était toujours courageux. S'il éprouvait de la peur, il s'en servait pour trouver un moyen de se sortir, lui et ses hommes, du danger.

Ainsi, ils chutèrent ensemble dans ce qui ressemblait à un tunnel de désespoir et d'obscurité sans fin. Mulan refusait que son secret éclate au grand jour, elle refusait de céder à ses peurs de ne jamais rentrer chez elle.

Elle bloqua son cri dans sa gorge et se mordit les lèvres.

ShiShi rugissait encore. Son pendentif de jade tourbillonnait dans un éclair vert. Le grand lion battait des pattes dans le vide comme s'il affrontait un ennemi invisible.

Mulan agita les pieds pour tenter de s'orienter et voir ce qui se trouvait sous elle, mais la chute était trop rapide. Ses efforts ne firent que renforcer son vertige. Alors qu'ils sombraient dans le Diyu, elle aperçut du coin de l'œil différentes chambres – des maisons encerclées d'arbres en feu, des terres escarpées et désolées, battues par la tempête. Elle vit des panaches de fumée et des reflets de chaînes métalliques. Mais, surtout, elle entendit les cris à glacer le sang des fantômes torturés.

ShiShi atterrit le premier. Un nuage de poussière se souleva autour de lui. Shang fut le suivant : il se posa avec un son sourd, mais ne put retenir un gémissement de douleur, ce qui rassura Mulan sur le fait qu'il était vivant. Ou presque.

Mulan se prépara pour l'impact. Elle rentra la tête et plia les genoux. Étrangement, son atterrissage fut doux, comme s'il avait été amorti par une couverture épaisse…

— Descends de là ! grogna ShiShi. Allez, du nerf !

Mulan roula sur le côté et descendit du dos du lion. ShiShi était recouvert de poussière. Ses yeux orange brillaient dans la pénombre. Ils étaient tombés dans une toute petite chambre, juste assez grande pour ShiShi et elle.

— Shang ? appela-t-elle en fouillant désespérément l'obscurité.

Elle posa la main contre le mur de pierre qui les encerclait. Non, ce n'était pas une chambre – elle pouvait voir le ciel au-dessus d'eux, d'un bleu étincelant. Ils étaient dans un puits !

— Ping ? appela Shang d'en haut.

— Je suis là, cria-t-elle en retour. Avec ShiShi !

Le visage de Shang se découpa sur le ciel.

— Ne bougez pas. Je vais trouver un moyen de vous sortir de là.

— Je n'ai pas l'intention de rester là, rétorqua ShiShi, dont la queue battait le mur circulaire.

Il enfonça alors ses griffes dans la pierre et tenta de se hisser vers la sortie, mais c'était inutile. Il ne parvint pas à escalader la paroi et retomba lourdement au fond du puits.

Le gardien essaya encore et encore, sans succès. Il gratta le sol de ses pattes arrière et heurta un seau. Celui-ci rebondit bruyamment contre le mur et retomba sur sa queue. ShiShi rugit, clairement exaspéré.

— C'est fâcheux, finit-il par dire.

— Au moins, le puits est vide, dit Mulan en frappant le sol de sa semelle. Ça pourrait être pire.

ShiShi serra les dents.

— Maigre consolation.

Mulan examina le mur rocheux. La pierre était glissante, le mortier fin. Il lui serait impossible de l'escalader, même avec ses doigts agiles.

— Shang ? appela-t-elle. Vous voyez quelque chose ?

Silence. Shang était sans doute parti chercher de l'aide.

ShiShi gronda. Mulan partageait son agacement. Elle venait à peine de retrouver Shang qu'ils étaient déjà séparés.

Elle s'adossa au mur pour réfléchir à une autre solution.

— Eh bien, petit soldat, quel tour as-tu dans ta manche, cette fois ?

— J'y travaille, répondit seulement Mulan.

Elle se demandait à quoi pouvait bien servir ce puits vide. Était-ce un obstacle disposé là dans le seul but de les ralentir ? Combien de temps s'était déjà écoulé depuis qu'ils avaient quitté Yama ?

ShiShi grogna de nouveau.

— Quelle manière honorable de me présenter à Li Shang : coincé au fond d'un trou !

Le ton du lion tira Mulan de ses réflexions.

— Est-ce pour cela que tu ne voulais pas m'accompagner dans la tour ? lui demanda-t-elle finalement avant de baisser la voix. Tu avais peur de le décevoir ?

ShiShi baissa son énorme tête pour tenter de cacher sa grimace. Il s'agita maladroitement. Mulan ne s'attendait pas à ce que le fier gardien des Li lui réponde et fut donc surprise quand il prit la parole :

— Je suis arrivé au service du général Li quand il avait l'âge de Shang. Il est devenu plus qu'une mission. Il est devenu mon ami. Lorsqu'il est mort, je lui ai promis que je veillerais sur son fils. J'en ai fait le serment. Et maintenant ? Le général est mort, et son fils est au Diyu, soupira ShiShi, les vibrisses tombantes. Ça ne m'étonnerait pas que je sois dégradé de mon rôle de gardien.

— Shang a de la chance de t'avoir, l'apaisa Mulan en posant sa main sur sa crinière. Tu es courageux et… sûr de toi. Parfois, tu me fais penser à Mushu. Sauf que tu es bien plus grand.

ShiShi se secoua la tête pour enlever la main de Mulan.

— Je n'ai rien en commun avec un lézard.

Le ton du lion irrita Mulan. Malgré les défauts de Mushu et sa tendance à les mettre en danger, elle avait de l'affection pour son petit protecteur. Si elle restait prisonnière du Diyu, le dragon serait-il puni ? Dégradé ?

Non, parce que je nous sortirai de là.

— ShiShi, nous allons sauver Shang. Tu resteras le grand gardien que tu as toujours été. Je te le promets.

— Il n'y a pas que ça, admit ShiShi avec une nouvelle grimace, accompagnée d'un soupir. Tu n'es pas le seul à porter le poids de la honte sur tes épaules.

Ah. Maintenant, Mulan comprenait. Elle avait beau essayer, elle ne pouvait s'empêcher de s'en vouloir pour ce qui était arrivé à Shang. Il ne lui avait pas traversé l'esprit que ShiShi pouvait ressentir la même chose à l'égard du général Li. Ce qu'elle avait pris pour de la fierté et de la déception était en réalité de la culpabilité.

— Shang ne t'accuserait jamais de la mort de son père, dit-elle d'une voix douce. Ce n'était pas ta faute.

— Dixit le soldat qui s'estime coupable de la mort de Li Shang, grommela le lion.

— En effet, je me sens terriblement mal pour lui, mais ce ne sont pas les remords qui m'ont conduit ici, lui rappela Mulan. Nous faisons ce qui est juste en sauvant Shang. Je l'aurais fait même s'il n'avait pas été blessé pour me protéger. Je veux l'aider.

ShiShi releva la tête.

— Si le général Li croit en toi, j'imagine que je peux le faire aussi, Ping.

Le lion serra sa large mâchoire, comme s'il détestait afficher ses émotions ainsi.

— Où est donc passé Shang ? Il prend son temps.

Mulan leva les yeux. Soudain, quelque chose accrocha son regard sur les parois du puits. Il y avait une poulie rouillée au sommet, mais la corde n'était plus là.

— Nous avons besoin d'une corde.

— Une corde ?

En bougeant, ShiShi redonna un coup dans le vieux seau. Cette fois, Mulan se redressa et découvrit un objet fin et long comme un serpent derrière lui.

— Ah ! s'écria-t-elle.

Le lion se tordit le cou pour regarder derrière lui.

— Je me demandais aussi pourquoi ma queue semblait si rugueuse. Est-ce que ça suffira ?

La longue corde, nouée au seau en bois, se déroula vers Mulan.

— Ça pourrait bien fonctionner.

Elle sauta et lança en même temps le seau aussi haut que possible. Elle dut s'y reprendre à trois fois pour franchir le rebord. Le seau disparut à l'extérieur. Elle tira un coup sec sur la corde pour tester sa solidité.

— Je vais monter, annonça-t-elle.

— Et moi ?

— Ne bouge pas.

Mulan attacha la corde autour du torse du lion avec un nœud solide. Elle se hissa ensuite à la corde au-dessus de lui et entreprit son ascension.

— Qu'est-ce que tu fais ? demanda le gardien dont l'écho de la voix résonnait dans le trou. Tu vas m'abandonner ici ?

— Ne t'inquiète pas, je vais te remonter quand je serai sorti.

Elle s'extirpa de l'ouverture et mit les pieds sur un sol moelleux. Des fleurs ? Surprise, elle s'accroupit, s'étira brièvement et se redressa d'un bond. Un parfum entêtant de pivoine, de mandarine et de fleurs de lotus planait dans l'air.

— Ce n'est pas vraiment ce que j'imaginais, murmura-t-elle pour elle-même, fascinée par la beauté des lieux.

Si ShiShi n'avait pas été coincé dans un trou, elle aurait pris quelques minutes pour admirer l'environnement.

— Sors-moi de là ! rugit le lion.

— Shang ! s'écria-t-elle en apercevant le capitaine, non loin.

Il cherchait encore un moyen de les faire sortir. Il avait trouvé un arbre mort et le traînait péniblement vers le puits quand il la vit.

— Ping ! Comment es-tu…

— ShiShi est encore au fond, l'interrompit-elle. J'ai besoin de vous.

Shang lâcha le tronc et accourut. Ensemble, ils tirèrent sur la corde pour soulever ShiShi.

— Enfin ! fit le lion en sautant sur l'herbe. Il se débarrassa de la corde d'un coup de griffe et s'ébroua pour chasser la poussière de ses poils. Il se redressa alors de toute sa hauteur pour se présenter officiellement à Shang.

— Je suis le grand gardien de la famille Li, tonna-t-il. J'ai guidé les héros de ta famille pendant plus de dix générations, et maintenant…

— Sais-tu où nous sommes ? le coupa Shang.

Mulan réprima un petit rire. C'était tout Shang : il ne tergiversait jamais.

— Non, répondit ShiShi, vexé, avant d'observer l'endroit où ils se trouvaient. Nous avons fait une longue chute. Nous devons être au cœur du Diyu.

— Le cœur de Diyu est un… jardin ? s'étonna Mulan.

Aussi loin que portait son regard s'étendaient des fleurs et des arbres, tous si verdoyants et splendides qu'elle en oubliait presque qu'elle se trouvait dans le royaume des morts. L'herbe haute lui chatouilla la taille quand elle s'approcha d'un mandarinier. Juste derrière coulait un ruisseau grouillant de carpes rouges et blanches.

— N'avale rien, l'avertit ShiShi.

— Pourquoi ça ?

— Le roi Yama s'amuse avec nous. Dans son domaine, c'est lui qui fixe les règles. Ne prenons aucun risque inutile.

Mulan hocha la tête. Elle n'avait pas oublié l'épreuve de la forêt.

— Nous devons trouver un moyen de remonter.

— À moins que l'un de vous n'ait des ailes, lança ShiShi, je ne vois pas comment.

Mulan s'abrita les yeux et observa le ciel. Il était du même bleu éclatant que la peinture pour porcelaine utilisée par les artistes de son village. Mais le soleil était invisible. Si elle plissait les yeux suffisamment, elle parvenait à distinguer la lune derrière un grand nuage blanc. Le premier quartier était complètement noir, désormais.

— N'ai pas l'air si surpris, dit ShiShi en remarquant l'expression interloquée de Mulan. Tu as pris ton temps, dans la tour. Sans parler de ce fichu puits. Au moins, nous avons retrouvé Li Shang.

Mulan hocha la tête, l'air absent. Elle ignorait à quelle distance des portes du Diyu ils se trouvaient. Et elle ne savait dire combien de temps il leur restait avant le lever du jour.

Ce que Yama avait sans doute prévu, se dit-elle. Il ne les aurait jamais laissés quitter le Diyu en sortant directement de la Tour du Dernier Regard.

— Là ! s'exclama Shang.

Un pavillon doré dépassait des arbres. Son toit de jade et d'or était camouflé par la végétation dense du jardin.

— Ça nous conduira peut-être ailleurs dans le Diyu.

— Ça pourrait nous conduire plus profondément encore, tempéra ShiShi.

— Ou nous rapprocher de la sortie.

— Shang a raison, intervint Mulan.

Elle frotta le sol de son pied et fit apparaître un chemin de brique menant droit au pavillon.

— Quoi qu'il en soit, nous devons essayer. Peut-être que nous y trouverons un de ces portails.

— Je n'aime pas ça, grommela le gardien, qui suivit malgré tout Mulan et Shang sans se priver d'écraser les fleurs. La dernière fois que j'ai été invité dans un pavillon tel que celui-ci, c'était avec l'arrière-arrière-grand-père de Li Shang. Il avait fait construire la statue la plus grandiose qui soit à mon effigie, en plein centre. Tout le monde pouvait m'admirer en pleine gloire. Elle a été détruite quelques années plus tard lors d'une bataille. (Il gémit.) De tristes souvenirs, ce genre de pavillons.

Mulan étouffa un rire et se contenta de regarder droit devant. La construction surplombait un étang dans lequel se jetait le ruisseau qu'elle avait remarqué plus tôt. À l'intérieur, elle pouvait voir deux bancs en bois autour de tables en palissandre, dont les pieds étaient taillés en forme de renards. Une théière était disposée au centre d'une table. Un filet de vapeur s'en élevait.

— Attendez, dit Shang en levant un bras avant qu'ils n'approchent trop. Nous ne sommes pas seuls.

— J'y vais, dit ShiShi. Après tout, c'est moi qui connais le mieux le Diyu. Je peux sentir les démons à mille pas.

Avant que quiconque puisse protester, le lion s'avança vers le pavillon en reniflant les roses blanches et rouges sur le chemin. L'un des rosiers s'agita. ShiShi bondit dedans.

— Attends, ShiShi… Sois prudent !

Trop tard. À peine Mulan avait-elle lancé son avertissement qu'une bêche en bronze émergea du buisson et frappa ShiShi sur le crâne.

Chapitre douze

— AÏE ! hurla le lion

Des buissons jaillit une petite vieille. Elle portait un chapeau de paille rond et une robe vert crème parée d'une ceinture jaune. La bêche étincelait dans ses mains. Elle la brandit de manière menaçante au-dessus de la tête de ShiShi.

— Ça t'apprendra, vilaine bête, à vouloir effrayer une pauvre femme !

— Il est avec nous, intervint rapidement Mulan en se plaçant devant le lion.

— C'est le protecteur de ma famille, précisa Shang.

Les yeux de la vieille femme pétillaient.

— Ah, des soldats ! Vous auriez dû le dire plus tôt. On n'est jamais trop prudent de nos jours, avec tous ces démons et ces fantômes en goguette. Rien que l'autre jour, j'ai surpris un démon qui rôdait dans mes pruniers.

— ShiShi n'est pas un démon, expliqua Mulan.

La femme jeta sa bêche dans les fourrés et attrapa Mulan par le bras. Elle tapota son armure. Mulan remarqua seulement alors que la vieille femme ne luisait pas. Elle n'était pas translucide comme Shang. Elle semblait… vivante.

Celle-ci fronça le nez.

— La mode a changé depuis mon dernier passage au centième niveau. Qui est l'empereur, aujourd'hui ?

— Le centième niveau ? Est-ce le plus élevé ? demanda Mulan en ignorant la question.

Le général Li leur avait montré que la forêt de bambou se trouvait au soixante-dix-neuvième niveau, mais il n'en savait pas plus.

— Est-ce là que les Portes du Diyu se trouvent ?

— Tu es futé, toi. Oui, le trône du roi Yama se trouve au centième niveau.

— Et où nous trouvons-nous ? Comment pouvons-nous remonter ? s'enquit Shang.

— Ce n'est pas si simple, soupira la vieille femme. Les choses ici changent continuellement. C'est un peu comme un labyrinthe. Il est très facile de s'égarer. Heureusement pour vous, je connais le Diyu comme ma poche.

— Peut-être pourriez-vous nous aider, dans ce cas ? continua Shang.

— Prenons une tasse de thé, d'abord. Toutes ces questions me donnent soif.

— Merci, madame, mais…

— *Lao Lao*, le coupa la femme. Appelez-moi Lao Lao. Tout le monde me considère comme sa grand-mère, au Diyu. Ici, nous sommes tous de la même famille. Cela fait si longtemps que je n'ai pas eu de compagnie. Surtout de braves et honorables jeunes gens. Et accompagnés d'un gardien si impressionnant, pour ne rien gâcher !

Elle toucha la crinière avec admiration, ce qui parut séduire immédiatement le lion malgré ses déboires, quelques instants plus tôt.

— Venez, venez.

Mulan et Shang échangèrent un regard.

— Je suis désolé, Lao Lao, mais nous sommes un peu pressés…

— Il n'y a pas de « mais » qui tienne, coupa encore la femme, une lueur espiègle dans les yeux. Et n'allez pas me faire croire que vous n'avez pas le temps. Ici, au Diyu, le temps est tout ce que nous avons.

Lao Lao les guida vers son pavillon.

— La chance est de notre côté, se réjouit ShiShi, fier comme un paon des louanges de la femme.

— Peut-on lui faire confiance ? demanda Mulan.

L'énergie et la petite taille de Lao Lao lui faisaient penser à Grand-Mère Fa. Si l'on passait outre ses cheveux blancs, si longs qu'ils lui arrivaient sous la taille, et son menton pointu, la ressemblance était frappante. Peut-être même trop.

— Nous n'avons pas besoin de lui faire confiance, répliqua le gardien. Mais tout le monde n'est pas animé de mauvaises intentions, au Diyu. Je préfère encore ça à errer au hasard dans ce royaume perdu.

Shang semblait partager les réticences de Mulan, mais céda.

— Ça vaut la peine d'essayer.

Il fut le premier à entrer sous le pavillon. ShiShi rentra les côtes pour se faufiler entre les piliers. Derrière lui, Mulan monta les marches délicates à son tour.

Coussins de soie, bancs sculptés aux motifs de papillons et d'oiseaux, tables rondes ornées de bougies au parfum de rose et de chèvrefeuille : cela faisait longtemps que Mulan ne s'était pas retrouvée dans un endroit dûment décoré.

— Asseyez-vous, je vous en prie, fit la vieille femme en désignant les bancs et les coussins de sol où ShiShi s'était déjà installé. Mulan remarqua trois tasses vides sur la table. Étaient-ils attendus ?

— La journée a été longue, dit la femme en prenant l'anse de la théière. Auriez-vous l'amabilité de me passer votre tasse ?

Shang secoua la tête. Mulan se souvint qu'il avait essayé d'attraper son bras dans la tour, mais qu'il n'avait pu la toucher.

— Je ne crois pas en être capable.

— Vous pouvez toucher tout ce qui appartient au Diyu, lui expliqua Lao Lao. Ces tasses, ces bancs, les fleurs de mon jardin. (Elle croisa le regard de Mulan.) Mais je crains que vos compagnons ne soient hors de portée, tant qu'ils sont en vie.

D'un geste hésitant, Shang saisit la tasse la plus proche. Sa peau était si transparente qu'il pouvait voir les fleurs peintes sur la porcelaine à travers ses doigts diaphanes. Il la passa à Lao Lao qui souleva la théière pour y verser le thé.

— Laissez-moi vous aider, fit Mulan en se levant. Ça a l'air lourd.

— Non, non, je suis plus forte qu'il n'y paraît. Le jardinage..., dit la femme en remplissant une première tasse. Vous autres, soldats, avez dû entendre parler de la guerre qui fait rage, là-haut. J'ai bien peur que mes informations ne soient plus de première fraîcheur. Le roi Yama est toujours particulièrement irritable en temps de guerre. L'affluence… Son travail devient insupportable. Mais j'ai entendu parler de vous. Le capitaine Li Shang, son gardien ShiShi et Ping, n'est-ce pas ?

Shang et ShiShi acquiescèrent. Mulan jeta un rapide coup d'œil au lion, bien calé dans son coin. N'était-il pas étrange que des coussins aient été disposés là justement pour lui ?

— Comment connaissez-vous nos noms ? s'enquit Mulan.

— Le roi Yama ne laisse pas souvent entrer des visiteurs de la surface, répondit Lao Lao. Vous devez être un jeune homme unique, Ping. Le garçon sans nom, comme certains vous surnomment.

— « Sans nom » ? répéta Shang. Il s'appelle Ping.

Mulan remua. Elle se souvenait de la réflexion de Yama lorsque celui-ci n'avait pas trouvé le nom « Fa Ping » dans son registre.

— Mais vous, insista-t-elle, qui êtes-vous ?

— Oh, rien qu'une vieille dame chanceuse d'avoir un jardin au Diyu.

— Vous n'êtes pas un fantôme, souligna Mulan. Vous semblez bien vivante.

Lao Lao s'amusa de l'observation de Mulan.

— Je ne suis pas un démon, si c'est ce qui vous inquiète. Le roi Yama et moi avons… un accord, expliqua-t-elle avec un clin d'œil à Mulan. Mais d'après ce que je vois, je ne suis pas la seule à bénéficier de certains privilèges.

Mulan fronça les sourcils.

ShiShi s'éclaircit alors la gorge.

— Pardonnez-le, Lao Lao. C'est la première fois que le petit soldat met les pieds au Diyu. Il est un peu nerveux.

— Je vous comprends, Ping. Ce ne doit pas être facile d'être le seul humain à arpenter le Diyu. Vous avez de la chance d'être accompagné par le grand gardien des Li. Surtout vous, capitaine Li Shang.

Le pelage de ShiShi fut parcouru d'une nouvelle vague de fierté.

— Li Shang est le fils du vénérable général Li. Je ferai de lui un grand héros. Quand nous serons sortis du Diyu, bien sûr.

— En parlant de sortir, l'interrompit Mulan. Vous avez dit que les portes se trouvaient au centième niveau.

— En effet, répondit Lao Lao. C'est la seule issue. Mais la plupart des âmes qui entrent au Diyu ne revoient jamais ce niveau. Votre meilleure chance est de rejoindre la quatre-vingt-dix-neuvième chambre – Youdu, la Cité des Morts – et d'y rester. Le reste du Diyu est rempli de dangers invisibles. Il existe d'innombrables chambres où règnent la souffrance, la misère et les monstres cauchemardesques. Si vous y mettez les pieds, vous risquez d'y être enfermés à jamais. Mais Youdu est plutôt agréable.

Mulan observa le pavillon. Les six côtés étaient ouverts. Elle pouvait ainsi profiter de la vue du jardin et de l'étang sous tous les angles. Elle pouvait facilement en sortir. Alors pourquoi avait-elle l'impression d'être entrée dans une cage ?

— Oh, mon cher, se désola Lao Lao. Je vois que mes propos vous inquiètent, Ping ? N'ayez crainte. Ce n'est pas un niveau dangereux. Vous êtes en sécurité, ici. Qui plus est, au Diyu, rien ne peut faire souffrir un fantôme.

Mulan fronça de nouveau les sourcils.

— Si tel est le cas, pourquoi le Diyu compte-t-il autant de chambres de torture ?

— Ah, vous êtes rusé. Tous les fantômes ne méritent pas d'être punis ; ceux-là passent leur temps à Youdu.

— Et *eux* peuvent souffrir ?

— Seuls les fantômes condamnés à être torturés peuvent souffrir. Voyez-vous, le corps des fantômes est comme l'eau : ils peuvent toucher tout ce qui est au Diyu, mais ils peuvent aussi le traverser s'ils le choisissent. Cela demande un peu de pratique, surtout pour voler, mais la plupart d'entre eux sont là depuis assez longtemps pour maîtriser ces talents.

Lao Lao inclina la tête et poursuivit :

— Ils ne sentent rien : ni la douleur d'un millier de coups de fouet, ni leur chair en train d'être carbonisée, ni leurs yeux être crevés. Sauf si tel est le châtiment qui a été décidé pour eux. Le roi Yama a le don de découvrir les plus grandes peurs des défunts et de les confronter à celles-ci… S'ils doivent être punis, bien sûr.

Elle s'arrêta, lisant l'inquiétude sur le visage de Mulan.

— Votre ami n'est pas un fantôme. Il en a l'apparence, bien sûr, mais son enveloppe charnelle vit encore à la surface. D'ici là, rien ou presque ne pourra l'inquiéter au Diyu.

— « Ou presque » ? répéta Mulan. Vous venez de dire que rien ne pouvait le faire souffrir.

— Vraiment ? s'étonna Lao Lao avec un haussement d'épaules. Les fantômes peuvent toujours se perdre ou être piégés. Ce ne serait pas un sort enviable pour le capitaine.

— Et Ping ? demanda soudain Shang. Il n'est pas un fantôme, lui.

— Ping doit être prudent. Très prudent, insista-t-elle avec un sourire avant de pousser les tasses vers eux. Buvez, buvez. Votre thé refroidit. Vous devez être assoiffés.

— Merci, ça va, répondit Mulan qui n'avait pas oublié l'avertissement de ShiShi.

Un avertissement que le lion lui-même semblait omettre bien vite. Il reniflait le thé, l'air intéressé.

— Comment ? rit Lao Lao. Vous n'avez pas l'air dans votre assiette, Ping. Avez-vous peur que mon thé soit empoisonné ?

— Non, bien sûr, répondit rapidement Mulan. Nous avons une longue route à parcourir et...

— Justement, buvez donc. Une gorgée ou deux ne vous retardera pas.

La vieille femme rapprocha la théière et en souleva le couvercle pour que le parfum des feuilles leur parvienne aux narines.

— Comment des plantes qui sentent si bon pourraient-elles être dangereuses ? Dites-moi !

Le regard féroce de ShiShi s'évapora quand il inhala accidentellement le parfum du thé. Il soupira :

— Orange. Et jasmin. Avec juste une pointe de gingembre.

Mulan devait bien admettre que l'odeur était enchanteresse. Le doux fumet l'enveloppait telle une étreinte chaude et invisible. Elle se sentait en sécurité.

Elle regarda sa tasse et se vit sourire béatement. Derrière elle, l'une des lanternes en laiton suspendues au plafond apparut dans le reflet. Elle crut alors voir le visage du roi Yama se dessiner, comme sur chacun des portails qu'ils avaient franchis au Diyu.

Il y avait peut-être un portail dans ce pavillon !

Elle se redressa, repoussa sa tasse et leva les yeux pour observer la lanterne.

Le visage de Yama disparut et la lumière de la lanterne vacilla. Le laiton reflétait la lueur et se parait de couleurs hypnotiques.

Mulan cligna des yeux. Lorsqu'elle les rouvrit, la lanterne était telle qu'elle avait toujours été. Pas de roi des morts, pas de couleurs étranges.

— Ping ? fit Lao Lao.

Mulan resta bouche bée. Sa réponse, qui était claire comme de l'eau de roche une seconde plus tôt, lui échappa. Elle plissa le front. Que lui arrivait-il ? Elle n'arrivait pas à se souvenir !

— Je, euh…

— Restez donc et prenez un peu de thé, insista la vieille dame en déposant la tasse dans les mains de Mulan. Je vous dirai tout sur le Diyu. Je suis là depuis un long moment, vous savez.

Mulan fixa le liquide fumant. Elle étudia les feuilles séchées qui tourbillonnaient au fond. Le thé était magnifique ; elle n'avait jamais vu de breuvage aussi coloré. Le rouge et le rose s'enchevêtraient avec l'ambre et le bleu comme sur les ailes d'un papillon.

— Ohhh, ouuuiii, marmonna ShiShi. J'adooore les histoires…

Mulan s'extirpa de sa contemplation. Elle avait la tête qui tournait. Qu'essayait-elle de se rappeler ? Un avertissement ? Une histoire ?

Elle se toucha les tempes pour essayer d'apaiser la douleur lancinante. Shang avait inhalé le parfum du thé ; elle le voyait à ses yeux vitreux, aux grimaces qu'il faisait pour combattre le vertige.

De quoi devais-je me souvenir ? Quelque chose à propos… de ne rien manger ni boire au Diyu. Pourquoi ? Parce que… Parce que ce serait un risque.

Mais qui lui avait dit ça ?

ShiShi ? Oui, il l'avait mise en garde… mais ce n'est pas de ça qu'elle essayait de se souvenir. C'était quelque chose à propos du thé… Le thé ! Le général Li avait dit que Shang devrait boire une potion qui lui ferait oublier sa vie précédente. Était-ce justement ce qu'elle sentait ? Dans ce cas, la vieille femme était Meng Po, la Dame de l'Oubli. Ils étaient dans son pavillon !

Les mains de Mulan se mirent à trembler. Elle manqua de laisser échapper la tasse. Elle posa une main par-dessus pour tenter de couvrir l'odeur.

Les pensées se bousculaient dans son esprit. Ils devaient partir de là, mais comment ?

ShiShi arborait un sourire rêveur. Il ne semblait pas avoir bu de thé, au grand soulagement de Mulan, mais une fois sa stupeur passée, elle n'avait aucun doute qu'il y plongerait les lèvres.

De même que Shang.

— C'est ma préparation spéciale aux cinq saveurs, leur annonça Meng Po. Allez-y, goûtez donc, capitaine.

Non ! Il ne fallait pas qu'il boive !

Allez, Mulan. Tu n'avais aucun mal à être maladroite, à la maison. Tu as renversé du thé sur la marieuse et tu t'es ridiculisée devant tout le village. Meng Po n'est pas une vieille femme, c'est une fourbe servante du roi Yama.

Mulan donna un coup de coude à Shang. Elle traversa son corps, mais renversa la tasse qu'il tenait dans ses mains. Celle-ci s'écrasa au sol.

Elle fut soulagée de voir les yeux du capitaine s'éclaircir. Elle lui adressa un regard complice. « Entre dans mon jeu », disait-il.

— Oh, pardonnez-moi. Je suis tellement maladroit. Shang dit toujours que j'étais le pire soldat de son régiment, fit Mulan avec un rire embarrassé. N'est-ce pas, Shang ?

Shang leva un sourcil et se força à rire.

— Oui, le pire !

Meng Po plongea une main dans sa poche et en tira une autre tasse.

— Il n'y a pas de mal. J'ai tout le thé qu'il faut.

Sa voix était encore chaleureuse, mais une pointe d'impatience épiçait ses mots.

— Je vais vous resservir, capitaine. Mais vous, Ping, votre tasse est encore pleine. Allez, buvez.

Elle est douée, songea Mulan. Elle fit mine de prendre une gorgée et profita d'un instant d'inattention de Meng Po pour vider la tasse par-dessus son épaule. Elle adressa une œillade en coin à Shang, qui hocha la tête.

— Comment le préparez-vous ? demanda Mulan pour essayer de gagner du temps. Il sent si bon. Vous faites pousser les plantes vous-même ? Ou bien viennent-elles d'une autre région du Diyu ?

— Tout est fait maison, répondit Meng Po en servant Shang. Je ne m'aventure pas souvent en dehors de mon jardin.

— Vraiment ? Pourquoi donc ? Seriez-vous piégée ici ?

— Non, non. Je me sens bien ici. Tout est si paisible, comprenez-vous.

Trop paisible, se dit Mulan. *Pas d'oiseaux, pas d'insectes. Seulement quelques poissons.* Elle se pencha pour voir passer une carpe sous le pavillon. *Ce n'est pas normal.*

Elle retint sa respiration et dit enfin :

— Nous ne voudrions pas vous retarder.

— Ne vous inquiétez pas, jeune Ping. J'ai tout le temps qu'il faut.

— Elle n'a pas tort, acquiesça ShiShi. Nous devrions rester encore un peu. Crois-moi, le reste du Diyu n'est pas aussi agréable que ce pavillon.

Mulan serra les dents. L'état du lion devenait préoccupant.

— Où sommes-nous dans le Diyu ? demanda-t-elle à Meng Po.

— Nous nous trouvons au vingt-quatrième niveau. J'ai bien peur que vous soyez tombés très bas dans le Diyu.

Mulan tressaillit et faillit faire tomber sa tasse.

— Le vingt-quatrième ?

L'inquiétude traversa aussi le visage de Shang, mais le capitaine se ressaisit aussitôt.

— Honorable Lao Lao, auriez-vous l'amabilité de nous indiquer comment rejoindre les portes ?

— Il n'y a qu'une seule sortie, répondit Meng Po. Je vous dirai tout quand vous aurez bu.

— J'ai fini, annonça Mulan, le visage aussi neutre que possible. C'est le meilleur thé que j'ai jamais bu.

— Vraiment ? s'étonna Meng Po derrière son éventail. Si vous l'aviez vraiment bu, vous auriez déjà oublié son goût.

Mulan sentit ses joues rosir. Elle se redressa d'un bond et s'élança vers le jardin.

— Restez ! ordonna Meng Po.

Des panneaux de papier se déroulèrent comme des parchemins tout autour du pavillon. D'un coup, l'espace sombra dans l'obscurité. Les yeux de Meng Po se rétrécirent.

— S'il vous plaît. Il est malvenu de refuser l'hospitalité des anciens.

Mulan déglutit. Ils étaient pris au piège.

— Je sais qui vous êtes, lança soudain Mulan. Vous n'êtes la *lao lao* de personne. Vous êtes la Dame de l'Oubli.

Meng Po se redressa sur son siège. Ses paupières tombantes s'ouvrirent complètement.

— Et toi, tu es le soldat qui a enlevé le capitaine Li Shang dans la Tour du Dernier Regard. Maintenant, bois, ou je serai obligée de libérer mes démons contre toi.

— Non.

— Mon thé est un réconfort. Ce sera bien plus douloureux, pour vous tous, si tu refuses. Je peux te l'assurer. Vous n'arriverez jamais au centième niveau.

— Vous avez raison. Nous n'y arriverons pas. Pas si nous restons ici !

Mulan arracha la théière des mains de Meng Po et lui renversa la boisson brûlante sur le visage.

Meng Po poussa un long hurlement. Ses longs cheveux blancs dégoulinaient de thé.

— Venez, Shang !

Le capitaine était déjà debout. Il souleva une table en palissandre et la lança contre les murs en papier. Il se chargea ensuite de déchirer les panneaux pour passer. Mulan donna un coup de pied dans la tasse de ShiShi, qui sortit alors de sa transe.

— Debout, s'écria-t-elle. Lao Lao est Meng Po.

ShiShi bondit sur ses pattes et sortit du pavillon sans hésiter. Mulan le suivit et atterrit dans un rosier. Elle se fraya un chemin entre les fleurs et les feuilles jusqu'au chemin de brique qu'ils avaient trouvé plus tôt. Derrière eux, Meng Po criait dans une langue que Mulan ne comprenait pas.

Elle ne s'en préoccupa pas davantage. Ils devaient trouver la sortie de ce niveau, et vite.

Shang la devançait encore de quelques pas.

— Par là, lança-t-il en se dirigeant vers le nord. Où est ShiShi ?

— Il est…

Mulan se retourna pour s'assurer que le gardien les suivait bien, mais il n'était plus là.

Elle hoqueta en l'apercevant derrière, dans le jardin.

— Les arbres ! Ils l'ont attrapé !

ShiShi était suspendu dans les branches. Sa fourrure dorée était pratiquement recouverte de feuilles pointues. Un rameau était enroulé autour de sa gueule pour l'empêcher de rugir, mais lorsque le lion vit Mulan et Shang, il se débattit plus furieusement que jamais. Il lançait ses pattes géantes contre toutes les branches qui osaient s'approcher de lui. Ses griffes acérées s'enfonçaient dans le bois et lacéraient les feuilles.

Un autre arbre allongea un bras noueux vers Mulan. Elle eut un mouvement de recul.

— Ping !

La mâchoire de Shang se durcit. Il analysa les arbres et écrasa du pied une branche qui menaçait de l'attraper.

— Je m'occupe des arbres. Toi, cherche une sortie !

Mulan se mit hors de portée des arbres et longea les rosiers qui entouraient le jardin de Meng Po. Le pavillon et l'étang étaient les seuls lieux préservés des arbres monstrueux.

La Dame de l'Oubli était certainement à l'origine de cette attaque. Elle se tenait toujours immobile sur les marches de son pavillon. Elle continuait à psalmodier d'étranges paroles.

— Arrêtez ! cria Mulan. Laissez ShiShi partir.

L'espace d'un instant, les yeux noirs de Meng Po croisèrent ceux de Mulan. La vieille femme se tut et referma son éventail d'un coup de poignet. Son regard était si intense que Mulan se demanda une seconde si elle allait céder à sa requête. Soudain, ses lèvres fines et ridées s'étirèrent en un sourire imperceptible. Meng Po tourna alors le dos à Mulan et rentra sous son pavillon.

Mulan essaya de la suivre, mais l'étang se mit alors à bouillonner. Des cornes en émergèrent, puis des yeux rouges et jaunes, ainsi que la pointe de lames récemment aiguisées.

Maintenant, Mulan comprenait ce que Meng Po avait invoqué.

Des démons.

Des hordes de démons.

Chapitre treize

Mulan plongea dans les buissons à la recherche de la bêche en bronze que Meng Po avait abandonnée. À son grand soulagement, elle était encore là. Elle la lança vers Shang.

— Des démons ! Ils viennent de l'étang. Aidez ShiShi !

Alors que le capitaine hachait branche après branche pour libérer son gardien, Mulan se débattait contre les rosiers qui avaient pris vie à leur tour. Leurs tiges sifflaient comme des serpents et s'enroulaient autour de ses chevilles.

Elle regarda brièvement vers l'étang pour évaluer le danger. Des dizaines de démons émergeaient les uns après les autres. Leur apparence différait de celle des gardes qui l'avaient escortée sur le Pont-sans-retour. Ceux-là ressemblaient à des loups et portaient une armure comme la sienne. C'étaient des soldats entraînés à tuer.

Mulan déglutit en analysant le champ de bataille. *Cette fois, pas de canon ni de sommet enneigé pour déclencher une avalanche. Et je n'ai même pas mon épée.*

Elle s'extirpa enfin des rosiers et se hâta de rejoindre ShiShi. Le lion était presque libéré, mais un mandarinier têtu refusait de le lâcher. Ses branches s'entortillaient autour de son cou pour l'étrangler. Tandis que Shang coupait les liens, Mulan tira ShiShi par la queue pour l'éloigner des arbres. Un geste que n'apprécia pas vraiment l'animal.

— Je déteste les arbres, renâcla ShiShi en secouant sa crinière jusqu'à ce que le cordon retenant son pendentif de jade se démêle. C'était Meng Po !

— On sait.

— Quel imbécile j'ai été. J'en entendrai parler pendant des siècles, si les autres gardiens l'apprennent. Et dire que c'est moi qui t'ai prévenu de ne rien...

Mulan lui tira la crinière. Ce n'était pas le moment de déverser sa colère contre la Dame de l'Oubli ou de se morfondre d'être tombé dans son piège.

— Eh ! Qu'est-ce que...

— Cours ! lui ordonna Mulan.

Elle suivit son propre conseil et s'éloigna à toute allure de l'étang.

Shang brandissait la bêche au-dessus de son épaule en courant à côté d'elle. Même s'il n'était qu'un esprit, la sueur coulait le long de ses tempes.

— Combien ?

— De quoi ? demanda ShiShi, qui avait bondi pour les rattraper. Ne me dis pas que vous avez peur de quelques plantes ? Ces arbres m'ont à peine ébouriffé. Ils m'ont eu par surprise, c'est tout, sinon, ils n'auraient pas eu la moindre...

— Ce ne sont pas les arbres qui m'inquiètent, le coupa Mulan. Ce sont les démons.

L'air vaguement sceptique, ShiShi regarda derrière lui. Une horde de démons était apparue au milieu des buissons et des arbres. Certains ressemblaient à des loups, comme ceux que Mulan avait aperçus, mais d'autres avaient une apparence plus humaine – avec la peau jaune ou rouge. En jetant un coup d'œil en arrière, Mulan avait aussi entrevu des dents jaunies, des yeux injectés de sang, de la fourrure et des écailles. Les loups étaient les plus rapides. Même s'ils couraient sur deux pattes comme des bipèdes, ils sortaient des crocs pointus et brillants. Ils menaient la charge en reniflant et en hurlant à la mort.

ShiShi écarquilla les yeux. Il se rua vers l'avant en se propulsant le long du chemin de brique sur ses puissantes pattes.

— Dépêche-toi, Li Shang. Du nerf, petit soldat. Poussez sur ces brindilles qui vous servent de jambes si vous ne voulez pas finir dans leur estomac.

Mulan serrait les mâchoires, mais la menace de ShiShi fonctionna. Elle accéléra encore.

Cela ne fit pas une grande différence. Les loups gagnaient rapidement du terrain, talonnés de près par les autres démons.

— Il va… Il va falloir se battre, annonça Mulan, déjà hors d'haleine. On ne pourra pas fuir éternellement.

— Trois contre trente, calcula Shang en reprenant son souffle.

— On a connu pire.

Mulan ralentit pour provoquer la rencontre. ShiShi enfonça ses griffes dans les briques.

Qu'est-ce que tu fais ? s'écria-t-il. Tu ne peux pas blesser des démons. Mais eux peuvent te tuer !

Mulan ne répondit pas. Elle pouvait encore moins semer un troupeau de démons, surtout qu'elle ne connaissait pas aussi bien le territoire qu'eux. Elle n'avait plus le choix.

Elle savait que Shang pensait la même chose.

— Prends ça, fit le capitaine en donnant la bêche à Mulan, avant de lever ses deux poings. Il faut éloigner la meute de loups des autres, sinon nous devrons les affronter tous en même temps.

Mulan hocha la tête. Les loups s'élancèrent vers eux. Ils étaient vifs, vicieux et puissants, mais Mulan et Shang étaient prêts.

Mulan assomma le premier d'un coup sur le crâne. Derrière elle, ShiShi balança son lourd pendentif dans la tête d'un autre, puis en déchiqueta un troisième entre ses dents. Il frappait et sautait avec une telle force que ses ennemis étaient projetés hors du chemin de brique dans le jardin de Meng Po, où les arbres attendaient patiemment de nouvelles proies à étouffer. Mulan écarta elle aussi plusieurs démons.

Elle ne fut pas surprise de voir que Shang était pris pour cible par les démons. Ils avaient sans doute reçu l'ordre de le ramener à la tour.

Shang était parvenu à se procurer des armes, ce qui n'empêcha pas les démons de l'encercler. Ils hurlèrent et pointèrent leurs lances vers lui pour l'obliger à quitter le chemin vers les arbres.

Mulan se précipita vers son capitaine, mais celui-ci ne semblait finalement pas avoir besoin d'aide. Opposé à six loups démoniaques, il prit sa lance et son épée dans une main, les pointes de chaque côté. Il fit alors tourbillonner ses armes pour repousser les ennemis qui l'attaquaient. Un loup particulièrement malin – ou chanceux – réussit à mordre dans la poignée de la lance. Mulan le frappa de toutes ses forces et le poussa vers les arbres affamés.

Shang lui lança un regard reconnaissant.

— Plus que vingt. Tu es prêt ?

Elle acquiesça.

Shang et elle se placèrent dos à dos et levèrent leurs armes.

— Ensemble.

Les démons à la peau rouge attaquèrent. Ils étaient plus puissants que Mulan, mais elle était plus rusée. Elle contra leurs lances de sa bêche et exploita son agilité et sa petite taille pour esquiver leurs assauts. Elle feinta et s'accroupit pour les blesser aux chevilles pendant que Shang martyrisait ses ennemis de coups redoutables.

Les démons à la peau jaune observaient la lutte de plus loin. Ils ne se mêlaient pas au combat, mais ils murmuraient entre eux. Soudain, l'un d'eux souffla dans une corne pour battre en retraite.

Mulan avait les mains échauffées à force de serrer le manche de la bêche, mais elle resta en position de combat pendant que les démons détalaient.

— C'est fini ?

— J'en doute, dit Shang entre ses dents serrées.

— Il ne faut pas rester là, grogna ShiShi. Les démons ne peuvent pas mourir. Pas des mains d'un fantôme et d'un mortel, en tout cas. Nous les avons blessés, mais ils vont reprendre leurs forces. Nous avons seulement gagné un peu de temps.

Il avait raison. Des tambours de guerre résonnaient déjà. Ils semblaient lointains, mais faisaient néanmoins vibrer les briques sous les pieds de Mulan. Autour d'eux, les buissons se mirent à bruisser. Les bras des arbres s'étendaient et rampaient à travers les herbes hautes. Le sol trembla – *boum, boum, boum* – sous le poids de centaines de démons.

— Fuyons ! ordonna ShiShi.

Cette fois, Mulan ne protesta pas. Elle courut à grandes enjambées.

— Le chemin s'arrête là, cria Shang. Ce doit être la limite du domaine de Meng Po.

En effet, le sentier de brique disparaissait, laissant place à un paysage radicalement différent. Il n'y avait plus ni mandariniers ni citronniers. Le doux parfum des pivoines et des fleurs de prunier s'était évaporé. Sous leurs pieds, l'herbe s'était transformée en roche noire, tandis qu'au-dessus d'eux, le ciel s'était paré de pourpre. Un épais brouillard les empêchait de voir plus loin.

Shang s'arrêta net. Il tendit une main vers Mulan, mais ses doigts lui traversèrent le bras.

— Arrête-la ! cria-t-il à ShiShi.

Le lion sauta devant elle et lui bloqua le passage.

Mulan s'arrêta de justesse, le souffle coupé. Elle avait failli tomber d'une gigantesque falaise. Sous le coup de la surprise, elle avait lâché sa bêche, qui rebondit sur la paroi rocheuse avant d'exploser sur une saillie abrupte qui dépassait de l'eau.

Mulan grimaça en voyant son arme de fortune sombrer au fond de l'eau noire et trouble. Sans Shang et ShiShi, elle se serait brisé les os.

— Impossible d'aller plus loin, constata ShiShi.

— Nous ne pourrons pas les repousser une deuxième fois. Trente démons, c'est une chose, mais cent ?

Mulan serra les poings. Elle ne pouvait pas perdre contre Yama. Pas après avoir trouvé Shang. Elle avait promis de le sauver.

— Il y a forcément un autre moyen.

— Je peux sauter, dit Shang. Et Ping aussi.

— C'est le Fleuve du Désespoir, expliqua ShiShi sèchement. On n'y plonge pas comme ça.

— Nous n'avons pas le choix, rétorqua Shang.

Plus que jamais, Mulan était heureuse d'avoir été entraînée par Shang. Grâce à leur vitesse, ils étaient à plusieurs centaines de foulées des démons. Toutefois, il était impossible de ne pas les entendre. Un tambour de guerre battait la cadence, quoique désynchronisé de leurs pas et de leurs lances qui s'entrechoquaient. Mulan, Shang et ShiShi étaient acculés.

Non. Elle ne devait pas paniquer. Elle ne devait pas laisser la peur prendre le dessus. Elle observa la brume en contrebas. Quels secrets cachait-elle ?

Mulan tourna la tête pour essayer de voir l'armée en approche, mais aperçut au lieu de cela une autre issue. Au-dessus du brouillard, juste à l'aplomb de la lune, se dressait une montagne d'argent.

La pente était assez douce pour être gravie facilement à pied. Elle ne pouvait pas voir l'autre versant, mais dans leur situation, ce n'était pas le plus important.

— Regardez, fit Mulan en pointant vers une arête qui semblait conduire droit vers la montagne. Il y a une petite grotte, là-bas. (Elle plissa les yeux.) Et de la lumière à l'intérieur. C'est peut-être un tunnel qui mène à la montagne à l'herbe d'argent.

Shang étant plus grand qu'elle, il avait une meilleure vue sur ce qui les attendrait de l'autre côté.

— Ce n'est pas de l'herbe. Ça ressemble davantage à… un cimetière.

— Tu crois que ce sont des tombes ? demanda ShiShi, l'air sombre. Regarde mieux.

— Des couteaux, murmura Mulan.

Les volutes de brouillard laissèrent apparaître brièvement des lames qui reflétaient la lueur de la lune. Elle ravala sa salive.

— Je préfère encore le fleuve.

— Non, s'opposa le lion. La montagne est notre seule chance.

— On ne pourra pas la traverser !

— Le Fleuve du Désespoir est maudit, continua ShiShi. Tu t'y perdrais à jamais. Et si tu as la chance d'en réchapper, tu en sortirais sous la forme d'un démon.

Il inclina le menton vers le bataillon de Meng Po qui approchait.

— Comme eux.

Mulan céda. L'heure n'était pas à la discussion.

Le brouillard enveloppait la montagne et leur masquait la route. Mulan avança prudemment le long de la falaise, en regardant chacun de ses pas, et atteignit enfin la grotte.

Elle dégagea des mottes de mousse qui bloquaient l'entrée. Le tunnel était si étroit qu'ils devraient se faufiler de côté, un par un. *Ça devrait au moins ralentir les démons*, songea-t-elle.

— Vous deux, passez en premier, dit-elle à Shang et ShiShi.

Les démons les rattrapaient et elle avait perdu la bêche de Meng Po. Elle prit la lance des mains de Shang.

— Attends, qu'est-ce que tu…

— C'est vous qu'ils poursuivent. Pas moi.

— Vas-y ! aboya ShiShi. Ne perdons pas de temps à discuter.

Shang se glissa dans l'ouverture en premier, suivi de ShiShi. Mulan dut pousser le lion de tout son poids ; ShiShi entrait à peine. Elle l'entendit gémir en se faisant le plus petit possible. Ses griffes crissèrent contre les murs.

Mulan s'inséra derrière lui. Elle pénétra lentement dans la grotte sombre et humide. Après quelques pas, elle dut baisser la tête pour ne pas se cogner au plafond. Soudain, quelque chose lui tira la jambe.

Elle hoqueta, puis piqua à l'aveugle vers son assaillant.

— Attrape ma queue ! lui lança ShiShi, dont la voix résonnait dans toute la grotte.

Malgré l'aide de ShiShi qui la tirait, les démons lui tenaient fermement le pied. Puis l'un d'eux planta sa lance dans sa cheville. Mulan laissa échapper un cri de douleur.

— Ping ! s'écria Shang, plus loin.

Mulan se mordit la langue pour repousser la douleur et donna de nouveaux coups de lance vers les démons. Enfin, ShiShi parvint à l'entraîner vers l'intérieur de la grotte. Les murs tremblèrent. Des pierres commencèrent à tomber du plafond.

Mulan se protégea la tête en boitant aussi vite que possible vers la sortie, de l'autre côté de la montagne. Elle avait l'impression que sa cheville était en feu, mais elle ne perdit pas un instant à regarder sa blessure.

Les démons s'étaient engouffrés à leur poursuite. Le premier était trop gras pour passer dans l'ouverture et agitait vainement sa lance vers Mulan. Dans le même temps, d'autres démons plus petits essayaient de ramper entre ses jambes. Leurs griffes s'enfonçaient dans la terre, mais de la poussière et des débris leur tombaient devant les yeux.

La grotte était en train de s'effondrer. Si Mulan ne pressait pas le pas, elle serait piégée à l'intérieur. Quand le tunnel s'élargit, Mulan sauta vers la sortie. ShiShi l'attrapa par le col entre ses dents et la tira à l'extérieur.

— C'était moins une, dit-elle en toussant.

De ce côté, la brume était plus ténue, mais une chape de brouillard planait encore au-dessus du sol. Mulan prit un instant pour souffler. Elle essuya la poussière sur ses yeux.

— On les a semés ?

— Jusqu'à ce qu'ils trouvent un autre passage, oui.

Avec un soupir de soulagement, Mulan s'assit. Sa cheville brûlait toujours.

— Tu es blessé, constata Shang.

Elle se toucha le pied en appuyant légèrement à l'endroit où les démons l'avaient entaillé. Elle saignait, mais n'avait rien de cassé.

— Ça ira. Ce n'est rien.

Shang s'agenouilla auprès d'elle et examina sa plaie à son tour.

— Il faut te bander le pied.

— Plus tard. On n'a pas le temps.

— Tu arriveras à monter ? grogna ShiShi.

Elle leva les yeux et sentit alors sa gorge se nouer. La simple vue de la Montagne aux Couteaux lui glaçait le sang.

Elle était magnifique et effrayante à la fois. Des milliers de dagues et d'épées en recouvraient la surface, si denses qu'elles évoquaient une prairie d'herbe argentée. Mulan ne pouvait pas voir les gardes, mais les lames étaient toutes parfaitement brillantes et propres. Il n'y avait pas la moindre tache de sang.

C'est probablement rassurant, décida-t-elle.

Sauf qu'il lui serait impossible de l'escalader. Shang n'aurait aucun problème, puisque rien au Diyu ne pouvait le blesser. Mais les couteaux étaient si resserrés qu'elle ne pourrait pas faire deux pas ni marcher dessus… à moins de s'empaler.

— D'après la légende, chacune de ces dagues a appartenu à un bandit ou à un meurtrier qui séjourne désormais au Diyu, expliqua ShiShi.

— Les démons ?

— Non, des fantômes. Même les meurtriers ont l'espoir de quitter un jour cet endroit. Seuls ceux qui se sont rendus coupables des offenses les plus graves, comme assassiner un membre de leur famille ou un souverain, deviennent des démons. Ils demeurent alors au Diyu pour l'éternité. Ils n'ont aucune chance de rédemption. Tous les autres deviennent des fantômes.

Mulan réprima un frisson. Si elle échouait à sauver Shang, le roi Yama ferait-il d'elle un démon ? Demeurer au Diyu pour toujours était déjà terrible, mais devenir l'un de ces monstres ?

— Nous devons rester sur nos gardes, continua ShiShi. Cette montagne est réputée pour être hantée.

— Magnifique, ironisa Shang. Donc si nous suivons cette route, nous devrons affronter des fantômes *et* des démons ?

— Les démons ne nous suivront pas. Si nous arrivons à monter.

— Et les fantômes ? demanda encore Shang.

Le lion haussa les épaules.

— Raison de plus pour ne pas traîner.

Shang ne semblait pas apprécier la stratégie de son gardien. Il hésita.

— Ping, tu es sûr de pouvoir y arriver ? C'est une sacrée ascension, même sans couteaux. Et ta cheville… Nous devrions peut-être trouver un autre chemin.

— Il n'y en a pas, dit-elle en se redressant.

Elle souffrait simplement en se tenant debout, mais elle ne saignait plus. Elle y arriverait.

— Je peux le faire.

— Comment ? explosa Shang. Tu n'es pas un fantôme. Tu ne peux pas marcher sur des pointes.

Mulan serra la mâchoire, le temps de trouver une réponse.

— Je trouverai une solution.

Dans la grotte, les raclements se faisaient plus insistants.

— Partez devant, ajouta-t-elle.

— Il est hors de question que je te laisse ici, s'opposa Shang. Nous devons utiliser nos ressources. Peut-être que ton armure…

— Elle n'est pas assez solide, le coupa Mulan. Pas en l'état.

Elle attrapa alors la lame du couteau le plus proche entre ses deux paumes et le tira du sol.

— Mais ça, ça pourrait faire l'affaire.

Oui, elle pouvait attacher le plat de la lame à sa semelle et la doubler avec ses épaulettes. Elle ferait de même avec ses mains. Elle serait ainsi protégée pour monter. À condition qu'elle ne tombe pas… ou qu'elle ne s'appuie pas trop sur sa cheville blessée.

Il ne lui restait plus qu'à trouver quelque chose pour attacher les lames à ses pieds et à ses mains. Elle regretta de ne pas avoir gardé la corde du puits.

Mulan fouilla des yeux autour d'eux, puis s'arrêta sur la crinière de ShiShi. Malgré l'empoignade avec les arbres de Meng Po, ses longues tresses étaient intactes. Ses poils étaient longs et épais. Il fallait essayer.

Mulan saisit la crinière du lion et leva son couteau.

— Je te le revaudrai d'une manière ou d'une autre. C'est la seule solution.

ShiShi écarquilla ses grands yeux orange, mais n'eut pas le temps de réagir. D'un geste rapide, Mulan trancha une poignée de poils et se mit directement à nouer l'armure et les lames autour de ses mains et de ses pieds.

— Ma crinière ! s'indigna ShiShi.

Mulan lui adressa un regard désolé. Elle se souvint alors qu'elle s'était elle-même coupé les cheveux avant de voler l'armure de son père. Ce simple geste avait changé sa vie. Elle avait coupé les liens avec son passé et avait entamé sa métamorphose de Mulan à Ping. De mariée à soldat. De fille obéissante à femme indépendante.

Et si elle avait coupé *trop* de liens ? Et si, à son retour, ses parents ne la reconnaissaient plus ? Après tout, elle n'était plus la même Mulan.

Parfois, elle en oubliait même qui elle était. Elle qui croyait que la guerre lui permettrait de mieux se connaître. Les choses n'étaient jamais aussi simples.

Mulan se débarrassa du couteau autant que de ses doutes. Au creux de ses mains, les tresses de ShiShi étaient lourdes.

— Ça repoussera, lui dit-elle sur un ton aussi compatissant que possible. Ta crinière sera plus majestueuse que jamais.

Elle termina de nouer sa corde de fortune autour de son pied et adressa un signe à ShiShi.

— Allez, à ton tour. Donne la papatte.

— Je n'ai pas besoin de tout ça, gronda ShiShi. Je suis un lion de pierre, le grand gardien de l'honorable famille Li. Ces couteaux minables ne peuvent me blesser.

— Tu n'es plus en pierre.

Elle s'attela à attacher plusieurs lames sous les pattes gigantesques du lion. Il ouvrit la gueule pour protester, mais s'interrompit de lui-même en entendant les tambours des démons.

— Ils nous ont retrouvés, s'alarma Shang.

— Allez-y ! lança son protecteur en poussant Mulan de sa tête dès qu'elle eut fini ses nœuds. Je vous suis.

Mulan regarda ses mains. Elle avait tourné ses gantelets pour ajouter une épaisseur entre ses paumes et le plat des lames.

— C'est le moment de vérité.

Elle fit un premier pas sur la montagne sur des dizaines de lames affûtées. Elle chancela en voulant s'appuyer sur sa cheville et agita les bras pour garder l'équilibre.

— Concentre-toi ! cria Shang. Respire, Ping. Contrôle ton souffle. Contrôle la situation.

Inspire. Expire. Mulan souffla. Elle ne s'enfonçait pas. Elle ne s'était pas empalée.

— C'était moins une.

À côté d'elle, Shang hocha la tête, l'air soulagé.

— Connecte-toi à ton centre. Tu vas y arriver.

Mulan n'eut pas le temps de se réjouir. Elle fit un pas de plus, puis un autre. Shang la suivait de près. Les couteaux ne semblaient pas le déranger le moins du monde. Il aurait tout aussi bien pu marcher sur des fleurs ou de la pierre.

Ne le regarde pas. Concentre-toi sur tes pieds. Son équilibre était déjà assez précaire. Et si elle ne prenait pas garde, elle risquait de couper les tresses de ShiShi et de perdre ses protections. L'astuce consistait à marcher sur les lames les plus inclinées, voire complètement horizontales. Mulan visait autant que possible de tels points d'appui, comme s'il s'agissait d'un escalier, et s'aidait de ses mains pour garder l'équilibre chaque fois que nécessaire.

Toutefois, les dagues étaient de formes et de tailles différentes, et penchées dans toutes les directions. Si son armure l'empêchait d'être piquée, elle avait déjà subi plusieurs coupures sur les chevilles, que les lames ne protégeaient pas.

La situation empira lorsque la forêt de lames se mit à vibrer.

Boum. Boum. Boum. Les tambours résonnaient au loin.

Les démons approchaient. Ils avaient réussi à franchir le tunnel et débouchaient, l'un après l'autre, dans le brouillard. Le battement des tambours se faisait plus fort, plus rapide. Les démons caquetèrent en apercevant Mulan, Shang et ShiShi à la lisière de la Montagne aux Couteaux. Ils brandissaient épées et lances, et frappaient le sol à chaque pas.

— Achevez le lion et le petit ! hurla l'un des démons. Ramenez l'esprit à Meng Po !

Les soldats obéirent. Ils pointèrent leurs lances vers ShiShi, mais le lion était déjà hors de portée. Les démons jetèrent alors leurs lances, puis commencèrent à tirer les dagues de terre pour les jeter à leur tour.

Mulan hoqueta. Elle avait failli tomber en voulant éviter une lance. Shang attrapa la pointe d'un couteau attaché à sa main pour l'aider.

— Ça va ?

Elle acquiesça, les lèvres serrées.

— Tuez les intrus ! beuglaient les monstres en contrebas.

Le regard de Shang se fit plus déterminé.

— Partez devant, ShiShi et toi. Je vais les retenir.

— Non, contesta Mulan en continuant son ascension. On reste ensemble.

— Ils ne peuvent pas me blesser.

— Li Shang n'a pas tort, intervint ShiShi avec un grognement. Il faut que l'un de nous occupe les démons ou nous n'irons pas loin.

— On reste ensemble, dit fermement Mulan.

Pourtant, derrière eux, les démons gagnaient du terrain. Certains avaient déjà entrepris d'escalader la Montagne aux Couteaux et se servaient de leur armure pour se protéger contre les pointes. D'autres restaient en arrière pour déblayer le chemin et bombarder Mulan, Shang et ShiShi de projectiles tranchants.

Les dagues rebondissaient et tintaient partout. Une arme manqua de peu la jambe de Mulan.

— Tu veux toujours continuer ? lui cria ShiShi.

— Baissez-vous ! prévint Shang.

Mulan et le gardien s'aplatirent comme ils purent sur le sol et évitèrent de justesse des épées volantes.

Les battements se faisaient assourdissants. Le pied de la montagne était maintenant assailli de démons. Ils montaient, couteau entre les dents et armes dans le dos. À cette vitesse, ils combleraient leur retard en quelques minutes seulement.

ShiShi adressa un regard lourd de sens à Mulan.

— On reste ensemble, répéta-t-elle. Personne ne s'arrête.

— Tête de mule ! grommela ShiShi. Si je suis le grand gardien de la famille Li, c'est pour une raison : vous protéger.

Le lion se tourna alors vers Shang.

— Li Shang, je suis désolé d'avoir manqué à mon devoir avec ton père. Je ne commettrai pas la même erreur.

Sans prévenir, le lion bondit vers le bas de la montagne. Il fondit à travers le brouillard et atterrit juste devant les démons. Les lames attachées à ses pattes se dénouèrent.

— ShiShi, attend ! cria Mulan. Non !

Les tambours se turent.

Chapitre quatorze

Mulan ne pouvait strictement rien faire. Le sort de ShiShi était masqué par le manteau de brouillard qui enveloppait le pied de la montagne.

Elle baissa la tête et ravala un sanglot.

Elle connaissait très peu le grand lion. S'il raillait sa petite taille et l'avait jugée indigne de sauver Shang, elle savait qu'il avait bon fond. En quelques heures seulement, elle avait appris à admirer sa loyauté envers Shang, ainsi que son courage. Elle s'était déjà habituée à sa compagnie et commençait à le considérer comme un ami. Mais désormais…

Shang voulut lui toucher l'épaule, mais il fit finalement flotter sa main au-dessus de la sienne.

Elle voulait lui dire qu'ils devaient redescendre, qu'ils devaient aider ShiShi. Mais elle savait ce que dirait Shang. « *Si nous le faisons, son sacrifice aura été vain. Nous déshonorerions sa mémoire.* »

Et il aurait raison.

Mulan leva les yeux. Une demi-lune flottait au-dessus d'eux, étincelante dans le ciel pourpre.

Sa mission était de sortir Shang du Diyu. Elle ne pouvait pas échouer maintenant. Elle n'avait d'autre choix que continuer.

Vénérable ShiShi, pensa-t-elle en déglutissant difficilement. *Je t'ai promis que tu continuerais à être le gardien de Shang. J'aurais tellement voulu que tu sois encore avec nous. Mais ton sacrifice ne sera pas vain. Je sauverai Shang.*

Elle se tourna vers son capitaine.

— Continuons à monter.

Parfois, Mulan était persuadée d'entendre le rire du roi Yama descendre du ciel, comme s'il se moquait de leur perte.

Puis elle comprenait que ce n'étaient que les battements de son cœur.

Elle perdit le compte du nombre de fois où elle regarda au bas de la pente, vers leur point de départ. Chaque fois, elle espérait que ShiShi émergerait du brouillard dans un puissant rugissement. Mais elle ne le vit jamais.

Seul l'avertissement de Yama résonnait dans ses oreilles.

« Si tu perds la vie, tu demeureras au Diyu pour l'éternité. »

Elle grimaça. C'était à elle que le souverain des Enfers s'était adressé, pas à ShiShi. Tout ce qu'elle pouvait faire, c'était mener Shang en sécurité.

Le capitaine se tourna, les mains nues appuyées sur la pointe des couteaux, pour regarder Mulan. Contrairement à ShiShi, qui aurait probablement comblé le silence en détaillant ses glorieux faits d'armes, Shang était resté silencieux. Il n'avait jamais été disert, certes, mais elle le vit plusieurs fois ouvrir et fermer la bouche, comme s'il cherchait les bons mots.

— Tu vas bien ? finit-il par demander.

Sa voix était douce. Mulan mit quelques instants à comprendre qu'il essayait de la consoler de la mort de ShiShi.

Elle écarta les lèvres pour répondre. Allait-elle bien ? ShiShi n'était plus là, la lune était à moitié obscurcie, et elle n'avait toujours pas avoué à Shang qu'elle avait conclu un pacte avec Yama. Elle savait qu'elle devrait lui en parler, mais la Montagne aux Couteaux n'était peut-être pas le meilleur endroit pour discuter. Surtout après la perte de ShiShi. Elle lui dirait tout une fois au sommet.

— Ça ira, répondit-elle simplement.

Shang fronça ses épais sourcils d'inquiétude.

La poitrine de Mulan se serra.

Il se fait du souci pour moi, mais c'est lui qui est en train de mourir.

— Il a fait preuve d'un grand courage, dit lentement Shang. Je comprends pourquoi mon père tenait à ce qu'il t'accompagne.

— Il devait être votre gardien une fois que nous serions sortis d'ici.

— Je sais. Quand mon père était en vie, il disait que je comptais trop sur moi-même et pas assez sur les autres. Je pensais que c'était cela, être fort. Je ne l'ai jamais vu demander de l'aide. Je ne l'ai jamais vu avoir *besoin* d'aide. Je voulais être comme lui : le grand chef de la puissante armée de Chine. J'ignorais qu'il avait un ami à ses côtés.

Mulan hocha la tête, touchée par sa sincérité.

— As-tu un gardien ?

— Mes ancêtres m'en ont envoyé un.

Elle avança une jambe, puis pencha tout son corps pour tirer son pied meurtri. Même si sa cheville ne gonflait pas, elle devait avancer prudemment. Au moins la douleur était-elle devenue supportable.

— Lorsque nous serons tirés d'affaire, je vous le présenterai.

— J'en serais heureux.

Mulan s'autorisa un léger sourire. *Bien. Il parle comme si nous allions survivre.*

Shang lui fit signe de continuer son ascension. La pente était moins raide, désormais. Par endroits, le chemin était même presque plat.

— Allez, si nous arrivons au sommet de cette butte, cela voudra dire que tes heures d'entraînement auront servi à quelque chose.

— Une butte ? s'étouffa Mulan. Ce n'est pas ce que j'appelle une butte.

Mais les encouragements de Shang fonctionnèrent. Avec une détermination nouvelle, Mulan reprit l'escalade de l'ignoble Montagne aux Couteaux. Ses orteils se crispaient sur ses souliers d'acier qui heurtaient les pointes menaçantes. L'armure sous ses mains et ses pieds lui paraissait plus lourde. La sueur perlait sur sa nuque. Mais Mulan ne baissa pas les bras. Plus haut. Toujours plus haut.

Elle ne pouvait s'empêcher de penser à ce que Shang venait de lui confier. Ses paroles avaient été d'un réel réconfort. Elle l'avait toujours admiré, en tant que soldat et chef : il savait toujours quoi faire pendant une bataille. À présent, elle commençait également à l'admirer en tant qu'homme. Il était sans doute incapable de mentir pour sauver sa propre vie. Les rares fois où elle l'avait surpris à hésiter, il avait bégayé ou détourné le regard, mais il n'avait jamais déformé la vérité. Pas comme elle...

Avait-elle tort de lui mentir, alors qu'il lui faisait tant confiance ? S'il venait à découvrir la vérité à son sujet...

Arrête, soupira Mulan. *Ami ou pas, il ne doit pas savoir la vérité.*

Étrange. Ici-bas, elle oubliait plus facilement qu'elle jouait un rôle. Au Diyu, un royaume de fantômes et de démons, préserver l'identité de Ping était le cadet de ses soucis.

C'est impossible de l'oublier, se dit-elle finalement. *Que tu le veuilles ou non.*

— Ping ? appela Shang en voyant qu'elle était loin derrière lui. Ta cheville te gêne ?

— Non, non, fit-elle avec un rire guttural forcé qu'elle jugeait assez « masculin » pour Ping. Ne vous inquiétez pas pour moi. Allez-y, je suis juste derrière.

Shang ne bougea pas. Mulan continua son ascension. Quand elle le rattrapa finalement, il se posta derrière elle.

Plus ils prenaient de la hauteur, plus l'atmosphère devenait silencieuse. ShiShi avait peut-être exagéré à propos des fantômes. Ils étaient presque arrivés au sommet et n'en avaient pas rencontré un seul.

Elle prit une grande inspiration. Ce n'était pas plus mal. Il valait mieux savourer sa chance sans se poser de question, dans le royaume des morts.

Shang s'arrêtait régulièrement pour attendre Mulan. Il camouflait mal son inquiétude. L'ascension était bien plus pénible pour elle que pour lui. Chaque pas était un risque calculé. Si elle mettait trop de poids sur une jambe ou se penchait un peu trop en avant ou en arrière, elle risquait de finir embrochée.

Shang, lui, sautait agilement de lame en lame. Il aurait presque fait passer cette expédition pour une promenade amusante, si l'on oubliait le fait qu'il n'était qu'un esprit se rapprochant chaque minute de la mort. Néanmoins, Mulan n'osa pas accélérer.

Ils avaient encore un bout de chemin à parcourir avant d'atteindre la crête, mais par chance, la pente n'était plus trop abrupte. Mulan se concentra sur ses pas en évitant de regarder en haut ou en bas. Dans les deux cas, cela la rendait nerveuse. Au sommet, elle devinait le paysage incroyablement découpé de falaises suspendues au-dessus des nuages. Au pied de la montagne, elle voyait les milliers de dagues qui se reflétaient les unes dans les autres.

Elle aperçut à plusieurs reprises des lames tachées de sang. Elle détourna bien vite le regard pour ne pas se demander s'il s'agissait de sang humain ou démoniaque. Elle ne savait pas vraiment ce qui était préférable.

Ils avancèrent ainsi en silence pendant un long moment. Les couteaux de protection de Mulan se faisaient de plus en plus lourds. Elle estima qu'ils étaient presque arrivés.

Elle s'épongea le front.

— Je suis soulagé que ce ne soit pas l'un de vos exercices. Le poteau avec les médaillons était déjà bien assez difficile.

Shang sourit.

— Escalader une montagne de couteaux ? Je garde l'idée en tête.

— Pour quoi faire ? grogna Mulan. La guerre est terminée.

— On n'est jamais trop prudent. La Chine sera toujours sous la menace d'envahisseurs.

— Ça, capitaine Li Shang, ce sera votre mission, annonça Mulan. Dès que nous serons sortis de là, je rentrerai chez moi.

Shang ouvrit la bouche pour répondre, mais le pic de la montagne se révéla à leurs yeux. Shang mit une main sur son front pour essayer de mieux voir et accéléra pour repérer le terrain.

— Il n'y a plus de couteaux, là-haut. Seulement de l'herbe. Nous y sommes presque.

La bonne nouvelle redonna de l'énergie à Mulan. Elle avait hâte d'être arrivée. Ses mains étaient mouchetées de sang, et elle n'osait imaginer l'état de ses pieds. Chaque pas était plus douloureux qu'elle ne voulait l'admettre. Même s'ils étaient dans cette montagne maudite depuis plusieurs heures, chaque fois qu'elle se rappelait qu'elle marchait littéralement sur des couteaux, tout son corps se tendait, ses tempes tambourinaient, son front ruisselait.

Ainsi, lorsqu'elle toucha enfin l'herbe tant convoitée du bout des doigts, Mulan inspira profondément et lança une jambe de l'autre côté de l'arête. Ce ne fut pas aussi simple qu'elle l'avait espéré, puisqu'elle dut encore éviter de nombreuses dagues qui affleuraient de la roche.

Elle vit alors une dague – non, le manche était trop long –, ou plutôt une *épée* dont la lame avait été plantée dans la montagne, contrairement à toutes les autres. Elle était différente. Dans un autre contexte, Mulan aurait pris le temps de la détailler. Pour l'heure, tout ce qui l'intéressait était que sa garde dorée, qui se démarquait des fines lames tout autour, constituait un appui idéal pour se hisser au sommet.

Elle se laissa rouler dans l'herbe. Elle se moquait de savoir qu'elle était jaunâtre, desséchée et craquante sous son dos.

— On a réussi !

Shang laissa échapper un petit rire.

— C'était moins difficile pour moi, admit-il avant d'hésiter. Nous devrions faire une pause ici et réfléchir à la prochaine étape.

— Bonne idée.

Mulan s'assit pour observer le paysage. Ils se trouvaient sur une sorte de plateau. À en croire l'état de l'herbe, tant sur les plaines que dans les collines, l'endroit n'avait pas dû être visité depuis bien longtemps. Elle préférait de loin une vallée morte à une montagne de couteaux.

Elle détacha les liens de ses mains, puis coupa les tresses autour de ses pieds. Elle serra un moment ce qu'il restait de la crinière de ShiShi. Puis elle l'enroula autour de la poignée d'une dague qu'elle planta dans le sol. L'hommage était loin d'être à la hauteur du gardien, mais il ferait l'affaire. Elle soupira. Il n'y avait absolument rien, sur cette montagne.

Puis elle repensa à l'étrange épée tout près d'elle. Elle se pencha sur l'arête pour mieux l'inspecter. La garde était ternie, mais toujours dorée. De petites ailes, tournées vers la pointe, étaient gravées à la base de la lame. Elle devait avoir des centaines d'années.

Alors qu'elle s'apprêtait à tourner la tête, elle repéra une inscription sur le fer. Elle ne pouvait lire que le premier mot. Le même que son nom de famille : *Fa.* Fleur.

Curieuse, elle tendit la main pour essayer de dégager l'épée. Elle était solidement ancrée.

— Je vais t'aider, dit Shang en s'agenouillant à côté d'elle.

Ensemble, ils tirèrent et parvinrent à déloger la lame. Son poids fit vaciller Mulan, qui manqua de tomber à la renverse. Elle se rattrapa à temps et s'éloigna du bord.

Mulan se rassit pour reprendre son souffle et déposa l'épée dans l'herbe. Elle nettoya la lame de toute la poussière. Les idéogrammes rutilaient sous la pâleur de la lune.

— « La fleur qui s'épanouit dans l'adversité est la plus rare et la plus belle de toutes », lut Mulan en fronçant les sourcils. Cette épée ne semble pas à sa place au Diyu.

La présence de son nom gravé sur la lame ne pouvait pas être une coïncidence. Peut-être était-ce un signe pour l'enjoindre de la garder. Une épée était toujours utile. Après tout, elle avait laissé la sienne à la surface. Elle espérait d'ailleurs la retrouver à son retour.

Elle retira l'un de ses gants. Puis elle déchira une manche de sa tunique et l'enroula autour de l'épée. Elle se leva. Ses mains étaient tailladées de minuscules piqûres et coupures, mais elles n'étaient pas douloureuses. Pas encore.

— Et maintenant, capitaine ? Où va-t-on ?

Shang ne dit rien. Il regardait son bras nu et ses mains. Le sang avait séché sur ses doigts et ses paumes, mais Ping faisait peine à voir.

— Je vais bien, indiqua Mulan en cachant rapidement ses mains dans son dos.

Sa cheville entaillée par les démons la faisait toujours souffrir, mais le saignement s'était arrêté aussi.

Shang, pour sa part, n'avait pas la moindre égratignure. Ses bottes caressaient le sol comme une ombre. Il n'était même pas fatigué. Mulan se doutait que cela le perturbait. C'était le signe que sa vie ne tenait plus qu'à un fil.

Mulan abaissa les épaules. C'était la première fois qu'ils se retrouvaient seuls, sans être poursuivis par des démons, depuis qu'elle l'avait trouvé dans la tour.

Elle s'assit sur une roche plate surplombant la Montagne aux Couteaux et laissa ses bottes s'enfoncer dans la terre tendre.

— Comment vous sentez-vous ? Avez-vous mal quelque part ?

— Je ne ressens rien, dit-il d'un ton neutre.

Il se toucha le ventre, là où son enveloppe charnelle avait été entaillée.

— Même cette douleur a disparu. La blessure a guéri. J'ai l'impression que les fantômes n'emportent pas leurs souffrances.

Mulan se souvint des soldats de l'Empire qui attendaient d'être reçus par le roi Yama. Ils avaient encore des flèches qui dépassaient de leur corps. Ils avaient la même apparence que Shang – le corps brillant et presque transparent –, mais ils paraissaient avoir déjà accepté leur sort, d'après ce que Mulan avait pu en juger. Shang était différent. C'était comme si son esprit était encore relié à la Terre par un fil invisible. Cela dit, une fois coupé… Non, elle était justement là pour cela. Pour le ramener.

— Vous n'êtes pas un fantôme, dit-elle simplement.

— Je sais.

Il marqua une pause.

— Je ne t'ai jamais remercié, Ping. D'être venu me retrouver au Diyu.

Mulan sentit une bouffée de chaleur lui envahir les joues. Elle l'attribua à l'effort fourni pour monter, même s'ils étaient arrivés depuis plusieurs minutes déjà. Elle fit mine de s'occuper à rouler sa manche déchirée. Les fils libres lui chatouillaient le bras.

— Croyez-moi, je préfère encore être ici. Il faisait froid et je pouvais entendre Yao ronfler depuis ma tente.

Cette fois, Shang éclata de rire.

Mulan sourit à son tour.

— Chien-Po a préparé de la soupe pour tout le monde. J'ai essayé de vous en faire boire, mais...

Son sourire s'évanouit. Un frisson lui traversa le dos.

— Je... je n'ai pas réussi à faire tomber votre fièvre. Vous étiez brûlant. Tout le monde disait que vous étiez déjà mort.

Elle inspira par saccades.

— Je suis resté avec vous. J'espérais que vous iriez mieux, mais... j'ai dû m'assoupir. Puis j'ai vu le fantôme de votre père, à votre chevet. Au début, je croyais rêver, mais c'était bien lui. Je lui ai fait le serment que je vous ramènerai.

Shang resta silencieux un moment, puis répondit enfin :

— Excuse-moi de ne pas t'avoir cru, tout à l'heure.

— Comment vous en vouloir ?

Elle serra ses genoux et émit un rire nasal.

— Il y a beaucoup de choses incroyables ici. Des soldats-démons, des arbres en colère, de jolis pavillons et des montagnes de couteaux. J'ai moi-même du mal à y croire.

Elle voulut se lever, mais Shang l'arrêta.

— Il faut bander ton pied, Ping. Nous avons encore de la route.

— On devrait partir.

— Nous pouvons prendre une minute pour panser tes blessures.

Son ton péremptoire poussa Mulan à se rasseoir sur la pierre plate et à se soigner.

— Tu sais, Ping, je suis heureux que mon père ait pu te rencontrer. Il a toujours voulu avoir un autre fils, mais... ma mère et lui n'ont jamais pu.

Shang inspira. Mulan ne l'avait jamais entendu parler de sa famille.

— Je sais qu'il doit être soulagé que j'aie un ami tel que toi.

Quelqu'un en qui vous avez confiance, ajouta Mulan dans sa tête. Elle serra son bandage.

— Que ferez-vous après la guerre, Shang ?

— Je n'y ai pas vraiment réfléchi. Je suis parti depuis tant d'années. J'imagine que je rendrai visite à ma mère.

Il marqua une pause, l'air triste.

— Elle doit se sentir seule, maintenant que mon père est mort.

— Elle doit être très fière de vous, dit doucement Mulan. Et ensuite ? Vous resterez chez vous ?

— Pas longtemps.

L'esprit de Shang avait beau être d'un bleu pâle, Mulan eut l'impression de voir ses joues légèrement rosir.

— Pourquoi donc ?

Shang secoua la tête. Il serra les dents, le dos droit comme un bambou.

— Allez, dites-moi ! Ou je vais m'imaginer le pire. Attendez, je sais... C'est une horrible cuisinière ? Non ? Alors... peut-être qu'elle lit dans les feuilles de thé ? Il y a cette femme, dans mon village, qui est très superstitieuse. Elle ne se lave jamais les cheveux les jours d'anniversaire, et...

Shang leva un sourcil, seul signe qu'il était impatient de savoir ce que son ami Ping allait inventer. Et qu'elle faisait fausse route.

— Je ne le dirai à personne. Promis. Votre secret ne craint rien avec moi.

Il baissa les épaules, résigné.

— Ma mère veut absolument que je me trouve... une épouse, finit-il par admettre nerveusement. Ça n'a jamais été une priorité pour moi. Pas en temps de guerre. Mais maintenant que mon père n'est plus, je suis le chef de famille. Il est de mon devoir de perpétuer notre nom.

Ce fut au tour de Mulan de lever un sourcil.

— Vous n'avez pas l'air enthousiaste.

Shang se balançait d'une jambe à l'autre.

— Avant de partir à la guerre, ma mère a essayé de me présenter plusieurs filles. Mais tout ce qu'elles voulaient, c'était porter le nom de Li.

Il s'arrêta, ne sachant qu'ajouter.

Mulan cacha un sourire. Elle l'avait rarement vu aussi embarrassé. Le grand Shang, qui savait toujours comment réagir face à l'ennemi et tirer le meilleur de ses hommes, devenait presque timide en abordant sa vie personnelle.

— Je vous écoute, insista Mulan. À quoi ressemblaient-elles ?

— Elles passaient leur temps à agiter leur éventail et à battre des paupières. La marieuse que Mère a embauchée se félicite d'avoir déniché de véritables poupées de porcelaine. Ce qu'elle a oublié de préciser, c'est qu'elles sont incapables de penser par elles-mêmes.

Il grimaça à ce souvenir, sans regarder Mulan. Son cou était rouge de honte.

— Elles étaient prêtes à dire tout et son contraire pour obtenir mes faveurs.

Je connais ça. Mulan posa les mains sur les hanches.

— Toutes les filles ne sont pas ainsi. Il faut se mettre à leur place, aussi. Elles sont élevées pour être jolies, gracieuses et, surtout, *discrètes*, expliqua Mulan en grimaçant. On ne leur demande jamais leur avis et elles n'ont pas leur mot à dire sur leur futur époux. Mes parents ont de la chance d'être tombés amoureux, mais leur mariage était arrangé. Ma mère ne faisait même plus partie de sa propre famille après son mariage. Ce n'était pas sa décision, mais celle de sa famille. On lui a dit que le seul rôle d'une femme, dans la vie, était de donner des fils.

Shang se pencha vers elle.

— Ce sujet semble te toucher.

Mulan s'écarta légèrement de son capitaine. Elle se souvint qu'elle jouait un rôle et sentit ses joues chauffer.

— Je... C'est juste que... Ce que je veux dire, c'est que certaines filles feraient sans doute de meilleurs soldats que les garçons. Si elles en avaient la chance.

— Une femme guerrière ? C'est la chose la plus folle que j'ai entendue !

— Les femmes peuvent être fortes, elles aussi.

— Pas comme nous, Ping.

Mulan retint un sourire.

— Vous seriez surpris.

— Soit, fit Shang. Même si j'aimerais beaucoup rencontrer une femme en armure, cela n'arrivera jamais. C'est contraire à la loi.

— En effet, déglutit Mulan. Mais cela ne veut pas dire que les femmes ne peuvent être astucieuses ou fortes.

— Tu as raison. Ma mère est particulièrement vive. Mon père l'a toujours respectée pour cela, dit-il avant de marquer une pause. Cela n'empêche pas que mon père avait un profond respect pour les traditions. De même que ma mère. Je ne me suis jamais demandé si une femme devait appartenir à la famille de son époux ou non.

Shang inclina la tête, l'air pensif.

— Maintenant que j'y pense, cela ne me semble pas juste.

— Parce que ça ne l'est pas.

— Quand je me marierai, j'unirai peut-être les temples de nos deux familles, pour que mon épouse n'ait pas à quitter sa famille.

Mulan ne put s'empêcher d'être touchée par cette pensée.

— Vraiment ?

— Encore faut-il que je trouve une fille avec laquelle je peux discuter !

— Il vous faut une femme avec un cerveau, répondit Mulan sans réfléchir. Qui n'hésite pas à donner son avis.

— Tu en connais une ?

Elle baissa les yeux sur son bandage, en espérant que Shang n'entendrait pas son cœur accélérer.

— Possible, dit-elle en faisant de son mieux pour donner l'impression de le taquiner.

Mulan, se reprit-elle, *qu'est-ce qui ne va pas chez toi ?*

— Mais j'ai besoin de savoir ce que vous appréciez chez une femme, ajouta Mulan en tâchant d'ignorer son cœur qui s'emballait. Un beau minois avec des yeux brillants ? Une voix douce et mélodieuse ? Une fille aussi délicate et gracieuse qu'une fleur ?

Shang rougit et Mulan éclata de rire. Elle s'amusait à provoquer le capitaine, ce qu'elle n'avait jamais osé faire auparavant.

— Chien-Po veut une femme qui sait cuisiner. Yao aimerait quelqu'un qui le vénère comme un dieu... Hum... Je dirais que vous cherchez une femme compétente, continua Mulan, le nez plissé. Une femme qui peut s'occuper de la maisonnée pendant que vous partez en guerre.

— S'occuper de la maisonnée n'est pas si différent que diriger une armée. Ma mère pourrait être générale ! s'amusa Shang avant de redevenir sérieux.

Mulan l'invita à poursuivre en levant une épaule :

— Quoi d'autre ?

— Quoi d'autre ? répéta Shang en soupirant. Une femme courageuse et intelligente, et aimable. Une femme en qui j'ai confiance. Une femme honnête.

Mulan perdit son sourire. *Honnête.* Shang estimait sans doute que Ping l'était, mais il n'en penserait probablement pas autant de Mulan.

Qu'est-ce que ça peut te faire ? songea-t-elle encore. *Tu es son ami Ping. Pas l'une de ces poupées du village qui lui courent après. Et puis, si jamais tu arrives à rentrer à la maison, tu auras bien d'autres soucis. À commencer par savoir si Baba et Mama t'accepteront.*

Néanmoins, elle ne pouvait oublier la remarque fourbe de Mushu. « *Ça se voit que tu lui fais les yeux doux* », lui avait-il lancé un soir, alors qu'elle tentait de réconforter son capitaine.

Elle avait nié comme elle le niait encore maintenant. Elle se souciait juste du sort de Shang ! Après tout, il était son capitaine, et Chi

Fu venait de remettre en cause ses qualités de chef. Cela ne voulait certainement pas dire qu'elle éprouvait quoi que ce soit pour lui.

Pourtant, le nœud qu'elle sentit au fond de son estomac quand elle leva les yeux vers Shang disait autre chose. Elle l'ignora et chassa ce sentiment, de même que son envie de savoir ce qu'il cherchait chez une épouse. Soudain, ce sujet devint la dernière chose dont elle voulait parler. D'autant plus qu'il ne la verrait jamais sous cet angle. C'était impossible.

— Alors, qui est cette mystérieuse fille que tu connais peut-être ? s'enquit Shang. Ta sœur ?

Mulan s'étouffa à moitié.

— Ma sœur ? Qui a dit que j'avais une…

— Chi Fu.

— Il a dit ça ?

— Eh bien, il sait que Fa Zhou avait une fille. Mais personne ne savait qu'il avait aussi un fils.

Mulan fixa ses mains, puis se pencha pour terminer son bandage. Elle ne pouvait pas regarder Shang.

— Mon… mon père ne parle pas beaucoup de moi.

— C'est ce que tu nous as dit ! s'amusa Shang. Vu comme tu étais quand nous nous sommes rencontrés, je peux le comprendre. Mais lorsque tu rentreras, je sais qu'il sera fier de toi.

— Je l'espère.

— Tu es un héros, Ping. À ton retour, toutes les filles du village voudront t'épouser.

Mulan ne put retenir un rire gêné.

— Ah ! Ça, je n'en suis pas certain. Et je ne m'en soucie pas vraiment.

Shang s'éclaircit la gorge.

— Alors, dis-moi... Ta sœur... Est-elle...

— J'ai fini mon bandage, annonça sèchement Mulan. Nous devrions partir. Nous ne devons plus être si loin des portes. Vous vous réveillerez juste à temps pour le petit-déjeuner.

La brusquerie de Mulan surprit le capitaine. Elle le remarqua à ses sourcils soulevés et à ses lèvres à peine écartées. Dans une autre situation, Mulan se serait sûrement excusée de l'avoir interrompu, mais plus il posait de questions sur sa vie personnelle, plus elle se sentait mal à l'aise.

Heureusement, il se reprit aussitôt et acquiesça.

— Tu as raison, allons-y.

— Attendez, dit soudain Mulan sans réfléchir.

Elle arracha une poignée de brins d'herbe et les laissa s'envoler dans la brise. Elle ignorait s'ils auraient une autre chance de discuter ainsi.

— Il faut que je vous dise quelque chose.

— Oui ?

Mulan attendit. Ses joues rosirent de nouveau. Elle voulait lui dire qui elle était vraiment. Pas Ping, pas la sœur de Ping, mais Mulan. Juste Mulan.

Mais elle imaginait le sentiment de trahison qu'éprouverait Shang.

Je n'ai jamais cherché à gagner sa confiance. Pourquoi me soucier autant de ce qu'il pense de moi ? Est-ce que j'essaye de me prouver que je suis digne de cette confiance ? Oui, en partie.

Mais pas seulement...

Elle ressentit une sensation étrange et inhabituelle dans le ventre. *Je suis une idiote. Je dois m'en tenir au plan. Personne ne doit savoir qui je suis. Baba pourrait avoir des ennuis. Et notre famille tomberait en déshonneur.*

La sensation s'envola. *Sans oublier que Shang me détesterait s'il découvrait la vérité. Il ne me ferait plus jamais confiance.*

— Non, rien, finit-elle par dire, le regard perdu dans la lune. Nous devrions partir.

— Tu n'arrêtes pas de regarder le ciel, Ping, constata Shang en levant les yeux à son tour. Tu crois que tout le monde dort encore, là-haut ?

— Là-haut ? Vous voulez dire, les soldats de notre troupe ?

Shang hocha la tête.

— J'ai l'impression d'être là depuis des années. Mais si mon corps est encore vivant, cela ne doit pas faire plus de quelques heures.

— N'avez-vous pas rencontré Yama ?

— Non, dit Shang. La dernière chose dont je me souviens est de t'avoir parlé. Quand j'ai ouvert les yeux, j'étais dans la tour. Je pensais être déjà mort.

— Vous ne l'êtes pas. Le temps s'écoule différemment, ici.

— Si c'est le cas, pourquoi nous dépêcher ?

Mulan ne sut que répondre. Depuis tout ce temps, elle n'avait pensé qu'à elle, qu'à lui dire qui elle était vraiment. Elle avait oublié de lui parler de l'importance de rentrer avant l'aube !

— Parce que… j'ai conclu un marché avec le roi Yama.

— Un marché ? (Il fronça les sourcils.) Quel genre de marché ?

— Si nous ne franchissons pas les portes avant le lever du soleil, commença Mulan, la voix tremblante, vous mourrez.

Shang resta muet.

— Je vois. Et toi ?

Elle se décomposa. Elle devait le lui dire, quelle que soit sa réaction.

— Si nous ne sortons pas, je... je resterai ici. Je serai prisonnier de Yama.

Le capitaine eut un mouvement de surprise.

— Comment ? Tu n'es pas sérieux, Ping ? Tu ne peux pas risquer ta vie pour...

— C'était la seule solution, le coupa-t-elle. Vous auriez fait la même chose pour moi.

Shang serra les mâchoires. Ses épaules étaient crispées. Il semblait porter tout le poids de sa révélation. Mais il savait aussi qu'il était trop tard pour discuter. Maintenant, lui aussi fixait la lune.

— Alors nous devons atteindre ces portes. Viens, Ping...

Un rugissement familier l'interrompit.

Chapitre quinze

D'un bond, ShiShi atterrit devant eux. La terre trembla sous son poids.

— Je vous avais bien dit qu'une horde de démons ne pourrait arrêter le grand gardien de la famille Li, proclama-t-il.

Mulan en fut bouche bée.

— Tu es vivant !

— Bien sûr que je suis vivant. Tu pensais quitter le Diyu sans moi ?

Submergée par le soulagement, Mulan se précipita dans la crinière du lion.

— On pensait que tu étais mort !

Son élan de tendresse prit ShiShi de court.

— Tout doux avec ma crinière, dit-il avec une moue avant de s'ébrouer jusqu'à ce que Mulan soit obligée de reculer. Elle est encore en piteux état, après ce que tu as fait.

— Pardon.

— Comment as-tu échappé aux démons ?

— Humf. Ces insectes ne sont rien pour le grand lion de pierre que je suis, s'enorgueillit ShiShi. Oh, ils étaient des centaines. Des milliers, peut-être…

Shang leva un sourcil :

— Des milliers ?

— D'accord. *Une* centaine. Ne m'interromps pas. Un lion retombe toujours sur ses pattes. J'ai déchiqueté leurs pitoyables lances entre mes crocs acérés et j'ai poussé le rugissement le plus puissant de la création ! Bon nombre d'entre eux ont fui après cela. J'ai poursuivi les autres autour de la Montagne aux Couteaux jusqu'à ce que nous soyons pris au piège. Ces minables prétentieux pensaient m'avoir, mais j'ai découvert un portail sous un couteau. Il m'a conduit directement ici, au niveau cinquante et un.

Cinquante et un, pensa Mulan. *Nous sommes encore loin.*

La queue de ShiShi se balançait derrière lui pendant qu'il tournait autour de Mulan et Shang.

— Je dois admettre que je suis surpris de vous voir musarder ici. Pourquoi êtes-vous encore là ? Je vous ai dit de vous dépêcher. Cette région regorge de fantômes.

— Nous n'en avons pas vu un seul, insista-t-elle. Comment…

— Étrange, la coupa le gardien. J'aurais juré avoir entendu des fantômes se réunir au pied de la montagne.

Mulan s'immobilisa. En tendant l'oreille, elle entendait maintenant des murmures. Ils étaient faibles, mais se rapprochaient, à n'en pas douter. Et surtout, ils semblaient nombreux.

— Qu'est-ce que c'est ? fit un murmure. On aurait dit un lion.

Une voix en colère répondit :

— Ça m'a réveillé.

— C'est l'étranger.

— L'étranger ?

— Le garçon sans nom.

— Trouvez-le ! Prévenez les autres.

Les fantômes glissaient vers le haut de la montagne. La masse d'air qu'ils formaient faisait siffler les couteaux. Un chœur de cris aigus déchira l'air.

Contrairement aux fantômes que Mulan avait croisés sur le Pont-sans-retour, ceux-ci paraissaient menaçants. Et contrariés. Quelques-uns étaient décapités et portaient leur tête sous le coude ; d'autres avaient perdu un œil, des doigts ou des dents. Il émanait d'eux des auras de toutes les nuances de rouge.

Mulan, Shang et ShiShi reculèrent sur l'herbe, mais il était déjà trop tard. Avant qu'ils ne puissent aller plus loin, une bande de fantômes leur bloquait le chemin.

— C'est l'étranger de la surface.

Le bandit qui avait pris la parole adressa un sourire vicieux à Mulan, laissant entrevoir une mâchoire vide de dents.

— J'ai entendu parler de lui. Il a traversé le pont. Il n'a pas écouté les avertissements.

Un autre bandit apparut. Une dizaine de couteaux étaient suspendus à sa ceinture. Il lui manquait un annulaire et l'œil gauche.

— Tu sais ce qu'on fait à ceux qui n'écoutent pas nos avertissements ?

— Appelle les autres. Dis-leur qu'on a trouvé l'intrus.

Des rires résonnaient entre les couteaux. L'écho parvint aux oreilles de Mulan comme une cloche qui sonnait au loin. Le son lui glaça le sang. Les fantômes prirent position tout autour de la montagne, tirant coutelas et dagues.

— Ah, mes lames n'ont plus goûté au sang d'un humain depuis que je suis mort ! dit l'un, qui affûtait le fil de ses armes en les frottant l'une contre l'autre.

— N'essaye pas de fuir, l'étranger. Tu deviendras très bientôt l'un des nôtres.

Tous les fantômes rirent à l'unisson. Ils se massèrent autour de Mulan et de ses compagnons. Le sang et la mort infestaient leurs orbites creuses. Un frisson de peur parcourut l'échine de Mulan.

— Des bandits et des meurtriers, murmura-t-elle, se souvenant des paroles de ShiShi.

Et, comme par hasard, ils en avaient après elle.

Chapitre seize

Il n'y avait aucune échappatoire. Les fantômes les encerclaient de toutes parts. Même si Mulan décidait de se jeter du haut de la falaise, la Montagne aux Couteaux l'attendait plus bas. Ils ne pouvaient pas non plus se battre. Seul Shang pouvait les toucher ; l'épée de Mulan et les griffes de ShiShi les traverseraient comme du vent.

Les murmures s'élevaient toujours du versant. La rumeur disant que « l'étranger de la surface avait gravi la Montagne aux Couteaux » gagnait rapidement tout le Diyu.

Mulan serra les dents. Des vagues de fantômes envahissaient sans fin la plaine dans un tourbillon de rouge, de jaune, d'orange et de vert. Les derniers venus n'étaient pas des meurtriers prisonniers de la Montagne aux Couteaux. La plupart d'entre eux étaient vêtus comme des citoyens ordinaires. Ils venaient assister au spectacle. Un mortel au Diyu.

Un fantôme aux lunettes d'acier se posa sur l'herbe. Mulan reconnut instantanément l'un de ceux du Pont-sans-retour. C'était celui à l'aura orange. Celui qu'il l'avait prévenue que d'autres la surveilleraient. Jiao.

Il portait un parchemin sous le bras. Son doigt spectral était taché d'encre. Il faisait penser à Chi Fu, mais sans la longue moustache.

Sous les lunettes, les yeux noirs du fantôme se rétrécirent.

— Nous avons entendu parler de ta petite entrevue avec le roi Yama. Tu n'aurais jamais dû franchir le pont, étranger.

Les autres fantômes acquiescèrent.

— Tu ne sortiras jamais d'ici.

Mulan enfonça ses pieds dans le sol et attrapa l'épée antique à côté d'elle. Elle en retira la bande de tissus et la leva devant elle.

— Allez-vous-en !

ShiShi bondit devant elle pour prendre la parole. Il exposait ses longs crocs en parlant :

— Ce garçon a passé un accord avec le roi Yama. Laissez-nous passer.

— J'étais là, s'offusqua l'un des fantômes. Vous avez coupé la file !

— J'ai entendu ce que le roi Yama a dit, intervint un autre. Il n'a jamais dit que nous devions vous laisser tranquilles.

— C'est un intrus, ce n'est pas juste, murmura un autre. Pourquoi a-t-il le droit de voir ce qui l'attend dans l'autre monde, lui ?

— Il doit mourir.

— Emmenons-le au fleuve.

— Vous ne ferez rien de tel, gronda ShiShi. Si vous voulez Ping, vous devrez d'abord me passer sur le corps.

Les fantômes s'esclaffèrent et ne se firent pas prier : ils traversèrent purement et simplement le corps de ShiShi. Le pauvre lion se sentit mal. Ses poils pâlirent et se dressèrent sur son dos. Il frissonna.

Shang se présenta à son tour devant Mulan, mais celle-ci secoua la tête.

— Laissez-moi m'en occuper.

Mulan faisait face aux fantômes, l'épée à ses côtés.

— Je comprends que ma présence vous importune, mais je suis là seulement pour…

— Peu importe pourquoi tu es là, les mortels ne sont pas les bienvenus !

Les fantômes approchèrent. Au moment où Mulan levait instinctivement son épée pour se protéger, une lueur opalescente émana de la lame, si éblouissante que les spectres reculèrent.

Mulan cligna des yeux. Elle ne comprenait pas d'où venait le pouvoir de l'épée. Elle se tourna vers ShiShi, qui se contenta de lever le menton pour l'encourager. Shang fit de même avec un léger hochement de tête.

— Aucune épée ne peut nous blesser, rappela Jiao aux autres. Nous sommes déjà morts.

Sur ce, Mulan fit mine de les attaquer. Un sourire espiègle se dessina au coin de ses lèvres. Les fantômes avaient eu un sursaut de recul.

— Si c'est vrai, de quoi avez-vous donc si peur ?

L'un des bandits affûta son couteau sur sa ceinture et le fit tourner entre ses doigts.

— Je me charge du gamin.

Mulan abattit son épée sur lui avant qu'il n'ait eu le temps d'approcher. Le fantôme recula d'un bond quand il s'aperçut qu'elle avait tranché sa ceinture et lui avait entaillé le bras. Son aura était maintenant d'un rouge ardent.

— Qu'est-ce que… C'est impossible !

Il essuya le sang qui perlait sur son bras. Il miroitait, comme le reste de son corps.

— Cette épée n'est pas normale !

L'agitation gagna le reste des bandits pour savoir qui serait le prochain à attaquer. Mulan en profita pour s'éloigner discrètement en s'enfonçant dans une forêt de fantômes verdâtres. Plus calmes que les bandits, ils la remarquèrent à peine.

Elle souffla, se demandant si elle devait se réjouir que ces spectres soient aussi mal organisés. Ils devaient être des milliers. Ils riaient et discutaient comme s'il s'agissait de la fête du village. La plupart flottaient dans les airs, sans même remarquer sa présence. Elle devait juste aider Shang et ShiShi à se frayer un chemin.

— Ça fait longtemps que je t'ai pas vu. Tu es à Youdu ?

— Pas encore. Dans un siècle ou deux, j'espère. J'ai entendu dire que l'immobilier grimpe.

— M'en parle pas. C'est la guerre, à la surface. Les soldats débarquent en masse. Certains sont trop jeunes pour avoir commis des crimes, alors Yama ne les condamne pas à la torture. Ils entrent directement dans la Cité des Morts. C'est tellement peuplé, à Youdu. Je crois qu'un départ pour le Paradis est prévu cette semaine, cela dit.

— Tiens, c'est pas le mortel, là, en bas ? Il ressemble un peu à mon petit frère.

— Le pauvre. Il ne sortira jamais d'ici vivant.

— Sauf si quelqu'un décide de l'aider.

Les deux fantômes échangèrent un regard et explosèrent de rire.

— Pas nous, en tout cas !

Mulan arrêta d'écouter les conversations. *Il y a tellement de fantômes, ici. On dirait que certains sont là depuis plusieurs siècles.* Elle regarda autour d'elle. *Je me demande si mes ancêtres sont là. Grand-Mère Fa m'a toujours dit que si je les respectais, ils me viendraient en aide au Diyu. Mais elle n'a jamais dit qu'il fallait que je sois moi-même un fantôme pour cela.*

— Le mortel est là ! s'écria l'un des fantômes flottants. Arrêtez-le !

— Appelez vos ancêtres, suggéra Mulan à Shang alors que les bandits se dirigeaient vers eux. Ils pourront peut-être nous aider.

— Ancêtres ? bafouilla ShiShi. Pourquoi devrions...

— Bonne idée, Ping, le coupa Shang.

Il plaça alors ses mains en porte-voix et appela :

— Y a-t-il ici quelqu'un de la famille Li ? J'ai besoin de votre aide !

— Y a-t-il quelqu'un de la famille Fa ? cria à son tour Mulan vers une autre foule de fantômes. Je suis de la famille Fa !

Les bandits les encerclaient déjà.

— Tes ancêtres ne peuvent rien faire pour toi, étranger, renifla le spectre sans dents. Allez, sois courageux, soldat. Ça ne fera pas mal. Et tu pourras couper la file du roi Yama. Encore une fois.

Shang écarta les bras.

— Ne le touche pas.

— Écartez-vous, capitaine, dit le bandit en inclinant la tête. Ce n'est pas votre bataille. Je n'ai rien contre vous.

— Vous êtes sur le point de vous réincarner, confirma un autre. Ce serait dommage de tacher votre âme de sang.

Shang se mit en posture de combat.

— Si vous vous battez contre Ping, vous vous battez contre moi aussi.

— Vous ne pourrez rien me faire, capitaine. Je suis déjà un fantôme.

— Y a-t-il quelqu'un de la famille Fa ? répéta Mulan. Je suis de la famille Fa !

— Nous sommes de la famille Fa, annonça une voix perçante en retour.

Mulan se redressa à la recherche du spectre.

— Ne touchez pas au garçon, bande de malotrus. Il est de notre famille !

À la grande surprise de Mulan, les bandits eurent effectivement un moment d'hésitation. Le fantôme qui avait parlé était une jeune femme. Elle se fraya un chemin à travers la foule, suivie de deux hommes. Mulan supposa qu'ils étaient aussi ses aïeux.

— Fa Mei, qu'est-ce que tu fais ? s'inquiéta le fantôme maigre qui la suivait. Reste discrète !

— Nous devons l'aider.

Les cheveux noirs de Fa Mei lui tombaient à la taille en une tresse simple, ornée de fleurs de jasmin. Elle portait du rouge à lèvres, et sa peau était recouverte d'un voile de poudre blanche. Outre le maquillage, sa ressemblance avec Mulan était frappante.

— Je suis d'accord, dit le troisième fantôme. Aidons-le. Il fait partie de la famille.

— Mes aïeux ? s'écria Mulan en les voyant approcher. Je vous en prie, aidez-moi. C'est moi, Fa...

Sa voix s'éteignit. Elle ne pouvait pas dire Fa Mulan.

— Le fils de Fa Zhou.

— Dégagez de mon chemin, fit Fa Mei aux bandits. C'est une histoire de famille. Et vous connaissez les règles : on ne se mêle pas des histoires de famille.

Les bandits toisèrent Mulan, puis reculèrent. À peine.

Les trois ancêtres de Mulan se raidirent. Elle pouvait désormais mieux voir leurs traits. Fa Mei était une jeune femme vêtue de soies coûteuses. Elle était accompagnée d'un homme âgé avec un certain embonpoint, ainsi que d'un homme chauve avec une canne, qui ressemblait vaguement à son père. Ils vinrent se poster à côté d'elle.

— Le fils de Fa Zhou, dis-tu.

— Oui, répondit difficilement Mulan. Je vous en prie, aidez-nous à sortir d'ici.

Le fantôme chauve se frotta le menton.

— Je pense qu'on devrait l'aider, Liwei. Qu'en dis-tu ?

— C'est un étranger, Ren. On ne peut pas lui faire confiance.

— On ne sait même pas ce qu'il fait là.

— Ce ne sera pas un étranger très longtemps si vous l'abandonnez ! aboya ShiShi. Bientôt, il sera comme vous.

— Aidez-nous, ajouta simplement Shang.

Fa Liwei, le fantôme le plus vieux, joignit ses mains.

— Prouve-nous d'abord que tu es bien un Fa.

Mulan laissa échapper un soupir exaspéré.

— Je vous ai déjà dit qui j'étais.

— Si tu es vraiment de notre famille, tu as sans doute apporté un présent.

— Les ragots valent autant que l'or, expliqua Fa Mei d'une voix chantante. Nous mourrions une deuxième fois pour quelques nouvelles de la surface.

Tout cela n'avait aucun sens pour Mulan, mais elle hocha néanmoins la tête. Les gardes démoniaques lui avaient dit que les fantômes adoraient les commérages.

— Je peux vous donner des nouvelles de la famille Fa.

— Et pourquoi tu n'existes pas dans les registres du roi Yama ? demanda Ren.

Le fantôme chauve tapotait une petite bosse qui dépassait de sa poche gauche. Shang, lui, jeta un coup d'œil en coin à Mulan. Une question lui brûlait visiblement les lèvres.

Mulan plissa le front. Non, elle ne pouvait pas le leur dire.

— Je peux vous donner la raison de ma visite ici. Comme disent les autres fantômes, ce n'est pas tous les jours qu'un mortel s'aventure dans le Diyu.

Ses ancêtres firent une moue :

— C'est un début. Très bien, nous allons vous aider.

— Laissez-moi faire, intervint Mei.

Elle flotta vers les bandits et agita son éventail devant eux.

— Vous, les brutes, laissez ma progéniture tranquille, les somma-t-elle. Nous nous occupons de lui. Il est de la famille, après tout.

Le bandit sans dents se renfrogna.

— Mais c'est un étranger !

— Et le roi Yama l'a autorisé à passer, répliqua Mei. Si vous voulez que Yama se mette en rogne contre vous, continuez donc à menacer le garçon.

Les bandits se ruèrent malgré tout sur Mulan. Elle contra leur attaque de son épée. Le métal s'entrechoqua et un éclair fendit l'air. En deux gestes vifs, Mulan avait désarmé les fantômes, se surprenant elle-même. Des fragments de couteaux gisaient au pied des spectres.

Les bandits, ébahis, firent plusieurs pas en arrière.

— Tu as de la chance, étranger.

— Nous te garderons à l'œil.

Ils plongèrent alors vers la Montagne aux Couteaux et disparurent.

— Qu'est-ce que vous regardez ? vociféra Liwei aux autres fantômes. Rentrez chez vous. La fête est finie.

Les fantômes grommelèrent. Certains crachèrent au sol. Au grand soulagement de Mulan, ils écoutèrent son ancêtre et s'éloignèrent. Plusieurs d'entre eux s'enfoncèrent dans les profondeurs du Diyu. Jiao, le fantôme à lunettes, fut le dernier à partir. Son visage fin trahissait sa déception de voir les derniers bandits s'échapper. Il dirigea vers Mulan un regard noir, un regard lui promettant qu'il n'en avait pas fini avec elle.

Elle l'ignora et se tourna vers Mei, Liwei et Ren.

— Honorables ancêtres, je vous remercie de votre aide.

— C'était une belle démonstration, ronronna Mei. C'est un honneur d'aider la famille.

Liwei restait stoïque :

— Enfin, s'il est *vraiment* de la famille.

Il plana autour de Mulan pour l'examiner comme un insecte sous une cloche de verre.

— Il n'y a pas eu de décès dans la famille, récemment, donc mes nouvelles datent un peu, mais il me semble que Fa Zhou n'a eu qu'une fi…

Mulan s'éclaircit la gorge :

— Nous discuterons en marchant, dit-elle de sa voix la plus masculine. Honorables ancêtres, c'est un grand privilège de pouvoir m'adresser à vous, mais le capitaine Li Shang, son gardien et moi-même sommes pris par le temps. Nous devons rejoindre les Portes du Diyu avant l'aube afin de retourner dans le monde des vivants.

— L'aube ? s'exclama Mei. Tu aurais dû nous le dire plus tôt. Le soleil ne tardera pas à se lever.

Elle défit sa tresse et entreprit de la renouer.

— Tu devrais plutôt rester ici avec ta famille et discuter.

Mulan s'offusqua.

— Je pensais que vous pourriez nous aider.

Ren joignit ses paumes, l'air serein. Sa robe de bure était usée et en loques. Si Mulan devait deviner, elle dirait qu'il avait été un moine pendant sa vie terrestre. Mais qu'est-ce qu'un moine faisait au Diyu ?

— Il existe un raccourci, annonça-t-il. Je vais vous le montrer.

Les autres ancêtres le dévisagèrent.

— Ren, tu es sûr que c'est une bonne idée ?

— Bien sûr.

— Que se passe-t-il ? demanda Shang.

— Liwei et Mei s'inquiètent parce que vous devrez traverser certaines régions du Diyu… peu chaleureuses.

— Peu chaleureuses ?

Le sourire que Fa Mei adressa à Shang mit Mulan mal à l'aise.

— Nous sommes dans le royaume des morts, capitaine. Vous ne pensiez quand même pas que le roi Yama vous faciliterait la tâche ?

Shang releva les épaules, puis se tourna vers Mulan avec un regard déterminé et reconnaissant.

— Il ne l'emportera pas. Ping ne restera pas ici.

— Les autres fantômes ne partagent pas votre avis.

— Assez discuté, dit Ren en levant sa canne. Suivez-moi. Vite, avant que ces bandits ne reviennent.

Mulan, Shang et ShiShi se hâtèrent derrière Ren. Le fantôme avait visiblement mesuré l'urgence de la situation : il planait au-dessus du sol avec une célérité inhabituelle pour quelqu'un doté d'une canne.

Mais après tout, c'était un fantôme.

— Où allons-nous ? demanda Mulan.

Au-delà des plaines, elle ne voyait rien d'autre que quelques collines, adossées les unes aux autres comme des dunes. Elles étaient si resserrées qu'elles éclipsaient l'horizon.

— Nous devons monter, ajouta-t-elle.

— Je sais. Patience, jeune Ping. Tu verras.

Mulan soupira et lui emboîta le pas. Ils auraient besoin de toute l'aide possible pour remonter avant le lever du jour. Ils avaient déjà perdu la moitié du temps alloué : seule une demi-lune brillait sur sa voûte de velours.

— N'est-ce pas splendide ? s'émerveilla Mei, qui avait suivi le regard de Mulan. Le royaume des morts n'est pas tous les jours une promenade de santé, mais cette vue vaut tout ce qui existe sur Terre.

Mulan ne pouvait lui donner tort.

— Ne traînons pas, fit Liwei en passant devant Mei. Ça vaut pour toi aussi, le garçon-sans-nom.

— Pourquoi t'appellent-ils comme ça ? demanda Shang.

— Euh, p-pourquoi ? bégaya Mulan. Allez savoir.

— C'est étrange que tes ancêtres se comportent ainsi avec toi, Ping. Ces deux-là, Liwei et Mei… (Il fit un signe vers les fantômes qui ronchonnaient clairement à propos de Mulan.) Ils n'ont pas l'air de vouloir t'aider.

Comment pouvait-elle lui dire que ses aïeux avaient effectivement de bonnes raisons de douter d'elle ? Comment lui dire qu'elle n'était pas celle qu'elle prétendait être ? Ils ne connaissaient pas *Ping*.

Elle ne pouvait pas le lui dire.

— Je ne veux pas manquer de respect à tes ancêtres, Ping, ajouta Shang en se méprenant sur son silence. Si tu leur fais confiance, alors moi aussi.

— Vous pouvez leur faire confiance, dit Mulan, espérant que son capitaine ne remarquerait pas son hésitation.

Plus qu'à moi, pensa-t-elle.

Si elle était vraiment honnête envers elle-même, comment Shang pouvait-il lui faire confiance alors qu'il ignorait son vrai nom ?

Chapitre dix-sept

Les ancêtres de Mulan firent halte au pied de la dernière colline, qui était plus basse que les autres. Des pissenlits jaune et blanc parsemaient l'herbe sèche. Ren enfonça sa canne dans le sol. Mulan vit alors plusieurs médaillons à tête de démon apparaître et joncher la prairie de paires d'yeux rouge vif.

Sous les crocs de deux médaillons se trouvaient des anneaux – des poignées. Ren tira un coup sec pour les écarter et révéla une porte sous l'herbe. Il s'engouffra droit dans le ventre de la colline. Mei lui emboîta le pas.

ShiShi hésita.

— C'est peut-être un piège. Je ne pense pas que…

— Détends-toi, gardien, lui lança Liwei. C'est un portail qui vous conduira au quatre-vingt-dix-septième niveau. Nous n'avons pas le droit d'aller plus haut.

— Je passe devant, dit Mulan au lion.

Avant qu'il n'ait le temps de protester, elle pénétra dans la colline. Son pied se posa sur un étroit chemin de brique.

L'intérieur ressemblait à une ruche constituée d'innombrables alvéoles et lui rappelait le paysage qu'elle avait aperçu depuis le pont, peu après avoir franchi les Portes du Diyu. Elle avait l'impression d'être dans un puits sans fond, à la différence que chaque pierre constituait une chambre. La plupart étaient des pièces vides, caverneuses, mais d'autres renfermaient des forêts, des déserts rocheux ou des tempêtes rugissantes. Mulan vit des démons s'affairer autour d'un fourneau en pierre dans l'une, un village de fantômes dans une autre. Elle scruta des portes écarlates vers le sommet, mais son regard ne portait pas aussi loin.

Elle prit place à côté de Ren et suivit le chemin de brique qui remontait la caverne. Souvent, le chemin bifurquait et formait un labyrinthe de sentiers sinueux. Elle était soulagée que Ren connaisse la route.

Shang la suivait, puis ShiShi. Le lion était si large qu'il manqua de tomber du chemin plus d'une fois. C'est à ce moment que Mulan se rendit compte que les briques sur lesquelles ils évoluaient flottaient dans le vide. Un vide sombre et infini.

— Ce n'est pas très réjouissant, marmonna le lion en observant la grotte.

— Ce n'est pas l'itinéraire le plus touristique, mais c'est le plus rapide, expliqua Ren. Et les démons n'auront pas l'idée de venir vous chercher ici. Seuls les doyens du Diyu connaissent tous les raccourcis.

— Auriez-vous l'amabilité de nous expliquer comment *vous* êtes devenu un doyen du Diyu ? grommela ShiShi. La présence d'un moine ici est pour le moins surprenante.

— J'avais quelques… faiblesses, admit Ren. Mais je vais bientôt partir pour le Paradis, comme vous pouvez le voir à mon aura.

Quel genre de faiblesses ? se demanda Mulan. Elle lui aurait volontiers posé la question, mais Ren était le seul de ses aïeux à ne pas contester son identité. Il lui parut naturel de lui rendre la pareille.

Cela dit, pour un moine, ses poches tintaient de manière étonnante.

Ce ne sont peut-être que des galets. Qui sait ce que les fantômes collectionnent, au Diyu ?

Mulan écarta ses doutes et se concentra sur la route.

Les odeurs changeaient rapidement : ici des effluves de bois brûlé, là de cannelle, parfois de poisson mort. Mulan entendit aussi des cris et des hurlements lointains.

Ils durent franchir plusieurs volées d'escaliers. Les marches étaient étroites et abruptes. ShiShi les montait cinq par cinq pour garder la cadence des ancêtres qui survolaient le chemin.

— Ces escaliers ont été construits pour les démons, expliqua Ren.

— Ça les aide à rester en forme. Ils deviennent paresseux après quelques milliers d'années, railla Mei.

— Tous les fantômes peuvent voler ?

— Plus tu passes de temps ici, plus ça devient facile.

Ren inclina la tête vers Shang :

— J'imagine que vous n'avez pas encore appris à maîtriser ces dons d'outre-tombe ?

— Euh, non.

— Vous n'en aurez pas besoin, constata Ren d'un ton neutre. Vous ne vous attarderez pas ici.

— Qu'est-ce qui vous fait dire ça ? demanda Shang. Nous ne sommes pas si différents, vous et moi.

— Votre couleur.

Ren compara son aura fantomatique à celle de Shang. Elles étaient presque de la même nuance de bleu, remarqua Mulan, alors que la majorité des fantômes émettaient une lueur jaune ou rouge. Celle de Shang était turquoise comme l'ocelle d'une plume de paon.

— Lorsque vous serez bleu, cela voudra dire que vous serez soit réincarné, soit envoyé au Paradis. J'imagine que ce sera plutôt la réincarnation, pour vous. Il est rare que ceux qui partent au Paradis s'aventurent dans les profondeurs du Diyu.

— Les bandits étaient rouges, se souvint Mulan. Qu'est-ce que ça signifie ?

— Une aura rouge veut dire que tu vas passer un bout de temps au Diyu. Tous tes faits et gestes sont surveillés de près, au Diyu comme à la surface. Le roi Yama nous colle une étiquette à tous. Il est le seul à savoir combien de temps nous passerons ici, mais nos couleurs nous donnent un indice. Quand nous devenons bleus, cela signifie que notre temps est presque écoulé. Ou que nous avons accompli un acte qui nous vaut de quitter cet endroit.

— Aucun membre de la famille Li ne demeure au Diyu, grogna ShiShi. Visiblement, la famille Fa n'est pas aussi distinguée. Pourquoi êtes-vous là ?

Mei toisa le lion.

— Qu'est-ce que tu insinues ?

Liwei se tourna vers elle. Ses bajoues tombaient au niveau de son cou.

— Tu as parfaitement compris, Mei. Il veut dire que tous les membres de notre famille ne sont pas irréprochables. J'ajouterais que *certains* d'entre nous ont plus contribué que d'autres à salir le nom de Fa, expliqua-t-il en se frottant le menton recouvert de fins poils blancs. Combien de maris as-tu eus, déjà, Mei ?

— C'est toi qui parles de réputation ? Tu te crois plus honorable parce que tes parents étaient acupuncteurs ? Rappelle-moi pourquoi les affaires ont périclité, déjà ? Ah, oui : parce que tu as tué un patient !

— C'était un accident !

Mulan leva les yeux au ciel en les entendant se chamailler.

— Ils sont toujours ainsi ? demanda-t-elle à Ren.

— Essaye donc de vivre avec eux pendant des siècles, répondit-il avec un petit rire. Attention, regarde devant toi, cousin Ping.

Mulan se pencha brusquement, reconnaissante de l'avertissement. Le plafond descendait soudainement. ShiShi fut le premier – et le seul – à s'y cogner le front.

— Bien fait, lança Mei.

Shang s'était redressé dès que le plafond avait retrouvé une hauteur normale :

— Où sommes-nous ?

— Nous devons faire quelques détours, indiqua Liwei en réprimant un bâillement. J'espère que cela t'inspirera, jeune Ping. Si j'avais vu tout ce que tu as vu, j'aurais vécu ma vie bien différemment.

— Sur votre gauche, la Chambre des Pierres, narra Mei. Ne vous arrêtez pas.

Mulan et Shang se tournèrent pour regarder, mais ShiShi se contenta de grogner sans ralentir. À l'intérieur se trouvaient des centaines de fantômes enchaînés à des colonnes laquées de noir. Chaque spectre transportait une gigantesque pierre au-dessus de sa tête, si lourde qu'elle finirait par les broyer s'ils faiblissaient. Mulan ne put s'empêcher de ressentir de la pitié pour eux.

— Ne t'occupe pas d'eux, dit Mei. J'y suis passée aussi. Douze ans, trente-quatre jours et cinq heures, dit-elle avec un frisson. Mieux vaut ne pas y penser.

— Est-ce ainsi que les fantômes sont châtiés ? demanda Mulan.

— S'ils le méritent, répondit distraitement Mei. Ou si le roi Yama est de mauvaise humeur quand il les reçoit.

— J'ai expié mes péchés dans la Montagne de Glace, annonça Liwei non sans une pointe de fierté. Crois-moi, la Chambre des Pierres est une promenade de santé à côté. Il y a un autre ancêtre Fa au Diyu. Malheureusement, il est encore dans la Vallée de la Souffrance éternelle. Nous étions en route pour aller le voir quand vous avez fait du grabuge sur la Montagne aux Couteaux.

— Vénérables aïeux, je vous suis éternellement reconnaissant de nous avoir guidés, dit Mulan, les lèvres pincées.

— Ne m'appelle pas ainsi, je te prie. Je n'ai qu'un ou deux ans de plus que toi.

L'aura de Mei était jaune pâle, comme le gâteau à la vapeur qu'elle avait commencé à grignoter.

— Fa Mei est morte jeune, précisa Liwei. Ç'aurait été tragique, si elle n'avait pas été une telle peste avec ses époux.

Mei le gifla avec son éventail.

— Tu n'as rien à dire, toi.

Elle se tourna vers Shang et Mulan, puis enfonça son éventail dans le ventre de Liwei.

— Cet idiot est mort dans son assiette. Il s'est étouffé avec une arête.

— Au moins, j'ai eu le temps de vivre.

— Et de devenir vieux et gras, répliqua-t-elle.

— S'il vous plaît, intervint Ren. Arrêtez donc de vous chamailler.

— Voilà qui devrait vous inciter à bien vous comporter sur Terre, si vous ne voulez pas passer plusieurs siècles avec ces imbéciles, murmura ShiShi aux oreilles de Shang et Mulan.

— ShiShi, ce sont mes ancêtres.

— C'est encore pire.

— Ah, nous y voilà, annonça Ren devant une cloche en bronze au milieu du chemin. Me ferez-vous l'honneur ?

Mulan frappa dans la cloche avec le plat de son épée.

— Au fait, je voulais te demander où tu avais trouvé cette épée ? s'étonna ShiShi en fixant la lame.

— Dans la Montagne aux Couteaux. Pourquoi ?

Mais Ren tourna et ouvrit une autre porte dérobée avant qu'ils ne puissent continuer leur conversation. Une lumière diffuse éblouit Mulan.

— Nous y sommes, annonça Ren. Le quatre-vingt-dix-septième niveau, principalement occupé par la Galerie des Forêts résonnantes.

L'endroit ne ressemblait en rien à une galerie. Mulan commençait à comprendre que l'architecture du Diyu n'était pas comparable à ce qui existait dans le monde réel. Ici-bas, les montagnes pouvaient flotter sur des nuages, et le ciel être zébré de rivières. Tout avait été créé pour satisfaire aux moindres caprices du roi Yama.

Un doux bourdonnement provenait des arbres. Les feuilles bruissaient à un rythme irrégulier. Le ciel était plus lourd ici et les ombres dansaient sous la canopée. Les arbres étaient desséchés. Leurs branches ressemblaient à des os, et leurs feuilles à des dents. Mis à part ce paysage sinistre, la forêt n'était pas si différente du bosquet de bambous que Mulan et ShiShi avaient traversé.

— Comment accède-t-on au centième niveau ?

— Suivez la lumière de la lune, dit Ren en montrant le faisceau de lueur argentée qui perçait le feuillage. Yama ne vous l'a pas dit ?

Mulan leva les yeux :

— Yama ne m'a rien dit.

— Il ne vous sera pas facile de trouver le portail vers le prochain niveau, mais si vous suivez la lumière, vous arriverez au bon endroit. Cherchez les verrous à l'effigie du roi, ils vous conduiront vers un autre escalier. Mais méfiez-vous des démons.

Fa Mei fronça les sourcils.

— Tu ne leur as pas parlé du Chau…

— Non, la coupa Ren.

Il s'éclaircit la gorge et s'affaira sur ses manches. Son assurance s'effaça brièvement.

— Non, il n'y a pas d'inquiétude à avoir. J'ai bien peur que nous ne puissions vous accompagner plus loin.

— Vous nous cachez quelque chose, dit Mulan.

Ren eut un petit rire, trop forcé au goût de Mulan.

— Mei est de nature… craintive. La Chambre du Désespoir bouillant se trouvait autrefois sur votre chemin.

— On la surnomme le Chaudron, précisa Mei.

— Mais les chambres et les niveaux du Diyu se déplacent constamment. Vous ne devriez pas rencontrer de problème.

— « Devriez » ? répéta Shang.

— Enverrais-je ma propre descendance au Chaudron ? s'offusqua Ren. C'est une telle joie de voir que la chair de ma chair se porte bien.

Mulan crut entendre Liwei ou Mei étouffer un sarcasme, mais peut-être était-ce seulement son imagination qui lui jouait des tours. Lorsqu'elle se tourna vers eux, ils évitèrent son regard.

— Suivez la lune et tout ira bien, promit Ren. Vous n'êtes plus très loin de la sortie, désormais. Vous avez une chance d'y arriver.

La lune se trouvait au nord, toujours à moitié dévorée par l'obscurité. Ils n'avaient pas perdu trop de temps, ce qui était rassurant.

— Nous devons nous remettre en route, indiqua Mulan qui commença à s'incliner devant ses ancêtres.

— Pas si vite !

Mei s'assit sur une souche d'arbre en ajustant élégamment sa robe de soie scintillante pour qu'elle ne foule pas la poussière.

— Ping, tu as dit que tu nous donnerais des nouvelles de la famille.

Mulan déglutit. *En effet.*

— Il n'y a pas grand-chose à dire. Toute la famille se porte bien.

Mei leva ses mains au ciel.

— Ce ne sont pas des nouvelles, ça ! Je veux savoir pourquoi tu es là. Les autres fantômes disent que tu n'apparais nulle part dans les registres du roi Yama. Cela voudrait donc dire que tu n'existes pas ?

— Ce n'est plus l'heure des histoires, s'emporta ShiShi, qui fixait toutefois quelque chose dans les arbres. Le temps joue contre nous.

— On ne t'a pas causé, le lion, lança Liwei.

Mei fouilla dans sa poche et en tira un autre gâteau à la vapeur, celui-ci surmonté d'une datte écarlate.

— Il veut une friandise, le gentil toutou ?

La fourrure de ShiShi fut parcourue d'un frisson. Sa queue devint raide et droite.

— Certainement pas. Je n'accepterai rien de votre part.

— Tu ne sais pas ce que tu rates, dit-elle en croquant dedans. Hummm, délicieux. J'ai toujours cru que les gardiens avaient un faible pour les friandises.

— Les esprits aussi, ricana Liwei. Où croyez-vous que toutes ces calebasses de saké disparaissent quand vous faites des offrandes sur l'autel de vos ancêtres ?

ShiShi laissa échapper un rire moqueur et reporta aussitôt son attention sur la forêt. Il semblait préoccupé. Mulan leva la tête et entraperçut une fourrure rouge. Elle disparut aussi vite dans une roncière.

ShiShi se tapit, sa longue queue battant derrière lui.

— À bien y réfléchir, dit-il, sa colère soudain évanouie, vous devriez prendre quelques minutes en famille.

— ShiShi ?

— Reste avec Ping, Li Shang.

Le lion s'enfonça dans les bois.

— Ne m'attendez pas. Je vous retrouverai.

Mulan tendit la main vers lui :

— Attends, où est-ce que…

— Il a sans doute vu un renard, jugea Ren. Il y en a plein, par ici.

— Quel animal étonnant, songea Mei en fourrant le reste de son gâteau dans son gosier.

Shang, interloqué, se tourna vers Mulan.

— Ping, est-ce vrai que tu n'apparais pas dans les registres de Yama ?

Les mots se bloquèrent dans la gorge de Mulan. Elle ne savait comment répondre.

— D'ailleurs, fit soudain Mei en se léchant les doigts, les sourcils froncés, je ne me souviens toujours pas que Fa Zhou ait eu un fils. Pourtant, ce n'est pas le genre de choses que j'oublie.

— C'est vrai, tu as le don pour connaître tous les hommes de la famille, dit sèchement Liwei. Ou plutôt, pour les mettre dans de sales draps.

Ren leur lança un regard noir, puis se tourna vers Mulan.

— La lumière est meilleure, ici. Laisse-moi encore te regarder, cousin Ping.

Ren prit le visage de Mulan entre ses mains. Elle eut l'impression d'être caressée par le vent. Lorsqu'il lui pinça les joues, elle crut ressentir un léger picotement.

— Vous voyez bien, dit-il alors aux autres. Notre cousin Ping a les dents et le front de Fa Zhou. Les yeux et les cheveux de Fa Li. Il a la mâchoire et les pommettes un peu mollassonnes, mais c'est encore un enfant. Je crois.

— Je vois une ressemblance, acquiesça Mei en toisant Mulan sous ses longs sourcils. Mais il est bien plus petit que Fa Zhou. Et plus maigrelet, aussi. Et il n'a pas de poil au menton.

— Tu sais quoi, Ping, ils n'ont pas tort, s'amusa Shang. Tu as de la chance, tu n'auras jamais à te raser.

— Hum…

Liwei tournait autour de Mulan, les mains dans le dos.

— Je crois que tu nous caches quelque chose. Si nous découvrons que tu nous as menti pour profiter de nous, nous te jetterons dans le fleuve nous-mêmes. Ce n'est pas très loin d'ici, tu sais.

— Comment osez-vous accuser Ping de mensonge ? s'emporta maintenant Shang en s'interposant entre Mulan et les trois fantômes. Ping a risqué sa vie pour me sauver. Pouvez-vous vous targuer d'en avoir fait autant ? Je ne crois pas. Sinon, vous ne seriez pas là.

Liwei siffla, puis flotta vers Shang.

— Et qui es-tu, toi, pour venir nous parler d'honneur ainsi ?

— C'est le capitaine Li Shang, murmura Mei à l'oreille de son parent.

Les sourcils de Liwei se soulevèrent.

— Li, comme la célèbre famille de chefs militaires ?

— Un clan honorable s'il en est, fit Mei en battant des paupières devant Shang. Mon premier mari était un homme de guerre, lui aussi. Il est mort au combat une semaine après notre mariage. J'ai accidentellement mis de la farine au lieu de la poudre dans l'un de ses canons. Et j'ai oublié d'affûter son épée. J'étais si seule…

Mei redressa le col de la cape de Shang. Mulan ne put s'empêcher de ressentir une pointe de jalousie.

— Je parie que ce n'est pas un petit incident comme celui-ci qui aurait eu votre peau. Vous êtes si fort et courageux.

Shang recula, légèrement troublé.

— Écoutez, dit Mulan en se plaçant entre Mei et Shang. Je suis venu ramener le capitaine Li Shang dans le monde de la surface. J'en ai fait le serment à son père.

— Je crois plutôt que tu es un démon, annonça Liwei en se tournant vers Mulan. Un démon déguisé, envoyé par Meng Po pour l'emprisonner à jamais au Diyu.

— Quoi ? balbutia Mulan. Je ne suis pas un démon.

— C'est toi qui le dis. Les démons sont fourbes. On dirait que vous avez au moins ça en commun.

— Je ne suis pas un démon. Et pourquoi Meng Po voudrait-elle piéger Shang ici ? Il doit se réincarner.

— L'armée de Meng Po n'est plus ce qu'elle était, raisonna Liwei. Un capitaine décoré de l'armée impériale serait une belle prise pour sa garde rapprochée.

— C'est ridicule, s'agaça Shang. Ping a risqué sa vie pour venir ici et me sauver.

— Peut-être, concéda Liwei. Mais dans tous les cas, « cousin » Ping, si ce que tu dis est vrai, ta présence dans ce royaume est interdite.

— On n'aurait peut-être pas dû l'aider, après tout, dit Mei avec un soupçon d'inquiétude. Je n'ai plus qu'un siècle à croupir ici avant d'être invitée à Youdu. Je ne peux pas me permettre de voir ma sentence prolongée parce que j'ai aidé un parent indigne.

Liwei hocha la tête, une grimace se dessinant sur son visage rond.

— Je n'ose imaginer la honte que Ping inflige à notre famille en pénétrant dans le Diyu… Enfin, s'il est *vraiment* de la famille.

— Je suis de votre famille, insista Mulan. J'ai toujours respecté mes ancêtres.

— Tiens donc ? s'étonna Mei en croisant les bras. Je n'ai jamais entendu tes prières.

Mulan déglutit. Elle aurait dû être plus attentive aux conseils de sa grand-mère quand elle priait à l'autel familial. Si elle leur avait accordé plus d'attention par le passé, elle aurait peut-être pu avouer son secret à Ren, Mei et Liwei. Ils l'auraient aidée.

— Fa Zhou ne parle pas beaucoup de son fils, indiqua Shang aux fantômes. Alors, laissez Ping tranquille.

Mulan se sentit reconnaissante envers son capitaine. Elle n'avait pas besoin que l'on prenne sa défense, mais le fait que Shang la soutienne ainsi, comme s'il avait été personnellement insulté... Elle en était heureuse.

Il ne fait que défendre son ami, se reprit Mulan en écartant ces pensées.

— La seule raison pour laquelle nous vous avons aidés, c'est parce que nous voulions des nouvelles de là-haut, dit Mei, la mine boudeuse. Et parce que cela aurait pu raccourcir notre peine au Diyu. Pour bonne conduite, vous voyez. Tout le monde n'a pas la chance de Ren.

Mulan se tourna vers Ren, qui était resté étrangement silencieux pendant toute la discussion. Il n'ajouta rien.

— Je ne vais pas déshonorer la famille, promit Mulan. Je sais ce que je fais.

— Vraiment ? Dans ce cas, ça ne m'étonne pas que tes parents essayent d'oublier ton existence, cracha Liwei.

Shang se crispa.

— Ping est l'un des hommes les plus intelligents que je connaisse. Il a sauvé la Chine à lui seul.

— Si Ping est si brillant, pourquoi Fa Zhou ne parle-t-il pas de lui ? insista Liwei. Ce garçon a un problème ? Non, toute cette histoire ne colle pas.

— J'ai toujours cru que Fa Zhou n'avait eu qu'un enfant, pépia Mei. Cette fille, là. Fa Mu… Mince, j'oublie toujours son nom. Fa…

— Mulan, termina Ren.

— C'est ça, dit Liwei en fixant Mulan comme s'il avait découvert son secret. Une petite maligne, d'après ce qu'a dit son grand-père quand il est passé au Diyu.

Mulan déglutit.

— Vous avez parlé à mon grand-père ?

— Il est resté quelques jours ici. Assez longtemps pour nous raconter quelques histoires. Mais il n'a jamais dit que Mulan avait un frère.

— Oui, je m'en souviens, ajouta Mei. Fa Zhou venait d'être blessé au combat. Grand-Père Fa nous a dit qu'il avait été libéré de ses obligations militaires et qu'il avait promis qu'il passerait plus de temps avec sa fille.

Shang fronça les sourcils.

— Et Ping ?

— Grand-père ne parlait pas beaucoup de moi non plus, intervint rapidement Mulan en prenant soin de garder une voix aussi grave que possible. Je ne suis pas très apprécié, dans la famille. Je m'attirais souvent des ennuis. Vous savez comment on est, nous… les garçons, ah, ah !

Mei engloutit un autre gâteau.

— Il a offert un chien à Mulan. Je me souviens, maintenant.

— Mais oui, parce que Fa Li était si triste de ne pouvoir donner un fils à Fa Zhou… ton grand-père a offert un chien à Mulan. Il a dit qu'il avait été prénommé Petit Frère.

— Qui plus est, si tu as combattu avec le capitaine Li Shang, réfléchit tout haut Liwei, tu ne dois pas être beaucoup plus jeune que Mulan.

— Ça suffit, Liwei, intervint Ren en piquant le fantôme de sa canne. Le garçon n'a pas l'air d'être un menteur.

— Ça, c'est toi qui le dis, grommela Liwei. Il a pris de toi, on dirait.

Mulan pencha la tête, se demandant ce qu'il voulait dire par là.

— Il y a un tunnel tout droit, par-delà la forêt, continua Ren en ignorant la remarque de Liwei. Gardez toujours votre gauche. Ensuite, vous devrez traverser plusieurs chambres avant d'atteindre la Cité des Morts, Youdu.

— Plusieurs chambres ? répéta Shang. Pourriez-vous être plus précis ?

— Vous le saurez quand vous les verrez, répondit-il simplement, avant de joindre ses mains et de s'incliner. Que ta quête soit couronnée de succès et fasse honneur à la famille Fa.

Mei s'épousseta les manches.

— J'espère te revoir… un jour ou l'autre.

Puis elle adressa un clin d'œil à Shang :

— Et si vous passez par-là, capitaine, vous savez où nous trouver.

Liwei fit une moue. Il doutait toujours de l'appartenance de Mulan à la famille Fa. Il se pencha vers Shang et dit, juste assez fort pour que Mulan l'entende :

— Souvenez-vous de mes paroles, capitaine Li. À votre place, je me méfierais. On ne sait jamais à qui on peut se fier, ici.

— Je vous remercie de vous soucier de moi, ancêtre Fa Liwei, répondit froidement Shang. Mais Ping a toute ma confiance.

— Soit. Tant que vous êtes sûr de son identité. La Dame de l'Oubli est la reine de l'illusion.

— C'en est assez, aboya Ren. Veuillez excuser mon petit neveu, capitaine Li. Des décennies au Diyu l'ont endurci.

Shang se fendit d'une révérence raide.

— Je comprends.

Mulan s'inclina à son tour, sans se soucier du regard provocateur de Liwei.

— Honorables Fa Liwei, Fa Ren et Fa Mei, merci pour votre aide. Adieu.

Par respect, Mulan regarda les fantômes s'éloigner dans des directions différentes. Lorsqu'elle se retourna, elle vit que Shang avait déjà commencé à avancer dans l'herbe.

L'appréhension l'empêchait de respirer. Il ne l'avait pas attendue.

Mulan pressa le pas pour le rattraper.

— Nous ne devrions pas nous éloigner. ShiShi a dit qu'il nous retrouverait. Shang ?

Shang mit un moment à lui répondre. Il avait les lèvres pincées et ne la regardait pas.

— Je le cherche, justement.

Il se pencha pour examiner les empreintes du lion dans la terre.

— La piste s'arrête ici.

— Eh, fit Mulan en tendant la main vers lui. Quelque chose ne va pas ?

Shang se recula.

— Tout va bien.

— Vous… vous ne croyez quand même pas tout ce qu'ils ont dit, Shang ?

— Bien sûr que non. Je… je cherche juste ShiShi.

Le capitaine s'éclaircit la gorge pour cacher son embarras et se mit à marcher plus vite. Il dégagea des branches de ses bras et fit route vers les collines qui les rapprocheraient des portes.

Shang était très mauvais menteur. Mulan voyait bien que la conversation avec les trois fantômes l'avait ébranlé plus qu'il ne voulait l'admettre.

Parfait, se dit-elle en abaissant ses épaules. *Par-fait.*

Mulan sentit ses poumons se resserrer. Elle avait tout fait pour cacher son identité au cours des derniers mois. Elle avait fait tant d'efforts pour devenir Ping, le soldat courageux, et enterrer Mulan sous son armure et sa voix grave.

Elle avait été si heureuse de gagner la confiance de Shang. Mais maintenant… Maintenant, elle l'avait perdue.

Et elle avait le pressentiment que si elle lui avouait la vérité, elle ne la regagnerait jamais.

Chapitre dix-huit

Mulan courait pour rattraper Shang. Sa cheville la lançait à chaque pas, mais elle ignora la douleur. Le capitaine ne ralentit pas pour elle. Il ne se retourna même pas pour s'assurer qu'elle suivait toujours.

— Shang ? l'appela-t-elle. Shang, s'il vous plaît. Dites quelque chose.

Shang se tourna enfin. Sa cape rouge tranchait avec le feuillage mort.

— Es-tu vraiment Ping ?

Mulan grimaça, tant à cause de sa cheville que de la question de Shang.

— Qui d'autre ?

— Tu pourrais être un démon que je serais incapable de le savoir.

— Je vous ai demandé de me faire confiance, dit-elle en boitant. Vous vous souvenez ? Dans la Tour du Dernier Regard.

— J'ai confiance en Ping, celui que j'ai instruit, s'obstina Shang. Le Ping que je connais ne m'aurait jamais menti.

Mulan ne répondit rien. Que pouvait-elle dire ? Elle était rongée par la culpabilité. Au fond d'elle, elle savait qu'il avait raison. Elle lui avait menti. Mais comment pouvait-elle lui dire la vérité en sachant comment il réagirait ?

— Regardez-moi, Shang. Je ne suis pas un démon.

Le capitaine soupira, l'air abattu et vaincu.

— C'est juste que… c'est effectivement étrange. Je n'y avais pas repensé, mais Chi Fu non plus n'a trouvé aucune trace de toi dans les registres. Il a commencé à faire des recherches pendant ton instruction, mais lorsque je t'ai chassé, il a laissé tomber. Ensuite, tout est allé si vite… Toi et les autres soldats avez fait des progrès, puis nous avons été appelés au combat.

— Shang…

— Je ne te demande qu'une chose, Ping. Regarde-moi dans les yeux et dis-moi que tes ancêtres ont tort. Qu'ils n'ont tout simplement jamais entendu parler de toi. Et je ne remettrai jamais ta parole en cause.

Je ne peux pas lui dire la vérité, songea tristement Mulan. *Ce que j'ai fait – voler l'avis d'enrôlement de Baba et son armure – est interdit par la loi. Je risque la peine de mort pour haute trahison. Mama et Baba auraient des ennuis aussi.* Elle s'adossa contre un arbre. *Mais si Shang a confiance en moi, ne devrais-je pas avoir confiance en lui ?*

Elle se laissa glisser le long du tronc jusqu'au sol. Qu'allait-elle lui dire ? La confiance de Shang était inestimable. Depuis qu'elle s'était engagée, elle avait admiré Shang, d'abord en tant que chef, puis en tant qu'ami.

Et maintenant ?

Elle soupira en silence et sentit le poids du regard du capitaine. Il ne disait rien, mais elle comprenait que leur amitié s'effritait. Il doutait d'elle.

Elle se redressa et frotta ses pieds sur les feuilles mortes.

— Qui d'autre pourrais-je être ? dit-elle avec un rire maladroit.

— Ping, insista Shang. C'est une question simple. Es-tu ou n'es-tu pas le fils de Fa Zhou et Fa Li ?

— Je suis…

Mulan se tordit les mains. Elle ne pouvait pas lui mentir, pas en le regardant droit dans les yeux. Mais elle ne pouvait pas lui dire la vérité non plus.

— Je suis…

Shang recula d'un pas :

— Oui ou non ?

— Shang, je peux tout expliquer, s'excusa Mulan, mais elle vit dans son regard qu'elle l'avait perdu.

Il arracha une épaisse branche derrière lui et la brisa en deux entre ses poings. Elle ne l'avait jamais vu si furieux auparavant.

— Qui es-tu, dans ce cas ?

— Je suis… Je suis…

Shang plissa les yeux, puis tourna autour d'elle.

— Tu as dit que mon père t'avait envoyé. Mais les mortels ne peuvent entrer au Diyu. Comment es-tu arrivé là ?

— Je vous l'ai dit, j'ai conclu un marché avec le roi Yama.

— Les fantômes prétendent que tu n'existes pas dans les livres de Yama, continua Shang en serrant les branches dans ses mains. Est-ce que tu me mens, Ping ? Si tel est bien ton nom.

— Je…

Mulan n'aurait su dire si elle était soulagée ou chagrinée de voir ShiShi revenir à cet instant. Le lion sortit d'un épais fourré et atterrit devant eux sans se rendre compte de la tension manifeste.

— Je pensais que vous auriez avancé plus que ça.

— Ce n'est pas le moment, ShiShi, lança Shang entre ses dents. Nous sommes en pleine discussion.

— Pas le temps de bavarder, répondit le lion. J'avais vu juste. Meng Po est encore à ta poursuite, Li Shang. J'ai trouvé des feuilles de son thé dans la terre, près d'ici. Bientôt, toute la forêt sera envahie de démons. Nous devons…

— Pas maintenant, ShiShi, bouillonna Shang.

— Si, maintenant ! Meng Po peut être n'importe quoi ou n'importe qui !

— Même Ping ? demanda froidement le capitaine.

— Quoi ? Que se passe-t-il ici, à la fin ?

La fourrure du lion fut parcourue d'un frisson.

— R-rien, bégaya Mulan. Shang, nous devrions écouter Shi…

Elle s'interrompit en voyant le regard, froid comme la glace, de Shang. Ses épaules retombèrent.

Comment lui en vouloir ? Tu lui mens depuis le début.

— Vous avez entendu ce que j'ai dit ? aboya ShiShi. Meng Po est sur nos traces. Alors, levez vos petites pattes et courez !

Shang croisa les bras et se redressa pour dominer Mulan de toute sa hauteur.

— Je n'irai nulle part tant que… cet *imposteur* ne m'aura pas dit qui il est vraiment.

— « Imposteur » ? répéta le lion, dressé entre les deux. Qu'est-ce que c'est que cette histoire ? Allez, venez. Tous les deux.

— Les ancêtres de Ping ignorent tout de son existence.

Mulan fixait le sol.

— Les fantômes... Ils attirent toujours des problèmes, pensa tout haut ShiShi en grattant le sol de sa patte gigantesque, clairement froissé par la situation. Les ancêtres de Ping n'ont probablement pas entendu parler de lui, c'est tout.

— C'est ce que je pensais aussi, concéda Shang. Mais Ping nous cache quelque chose.

Il dévisagea Mulan. Malgré la froideur de son regard, elle décela une pointe de déception.

— En tout cas, ce Ping-là. Le *vrai* Ping pourrait tout aussi bien être encore au camp en train de me regarder mourir.

— Je suis le *vrai* Ping, insista Mulan. ShiShi, dis-lui !

Le lion grogna doucement. Il regarda à gauche, puis à droite pour étudier leur environnement. La forêt résonnait de silence. Une légère brise soufflait.

— Le garçon dit la vérité, Li Shang. Ton père l'a envoyé au Diyu. Il m'a demandé de le guider jusqu'à toi. Je suis avec lui depuis le début.

La face arrogante du gardien devint sage et expressive. Mulan comprenait maintenant comment il était devenu le fidèle compagnon du général Li.

— Si tu dois douter de quelqu'un, c'est de moi. J'ai été le gardien de ton père pendant près de trente ans, et pourtant je n'ai pu éviter sa mort des mains de Shan-Yu. À cause de moi, la tragédie s'est abattue sur ta famille.

ShiShi baissa la tête, comme si son pendentif de jade était soudain devenu très lourd.

— J'avais l'intention de te retrouver, de te protéger, mais je suis arrivé trop tard.

Shang se crispa. Mulan voyait qu'il essayait de refouler ses émotions. La mort de son père était encore récente.

— Ne te méprends pas, Li Shang. Il n'y a aucun déshonneur à tomber au combat. Que ce soit pour ton père ou pour toi. Je n'ai pas honte que vous soyez tous les deux morts, mais j'ai échoué à vous protéger. J'espère seulement sauver le peu d'honneur qu'il me reste. Pour ton ami Ping, c'est différent. Au début, je pensais qu'il voulait venir au Diyu par culpabilité, parce que tu avais risqué ta vie pour lui. Mais je vois maintenant que j'avais tort.

Mulan ne se sentit que plus mal en entendant ShiShi prendre sa défense. Les mots lui restaient bloqués en travers de la gorge.

— Ping est un véritable ami, continua ShiShi. Ne te laisse pas influencer par ces stupides fantômes. Aie confiance, Li Shang. Ping a risqué sa vie pour venir dans le royaume des morts. Il a défié des centaines, des milliers de fantômes pour obtenir une audience auprès du roi Yama. Il a même réussi à convaincre Yama de lui laisser une chance de te sauver !

— Je le sais bien, fit Shang, dont les épaules retombèrent imperceptiblement.

— Vraiment ?

— Ping me l'a dit.

— Et alors ? gronda le lion. Comment peux-tu manquer à ce point de reconnaissance ? Si Ping ne sort pas d'ici avant l'aube, il deviendra à jamais le prisonnier de Yama. Seul un véritable ami est prêt à un tel sacrifice.

Shang resta muet, les yeux ancrés dans le sol. Ses lèvres étaient pincées, presque invisibles.

— Ton père était comme toi quand il était jeune, continua ShiShi sur un ton plus doux. Il était si fier qu'il avait du mal à passer outre les défauts des autres. Avec le temps, et avec mon aide, il a appris.

Le gardien se rapprocha de Shang.

— Tu es fier comme ton père. C'était un commandant, un instructeur et un père sévère, et tu lui ressembles en tous points. Mais cela ne veut pas dire que tu dois être sévère avec tes amis, avec ceux en qui tu peux avoir confiance. Si Ping cache un secret, qu'il en soit ainsi. Il doit avoir ses raisons. Il a suffisamment prouvé qu'il était digne de confiance.

Une ombre passa sur le visage de Shang. Son aura d'un bleu chatoyant s'assombrit vaguement. Il s'adossa à un arbre et resta ainsi un long moment. Finalement, il leva la tête et s'avança vers Mulan.

— Quels que soient tes secrets, Ping, dit-il solennellement, je crois que tu as de bonnes raisons et je le respecte.

Derrière lui, ShiShi se recula pour leur accorder plus d'intimité. Il adressa un signe de la tête pour encourager Mulan à accepter les excuses du capitaine. Mais Mulan ne pouvait s'y résoudre.

Elle leva les yeux. Le regard de Shang brûlait de cette sincérité qu'elle avait appris à admirer. Mais cette fois, elle se sentait piégée par ce regard.

Il ne me fera plus jamais confiance s'il apprend la vérité. Elle grimaça et serra les poings. *Je ne peux plus lui mentir. Même s'il doit me haïr, il mérite de savoir.*

Elle ouvrit ses mains.

— Shang, vous ne m'avez jamais menti. ShiShi a raison : vous avez été dur avec moi et avec les autres soldats, mais c'était pour nous souder. Pour bâtir de la confiance entre nous.

Elle se mordit la lèvre inférieure, une manie que les habitants de son village considéraient comme déplaisante et inappropriée pour une jeune femme. N'était-ce pas curieux ? Toute sa vie, elle s'était attelée à devenir une femme parfaite, à rendre sa famille fière. Et depuis plusieurs mois, elle faisait exactement l'inverse. Elle se faisait passer pour un homme. Un soldat.

Sa plus grande crainte était que quelqu'un découvre son identité. Elle n'aurait jamais pensé l'avouer de son plein gré. Elle déglutit.

— Alors, vous devez savoir… C'est vrai, je ne suis pas… Ping.

— Si tu n'es pas Ping, alors qui es-tu ?

— Je suis…

Mulan inspira. Sa voix chevrotait. Elle avait peur que son cœur explose hors de son armure.

Elle posa son épée et s'essuya les paumes sur les bras. Elle leva les mains au-dessus de sa tête et tira sur le ruban. Sa chevelure noire tomba sur ses omoplates.

— Mes ancêtres avaient raison, dit-elle, se surprenant elle-même de son calme. Mes parents n'ont jamais eu de fils. Ping n'existe pas.

Elle leva les yeux pour regarder le capitaine en face.

— Il n'y a que moi. Mulan.

Chapitre dix-neuf

Shang écarta légèrement les lèvres, mais aucun son ne sortit de sa bouche. Puis, lentement, muscle par muscle, elle vit la trahison s'imprimer sur son visage. La chaleur de ses yeux s'évapora. Sa nuque se raidit. Ses lèvres ne formèrent plus qu'une fine ligne.

— Tu es…

Shang serra les mâchoires.

— C'est impossible. Tu ne peux pas être une…

— Une femme ? termina Mulan, d'une voix douce. Je vous avais dit que certaines femmes savaient se battre.

Shang ne décocha pas l'ombre d'un sourire. Son visage se rembrunit. Une ombre délava la lueur bleu pâle de son corps.

Mulan savait qu'il aurait du mal à l'accepter, mais elle n'avait pas imaginé ce que sa réaction provoquerait chez elle. Elle avait le ventre lourd, la gorge serrée et le cœur qui battait si fort qu'elle craignait que Shang ne l'entende.

— Je vous en prie, écoutez-moi. Ce n'est pas ce que…

— Pourquoi devrais-je t'écouter ? s'emporta Shang, les poings serrés. Tu m'as menti.

— Je suis la même personne.

— Non.

— Shang…

Il vacilla en entendant son nom.

— C'est *capitaine Li* pour toi.

Mulan se tourna vers ShiShi. Le gardien avait baissé la tête. Elle n'avait pu voir comment il avait réagi à cette révélation, mais elle le devinait. Il ne la regardait pas dans les yeux. Ses moustaches tombaient tristement.

— Je l'ai fait pour sauver mon père, expliqua doucement Mulan à Shang. Comprenez-moi. Tout ce que j'ai fait – tout ce que *Ping* a fait – était sincère et au service de l'armée impériale. Je n'ai jamais voulu vous blesser.

Shang resta silencieux.

— Comprenez-moi, répéta-t-elle.

Elle s'approcha de lui, jusqu'à ce que son ombre caresse sa silhouette luisante.

— Je voulais épargner mon père. Je voulais qu'il soit fier de moi comme votre père…

Shang recula d'un bond, de nouveau rigide et crispé.

— Je t'interdis de parler de mon père. Tu lui as menti, à lui aussi.

— Je n'avais pas le choix ! s'exclama Mulan avant de se ressaisir. Vous devez comprendre, Shang. J'essayais de vous sauver. Il…

— Comprendre ? Je n'ai pas pu sauver mon père quand il en avait besoin, alors je devrais comprendre que tu as trompé l'Empire pour sauver le tien ?

— Ce n'est pas ce que je voulais dire.

— Qu'est-ce que tu voulais dire, alors ?

— Ça suffit, intervint ShiShi.

Mulan se tourna vers lui.

— Écoute-la, Li Shang. Ne te laisse pas submerger par les émotions. Ping ou Mulan, un véritable ami est rare.

— ShiShi, tonna Shang, tu es le gardien de mon père, pas le mien.

— Oh que si, je suis ton gardien, répliqua le lion. Tu fais la forte tête, mais ne laisse pas ta fierté t'aveugler au point d'abandonner ton ami.

— Vous avez fait confiance à Ping. Pourquoi Mulan serait-elle différente ?

Shang détourna les yeux. Il refusait de la regarder.

— Je te remercie d'avoir accompagné mon gardien jusqu'à moi dans le royaume des morts.

Sa voix était distante et polie, comme s'il s'adressait à un étranger.

— Je te relève de tes fonctions dès maintenant et je te libère de tes obligations envers l'armée. ShiShi et moi trouverons seuls la sortie du Diyu. Je te demande de trouver ton propre chemin.

Ses paroles lui firent l'effet d'un coup de poignard. Mulan blêmit :

— Shang…

— Se faire passer pour un soldat de l'armée impériale est passible de mort, énonça froidement Shang. Je ne veux plus jamais te revoir. Si nos chemins se recroisent, je n'aurai d'autre choix que d'appliquer la loi.

La poitrine de Mulan se serra. Avant qu'elle n'ait le temps d'incliner la tête, elle crut voir une étincelle d'émotion dans les yeux de Shang. Mais le capitaine garda le menton levé. Puis il partit en direction de la forêt sans se retourner.

ShiShi se releva et commença à le suivre. Il hésita et se dirigea finalement vers Mulan.

Le lion prit une profonde inspiration par ses larges naseaux.

— N'aie crainte, je le ferai sortir du Diyu avant le lever du jour.

Elle hocha la tête. Elle craignait d'exploser si elle tentait de dire quoi que ce soit.

Le lion attendit un instant puis ajouta :

— N'oublie pas de suivre la lune, petit soldat.

Mulan patienta jusqu'à ce que ShiShi et Shang soient hors de vue. Puis elle s'écroula dans la poussière.

Le simple fait de respirer lui était pénible. Elle avait l'impression que quelqu'un lui avait arraché le cœur et le pressait entre ses doigts. Des larmes gonflèrent au coin de ses yeux, mais elle les balaya d'un revers de la manche.

Elle refusait de pleurer.

Qu'est-ce que j'espérais ? Qu'il découvre la vérité et qu'il me félicite de les avoir tous bernés ? Qu'il reconnaisse que je suis une fille assez forte et courageuse pour me battre avec les hommes ?

Elle renifla. Non, mais elle pensait qu'il aurait pu… la comprendre.

Ce n'est pas le cas. C'est clair comme de l'eau de roche. Qui pourrait lui jeter la pierre ? C'est ce que je disais : tout le monde veut qu'une fille soit obéissante et élève des enfants. Les femmes ne sont pas faites pour la guerre. Pourquoi Shang penserait-il autrement ?

Mulan enfonça ses mains dans la terre. L'idée de rentrer chez elle accablée de disgrâce lui serra un peu plus la poitrine. Ainsi s'envolaient ses espoirs de restaurer l'honneur de sa famille.

Tout son monde venait de s'écrouler.

Et si elle était vraiment honnête envers elle-même, elle était déçue.

J'espérais tant qu'il me comprenne.

Elle posa une main sur sa poitrine et inspira profondément. Cela ne soulagea pas la douleur, mais l'aida au moins à y voir plus clair.

Intérieurement, elle savait que la menace de Shang n'était rien de plus que cela : une menace. Mais elle savait aussi qu'il ne voulait plus jamais la revoir. Et cette idée-là lui était insupportable.

Mulan observa la terre glisser entre ses doigts. Elle se leva enfin. Elle devait continuer à avancer. Même si elle redoutait désormais ce que ses parents penseraient d'elle, elle risquait de ne plus jamais les revoir si elle s'attardait là.

Il faisait sombre. La lumière de la lune était à peine suffisante pour projeter des ombres. En se frayant un chemin dans les bois, elle regretta de ne pas avoir eu de lanterne pour suivre les empreintes de ShiShi.

Les branches s'agitèrent autour d'elle. Le vent souleva une nuée de feuilles mortes qui balayèrent son visage et ses bras. Leurs dents griffaient ses manches.

— *Tu m'as menti*, murmura la forêt. *Tu m'as menti.*

Mulan s'arrêta, interdite.

— Shang ?

— *Shang*, répéta la voix.

— La Galerie des Forêts résonnantes, se souvint Mulan. Comme si ça ne suffisait pas….

Elle frissonna et tâcha de faire abstraction des arbres qui se mirent à parler.

— *Qui es-tu ?*

— *Ping ?*

— *Qui es-tu ?*

— *Je t'ai fait confiance...*

— *Confiance...*

Elle fit une grimace. Au moins, les murmures l'incitaient à accélérer.

— Je dois sortir de là.

Elle avait maintenant complètement perdu la trace de Shang et ShiShi. Ils avaient disparu au cœur de la forêt. Elle se retrouvait seule avec les arbres qui, drapés d'obscurité, ressemblaient à des monstres aux bras tranchants et aux ailes menaçantes.

Néanmoins, Mulan n'était pas effrayée. C'était la solitude, et non la peur, qui lui rongeait l'estomac.

Enfant, elle n'avait pas eu beaucoup d'amis. Elle jouait avec les garçons, à courir après les pigeons et à attraper les libellules, jusqu'à ce que ces activités soient jugées inappropriées pour une fille. Les autres jeunes du village se moquaient d'elle. Devant ses parents, ils faisaient mine d'être polis, mais elle savait bien ce qui se disait dans son dos.

« *Mal élevée.* »

« *Elle a le tempérament d'un feu d'artifice et la grâce d'un taureau.* »

« *C'est un miracle qu'elle ressemble à une fille. Regarde la paille dans ses cheveux et la terre sur son visage. Quelle honte pour sa mère.* »

Les insultes ne l'avaient jamais trop affectée. À l'époque, sa mère la réconfortait en lui disant de les ignorer. Parler à son père l'aidait toujours à se sentir mieux. Sans oublier la compagnie de Khan, puis de Mushu et Cri-Kee. Mais ici, dans cette vaste forêt, elle était seule.

Plus seule qu'elle ne l'avait jamais été.

Mulan pressa le pas. Elle devait continuer. Même si Shang l'avait répudiée comme amie, même s'il la détestait, elle n'avait pas l'intention de l'abandonner. Or, leur destin était lié. Si elle ne sortait pas du Diyu, il resterait un esprit.

Le vent s'intensifia. Il n'avait pas soufflé ainsi depuis qu'elle était arrivée. Il portait le chant des arbres et transformait leur fredonnement en sifflement grave.

Mulan s'abrita le visage, puis renoua ses cheveux. Sa cheville était toujours aussi douloureuse. Elle avait trop forcé dans la Montagne aux Couteaux et en courant derrière Shang, et son corps réclamait maintenant du repos.

Je me reposerai une fois sortie de là, se dit-elle. Ignorant toujours les horribles voix qui persiflaient, elle s'appuyait contre les arbres pour avancer. Pas après pas, elle s'enfonçait dans la forêt en quête du tunnel dont Ren avait parlé.

La lune n'émettait qu'une pâle lueur transperçant difficilement la cime des arbres. Elle illuminait péniblement le chemin vers le tunnel. Petit à petit, les arbres s'éclaircirent. Mulan atteignit alors une petite clairière.

Un tunnel l'attendait au beau milieu. Non, pas un, mais *trois* tunnels.

Ce n'était pas ce qui était prévu. Lequel devait-elle prendre ?

Les ouvertures semblaient posées sur la terre comme trois énormes troncs creux. Des plantes grimpantes envahissaient les côtés, mais pas une branche ni une feuille ne gênait l'entrée.

Mulan tenta de percer l'obscurité de chacun des trois tunnels. L'intérieur était complètement opaque. Elle ne pouvait rien voir.

Elle examina alors le sol en espérant trouver des traces de Shang et ShiShi, mais en vain.

Pas d'empreintes. Shang et ShiShi étaient-ils seulement passés par ici ?

Mulan inspira profondément et fit le tour des entrées. La pierre était froide et lisse. Il n'y avait pas le moindre médaillon de Yama, l'indice que Mulan avait repéré sur tous les portails des autres niveaux.

Une nouvelle bourrasque l'assaillit et lui envoya une tempête de feuilles dans le visage. Elle les repoussa et entendit alors un grondement sourd provenir des tunnels.

— *Tu ne sortiras jamais d'ici*, murmura une voix. *Tu es perdue.*

Ce n'était pas un écho.

— Qui est là ? cria Mulan.

— *Tu vas mourir ici, au Diyu. Seule.*

Elle se tourna vers les arbres derrière elle. Ils étaient toujours battus par le vent. Leurs feuilles voletaient et bruissaient à chaque rafale.

Elle se força à ignorer les voix.

— Ren a dit de toujours suivre le chemin de gauche, dit-elle tout haut. J'imagine que ça vaut aussi pour les tunnels.

Elle s'avança ainsi vers la première entrée, sûre d'elle.

Quelque chose bougea dans le lierre. Mulan s'immobilisa. Elle porta la main à son épée.

— Qui est là ? Montrez-vous.

— Ce n'est pas le bon chemin, dit doucement une voix de femme. Tu devrais en essayer un autre.

Mulan cligna des yeux sans bouger.

— Par-là, fit encore la voix.

Mulan baissa la tête et regarda sur le côté du tunnel.

Elle vit alors une renarde au pelage roux et aux grands yeux de jade. C'était probablement le renard le plus saisissant qu'elle avait jamais vu. Sa fourrure était brillante et soyeuse. Sa queue était barrée de touches d'or. L'animal était piégé sous un rocher.

— Aide-moi, supplia la renarde. De grâce. Ma queue est bloquée.

Mulan s'agenouilla et prit un instant pour évaluer la situation. Le rocher était lourd, bien trop lourd pour qu'elle puisse le soulever ou le déplacer. Elle enfonça la lame de son épée en dessous et appuya sur la garde pour faire levier.

— Merci, merci, soldat.

La renarde s'était dégagée et battait de la queue d'avant en arrière pour vérifier qu'elle n'avait pas perdu trop de poils.

— J'ai une dette envers toi.

— Non, répondit sèchement Mulan avant de se rendre compte qu'elle devait paraître rustre.

Elle soupira.

— Non, dit-elle plus doucement, c'est la moindre des choses.

— Alors, la moindre des choses que je peux faire est te prévenir que des démons te recherchent, répondit la renarde en se léchant la queue. Ils sont passés il y a quelques minutes seulement à la poursuite d'intrus.

Mulan s'immobilisa.

— Des démons ? Ici ?

La renarde acquiesça.

— Quand ils m'ont vue, ils ont décidé de s'amuser et de me piéger sous le rocher. Sans toi, qui sait combien de temps je serais restée là, à dépérir au milieu de ces arbres chantants.

— Ils ont trouvé quelqu'un ? demanda Mulan, préoccupée.

— Pas encore. Tu as l'air perdu, soldat.

Mulan ravala difficilement sa salive. Elle ne faisait aucune confiance aux créatures du Diyu, et il n'y avait aucune raison qu'il en aille autrement avec ce goupil, malgré son air innocent. Qui plus est, si les démons avaient rattrapé Shang et ShiShi, elle devait se dépêcher.

— Je ne le suis pas, merci.

Elle se remit en marche d'un bon pas, mais la renarde la suivit.

— Si tu cherches à accéder au centième niveau, ce n'est pas le bon tunnel. Tu dois prendre le plus à gauche.

Mulan ralentit. C'était aussi ce que Ren lui avait dit. Peut-être que le renard n'essayait pas de la tromper, finalement.

— N'est-ce pas celui-là ?

— Non. Mais je peux te montrer le bon chemin, dit l'animal. Ce n'est pas loin.

Le renard s'éloigna dans la forêt. Après un moment d'hésitation, Mulan le suivit, l'épée tirée. Juste au cas où.

Le renard avait raison. Il y avait effectivement un autre tunnel au milieu des arbres, dans un bosquet caché derrière un large saule. Et celui-ci arborait le visage grimaçant de Yama en plein milieu.

Elle n'avait jamais été aussi soulagée de voir cette tête.

— Merci, dit Mulan, le souffle court. Sans toi, je ne l'aurais pas trouvé.

— Je t'en prie. Tout le plaisir est pour moi. Où vas-tu ?

Mulan hésita. Sa grand-mère l'avait souvent mise en garde contre les renards. Dans toutes les histoires pour enfants, c'étaient des animaux fourbes et malicieux. Son instinct lui dicta la prudence, mais ses émotions prirent le dessus et elle baissa sa garde.

— J'essaye de rejoindre les Portes.

— Je peux venir avec toi, si tu veux, proposa la renarde avec un sourire, toujours sans ciller. Tu ne devrais pas voyager seul, petit soldat. Pas en étant si morose. Que t'arrive-t-il ?

— Rien qui ne soit de ton ressort.

— Soit. Permets-moi de te guider dans ce tunnel. C'est un vrai labyrinthe, et il y a des chambres qu'il vaut mieux éviter.

— Merci, mais je peux me débrouiller.

— Je dois de toute façon partir dans cette direction, insista la renarde. Acceptes-tu au moins que nous fassions un bout de chemin ensemble ?

Mulan n'eut pas le temps de protester. L'animal détala dans l'obscurité, et elle n'eut d'autre choix que de le suivre.

Chapitre vingt

Les marches du tunnel étaient hautes et inégales. Mulan perdit rapidement le compte du nombre de fois où elle trébucha. Parfois, le plafond était bas, d'autres fois si haut qu'elle se demandait si elle était toujours dans un souterrain. La configuration des lieux l'incitait à rester sur ses gardes, ce qui n'était finalement pas une mauvaise chose puisque cela lui évitait de penser à Shang.

Le sol était jonché de cailloux et de feuilles mortes. Les ombres étaient si denses qu'elle voyait à peine où elle mettait les pieds. Elle voulut se convaincre que ses pas étaient mal assurés à cause de l'obscurité mais, au fond d'elle, elle savait que son cœur était ailleurs.

— Nous y sommes presque, annonça la renarde. Encore un peu.

Mulan la suivit sans répondre. En inspirant profondément, elle avait l'impression de reconnaître une odeur vaguement cendrée dans l'air, comme si un incendie faisait rage au loin. Elle se souvint des chambres embrasées qu'elle avait aperçues avec ses ancêtres et ne put s'empêcher de se demander si elle finirait dans l'une de ces salles de torture pour avoir menti sur son identité.

Dans tous les cas, ça en vaut la peine. Mulan serra les poings. *Même si je pouvais revenir en arrière, je ne changerais rien. Je prendrais encore la place de Baba à la guerre s'il le fallait.*

— Pourquoi es-tu si triste ? demanda la renarde, dont les yeux verts perçaient l'obscurité. Tu es sur le point de remporter ton pari avec le roi Yama et de sortir du Diyu. Pourtant, on dirait presque que tu préférerais rester là.

Mulan sortit de ses pensées.

— Tu es au courant pour mon pacte avec Yama ?

— Les démons en ont parlé quand ils te cherchaient, se justifia l'animal, oreilles tendues. Ils ont aussi parlé d'un esprit et d'un lion. Pourquoi n'es-tu pas avec eux ?

Au lieu de lui répondre, Mulan posa une main contre la paroi en granit du tunnel. La pierre était plus froide encore que l'air. Un frisson lui parcourut l'échine.

— Parce qu'ils ont découvert qui je suis vraiment, dit-elle finalement d'une voix calme. Ils ont découvert que je leur avais menti.

La renarde s'arrêta. Sa queue battait.

— Pourtant, tu as un visage si honnête, soldat. Je ne peux imaginer que tu mentirais à tes amis.

— Les apparences sont parfois trompeuses.

Liwei avait eu raison de douter de sa bonne foi. Elle aurait aimé retrouver ses ancêtres et leur présenter ses excuses. Ou, au moins, leur expliquer la vérité.

— Je vois que la blessure est encore béante. Je n'insisterai pas. Mais je comprendrais sans doute mieux que tu ne le crois. Nous autres, renards, avons la réputation d'être rusés. Même quand nous disons la vérité, on nous traite de menteurs.

— Ce n'est pas ce qu'il s'est passé.

— Quoi donc, dans ce cas ?

Mulan relâcha ses épaules.

— C'est une longue histoire.

— Hum… Je sais ce qui pourrait te remonter le moral.

Avant que Mulan n'ait eu le temps de réagir, la renarde tourna brusquement à droite et s'engouffra dans un passage étroit et sinueux. Le parfum des fleurs envahit soudain les narines de Mulan.

— N'est-ce pas agréable ? Par là. Nous y sommes presque.

L'animal se mit à galoper. Sa voix résonnait contre les parois du tunnel.

— Attends ! s'écria Mulan en courant pour la rattraper. Attends ! C'est la sortie ? Où est-ce que tu…

Elle resta bouche bée en sortant du tunnel.

— … vas ? murmura-t-elle pour terminer sa question.

La renarde avait disparu. Mulan était arrivée dans un jardin. Instinctivement, elle se retint de faire un pas de plus.

Non, ce n'était pas le jardin de Meng Po. Il n'avait pas de rosiers, de mandariniers ou de citronniers, pas d'herbes folles qui lui arrivaient à la taille. Pas de démons dans l'étang.

Ce jardin-là était paisible. Des fleurs de cerisier et de pruniers égayaient les arbres omniprésents. Les pétales tombaient tels des flocons de neige tourbillonnants jusqu'à se poser en silence sur l'herbe verdoyante.

L'endroit lui parut familier.

Elle suivit des yeux les longues marches plates en pierre. Elle connaissait ce chemin. Elle avait déjà vu ces roches. La troisième en partant du bas était fissurée au milieu. Quand elle avait cinq ans, le voisin l'avait persuadée qu'il y avait des vers sous les pierres. Elle avait fendu la pierre pour essayer d'en attraper un et jouer avec.

Bien sûr, il n'y avait pas eu la moindre bête. Sa mère l'avait alors aidée à trouver des libellules près de l'étang. Elles avaient passé tout l'après-midi à les compter.

Mulan sourit en revoyant ces images. *Ce ne peut pas être le même jardin. Je suis au Diyu.*

Pourtant, aucun peintre n'aurait pu recréer ce souvenir plus fidèlement. Chaque détail était tel qu'elle s'en souvenait. Au bout du chemin pavé s'étendait une mare ponctuée de nymphéas roses, ainsi qu'un banc en marbre sous le cerisier. Elle jouait souvent au bord de l'eau quand elle était petite. Elle essayait d'attraper les grenouilles et les libellules dans des jarres. Elle nourrissait les poissons avec de la balle de riz et des graines de sésame avant que sa mère vienne la gronder.

Puis, au-delà de la porte-lune se trouvait…

Mulan porta ses mains à la bouche.

Sa maison.

Toutes les fragrances de son foyer ressurgirent : l'encens au bois de cèdre de Baba dans le temple familial, le bouillon de nouilles au porc de Grand-Mère Fa, les fleurs de jasmin que Mama utilisait pour se parfumer la peau.

Oubliant tous ses doutes, Mulan se précipita en bas des marches et traversa la porte-lune. Elle passa devant le grand dragon de pierre et la clôture en bois de sa maison. Elle fit doucement coulisser la porte rouge pâle et appela :

— Mama ? Baba ? Nai Nai ?

Pas de réponse.

La maison était vide.

Lentement, Mulan remonta le couloir. Ses bottes claquaient sur le parquet en cerisier immaculé. Sa grand-mère le nettoyait tous les matins, malgré les protestations de sa mère qui voulait l'aider.

— Balayer la mauvaise fortune m'occupe, répondait toujours Grand-Mère Fa. Et m'occuper m'aide à rester jeune.

Mulan continua d'avancer. Elle désirait ardemment toucher tout ce qu'elle voyait, mais elle craignait que tout disparaisse aussitôt.

Quatre parchemins étaient placardés sur le mur est. Les bords étaient légèrement craquelés par le temps. Son arrière-grand-père avait passé des années à les peindre. Ils représentaient leur jardin aux quatre saisons – printemps, été, automne, hiver.

Mulan s'arrêta devant le parchemin du printemps. Elle étudia les traits de pinceau assurés de son ancêtre, les délicats bourgeons de cerisiers immortalisés à leur éclosion. Elle leva lentement les doigts et caressa la peinture depuis la cime des arbres jusqu'à la carpe jaune vif qui nageait dans l'étang. Le jardin n'avait pas changé.

Elle recula d'un pas. Le bois craqua sous ses pieds.

Ce n'est pas réel, ce n'est pas réel, se répéta-t-elle.

Néanmoins, elle ne put s'empêcher de se sentir coupable d'avoir gardé ses bottes à l'intérieur. La terre de ses semelles noircissait les lattes. Elle pouvait presque entendre le sermon de sa mère.

Elle se dirigea vers la sortie, mais passa devant sa chambre. Elle était telle qu'elle l'avait laissée. Un tas de coussins jetés au pied du lit pour Petit Frère. Des rouleaux de poésie et de littérature classique qu'elle était censée étudier pour devenir une épouse parfaite entassés sur son bureau. Le châle lavande et la robe de soie qu'elle avait portés la veille de son départ. Le regard de Mulan fut attiré par le peigne de jade qu'elle avait laissé à la place de l'avis de conscription dans la chambre de ses parents ; il était désormais posé devant son miroir.

Elle observa longuement le peigne, ses dents vertes et la fleur couleur nacre attachée dessus. Elle voulait le tenir entre ses mains, le placer dans ses cheveux et montrer à sa famille – à tout le monde – qu'elle était *digne*. Après tout, son nom de famille, Fa, signifiait « fleur ». Elle devait leur prouver qu'elle s'était épanouie et qu'elle portait fièrement son nom.

Mais il n'y avait personne. Et elle n'osa affronter son propre reflet. Qui sait quelle image renverrait ce miroir, surtout au Diyu ?

Ce n'est pas un garçon, avait un jour dit sa mère à son père. *Elle ne devrait pas monter à cheval et laisser ses cheveux détachés. Qu'en diront les voisins ? Elle ne trouvera jamais de mari...*

Laisse-la, l'avait rassurée Fa Zhou. *Lorsqu'elle quittera le foyer comme épouse, elle ne pourra plus faire tout cela.*

À l'époque, Mulan n'avait pas compris ce qu'il voulait dire. Elle n'avait pas saisi ce que cela signifiait d'être la seule fille du village à rater les cours de danse au ruban pour chevaucher Khan à travers les champs de riz, la seule à courir après les poules et à rassembler les vaches au lieu d'apprendre la cithare et la peinture. D'être la seule fille autorisée à penser.

Elle croyait la liberté de son enfance acquise.

Tout avait changé à son quatorzième anniversaire.

Je sais que cela te sera difficile à accepter, lui avait dit Fa Li, *mais c'est pour ton bien. Les garçons aiment les filles calmes et dociles, fines et subtiles. Pas celles qui parlent sans réfléchir et cavalent dans le jardin. Une fille qui ne trouve pas le bon parti ne pourra honorer sa famille. Pire encore, elle n'aura rien : ni respect, ni argent, ni foyer.* Elle avait caressé la joue de Mulan avec un soupir résigné. *Je veux t'éviter ce sort, Mulan.*

Tous les matins pendant une année, sa mère lui avait attaché un bambou dans le dos pour lui rappeler de se tenir droite. Elle lui avait empli la bouche de graines de kaki pour lui rappeler de parler doucement. Elle l'avait habituée à marcher avec des talons en attachant ses pieds avec des rubans et en la guidant dans le jardin.

Comme elle avait voulu rendre sa mère fière ! Et son père encore plus. Elle ne voulait pas les décevoir. Peut-être n'avait-elle pas fait assez d'efforts, en fin de compte. Malgré la préparation minutieuse de Fa Li, elle avait lamentablement échoué devant la dame marieuse. Le désespoir qu'elle avait pu lire dans les yeux de son père ce jour-là, l'idée qu'elle avait pu le décevoir, la hantaient encore.

Puis le destin leur avait joué un tour. Mulan avait tout quitté pour devenir soldat. Pour apprendre à se battre, à tenir une épée et un bouclier, à tirer à l'arc, à courir et à crier. Pour apprendre à sauver son pays et à combler d'honneurs sa famille.

Elle voulait tellement que ses parents soient fiers d'elle.

Mais quand je rentrerai chez moi – mon vrai chez-moi –, Mama et Baba me pardonneront-ils d'être partie ? Ou bien ne restera-t-il que de la déception dans les yeux de mon père ?

Le cœur lourd, elle tourna les talons pour reprendre son chemin.

En passant devant une fenêtre en papier laiteux dans le couloir, elle aperçut du mouvement à l'extérieur. Quelqu'un était assis sur le banc !

Était-ce sa grand-mère ? À cette distance, Mulan n'en était pas sûre.

Elle sortit de la maison à grandes enjambées. Ses talons cognaient sur les marches de pierre qu'elle gravissait deux par deux. Lorsqu'elle arriva à la porte-lune, Mulan reprit son souffle et grimaça. Sa douleur à la cheville s'était réveillée. Elle leva enfin les yeux.

Meng Po était assise sur le banc en marbre, son éventail en plume à la main. Un renard à la queue touffue et rayée dépassait de son col. Un brûleur d'encens était posé à côté d'elle.

Mulan hoqueta.

— C'était vous ! Vous m'avez trompée !

Meng Po écarta les mains.

— Viens t'asseoir auprès de moi, jeune Ping.

— Pas question, répondit Mulan en tirant son épée.

— Laisse ton arme, dit calmement Meng Po. Je ne te veux aucun mal.

— Je ne vous crois pas. Je sais qui vous êtes.

Mulan pointa sa lame vers la tasse de thé que Meng Po gardait au creux d'une main.

— Je sais ce qu'il y a dans ce thé.

— Je n'ai pas menti en disant que mon thé vous réconforterait. Beaucoup considèrent le thé de l'oubli comme un don. C'est une bénédiction pour oublier les affres du passé.

— Pas pour moi.

— Alors, frappe-moi de ton épée et continue ton chemin. Je ne me battrai pas.

Une bourrasque souffla. Des pétales de cerisier caressèrent la tête de Mulan. Sa colère s'apaisa.

Elle serra la garde de son épée. Même si elle le souhaitait plus que tout, elle ne pouvait pas se battre contre Meng Po. La vieille femme était désarmée.

Elle n'a pas besoin d'arme. C'est une sorcière.

Mais Mulan ne pouvait s'y résoudre.

— Laissez-moi partir, dit-elle d'un ton las. Je dois retrouver mes am…

Elle ne pouvait plus vraiment les qualifier d'amis, pas après ce qui s'était passé. Pas tant qu'ils la haïraient.

— Je dois retrouver le capitaine Li et son gardien.

— Ils sont en sécurité, indiqua Meng Po. Ils sont en route vers les portes.

— Ils sont pourchassés par vos démons, rétorqua Mulan. Comment pourraient-ils être en sécurité ?

Meng Po prit le brûleur d'encens et le posa sur ses genoux.

— Fais-moi confiance.

— Autant faire confiance à un renard, cracha Mulan. Tout cela n'est qu'une illusion.

— Et qu'y a-t-il de mal à cela ?

Meng Po souffla la fumée de l'encens vers Mulan.

— La vie n'est-elle pas un rêve ?

Mulan toussa et agita la main pour chasser la fumée.

— Je ne suis pas là pour philosopher avec vous.

— Pourtant, quel meilleur endroit que le royaume des morts pour en parler ? La vie est un rêve en marche…

— La mort est un retour au pays, termina Mulan en récitant les mots inscrits dans la salle du trône de Yama.

Elle inspira. Le parfum floral du jardin ne fit qu'amplifier sa tristesse.

— Tu es chez toi, Fa Mulan.

— Ce n'est pas chez moi, répliqua-t-elle en pointant l'illusion. Ce n'est que votre création.

— Tu es à ta place, ici. Là-haut, dans le monde des vivants, personne ne te comprend. Tu ne te comprends pas toi-même. Mais ici… Ici, tu peux vraiment être toi.

— Que savez-vous de moi ?

Meng Po étudia l'épée de Mulan d'un air malicieux.

— Viens, je vais te montrer.

Avant que Mulan ne puisse protester, Meng Po lui avait pris le poignet pour la tirer au bord de la mare. Son reflet la dévisagea : une fille aux yeux injectés de sang et enflés, les joues pâles, les bras et les jambes bariolés d'hématomes.

Mais Mulan vit plus que cela. Elle vit une jeune femme qui avait mis toute son âme pour devenir une guerrière, qui avait livré de nombreuses batailles – tant pour satisfaire sa famille que pour protéger la Chine des envahisseurs.

Et le seul ami qui aurait pu la comprendre l'avait abandonnée.

Elle l'avait perdu.

Elle avait appris une dure leçon. Elle ne pouvait pas être elle-même.

— J'ai échoué, murmura Mulan. Je pensais pouvoir prouver à tout le monde que j'étais digne, mais j'avais tort.

Meng Po s'agenouilla à côté d'elle.

— Les choses ne sont pas immuables, mon enfant.

La vieille femme tenait toujours une tasse de porcelaine blanche emplie de thé, entre les lignes de sa main. Un filet de vapeur tourbillonnait dans l'air.

L'instinct de Mulan la poussa à vider la tasse dans la mare, mais l'emprise de la Dame de l'Oubli était trop puissante. Le vent portait les effluves du breuvage jusqu'à ses narines. Elle retint son souffle.

— T'es-tu jamais demandé à quoi ta vie aurait ressemblé s'ils avaient été fiers de toi ? demanda Meng Po.

Mulan refusait de répondre. Elle fixait son reflet dans les ondulations de l'eau.

— Je peux te l'offrir. Si tu bois. Tout sera plus simple.

Mulan se raidit. L'offre de Meng Po était tentante, même si elle ne voulait pas l'admettre. Elle se pencha vers la Dame de l'Oubli contre sa volonté et inspira involontairement le fumet du thé. L'odeur était irrésistible. Elle se sentit soudain apaisée.

Les yeux de Meng Po l'hypnotisaient.

— C'était cruel de la part de tes amis de t'abandonner ainsi, de ne pas chercher à te comprendre. *Moi*, je te comprends, Fa Mulan.

Mulan fronça les sourcils.

— Comment le pourriez-vous ? Vous n'avez jamais vécu à la surface. Vous êtes la Dame de l'Oubli.

La vieille femme eut un petit rire. Les rides étirèrent ses pommettes.

— Tu parles comme si j'étais un monstre.

— Non, pas un monstre. Mais vous n'êtes pas humaine. Vous êtes une créature du Diyu.

— Je n'ai pas toujours été ainsi. Tu as raison, j'ai passé beaucoup, beaucoup de temps ici. J'ai changé, sans doute. Pourtant, je me souviens encore de qui j'étais auparavant. Quel que soit mon passé, j'ai senti que tu cachais un secret dès que je t'ai vue. Même le roi Yama et tes ancêtres ne l'ont pas compris. Je te comprends mieux que quiconque.

— C'est ce que le renard… Non, *vous* avez dit tout à l'heure. Vous vous êtes jouée de moi.

— Trop de doutes obscurcissent ton esprit, poursuivit Meng Po en ignorant l'accusation.

Sa voix calmait Mulan, malgré ses efforts pour y résister.

— Trop de craintes et de fébrilité. Tu n'arriveras jamais au bout de ton voyage si tu continues ainsi. Bois, pour chasser tes doutes. Bois, pour avoir la force de rentrer chez toi.

Les mains de Mulan tremblèrent tandis qu'elle prenait la tasse de thé. Elle voulait la jeter dans l'étang, mais elle était étonnamment lourde. Les feuilles de thé tournaient et tournaient entre les bords en porcelaine. Mulan tenait la tasse à bout de bras, mais ne parvenait pas à en détacher les yeux.

Sa vue se troubla. Lorsqu'elle leva les yeux, elle ne se trouvait plus dans le jardin. Elle était chez elle. Mais cette fois, elle n'était plus seule.

— Mulan ? appela son père.

Chapitre vingt et un

Mulan était prise de vertiges. *Que se passe-t-il ?*

— Mulan ? répéta son père. Tu m'écoutes ?

Il semblait tout proche, mais c'était impossible.

Mulan cligna des yeux et tout s'éclaircit. Elle était assise à table, avec ses parents. Un chien jappait à côté d'elle pour réclamer un os.

— Petit Frère ! se réjouit Mulan tandis qu'il lui léchait le visage.

Son père s'éclaircit la gorge. Elle retint sa respiration en le voyant.

Fa Zhou était tel qu'elle l'avait vu avant de partir, un sourire au coin de son visage fin, même s'il faisait mine d'être fâché qu'elle ne l'écoute pas.

— Hum, hum…

Ce n'est pas réel, je le sais, se dit Mulan en toisant son père. Il n'y avait pas la moindre trace de déception ou de colère dans son expression. *Mais est-ce si terrible si je prétends que ça l'est ? Juste un instant ?*

Le simple fait de voir son père balaya toute sa tristesse... du moins, temporairement. *Je ne veux plus penser à Shang ou ShiShi ni à quoi ma vie ressemblera à mon retour. Je veux juste profiter de ce moment.*

— Mama, Baba, murmura-t-elle. Je suis rentrée.

Fa Li posa les mains sur ses hanches. Ses boucles d'oreille en jade pendaient le long de ses joues.

— Ce n'est pas trop tôt ! Je ne suis pas mécontente que tu sois à l'heure au dîner, pour une fois.

Mulan se tourna vers son père. Il était silencieux, comme souvent, mais arborait un sourire de fierté. Elle aimait tant le voir ainsi. Il avait le coin des yeux plissés, ce qui conférait à son visage une touche d'allégresse.

— Mulan, ta mère a une bonne nouvelle à t'annoncer.

— Une bonne nouvelle ?

Fa Li s'agenouilla à table. En temps normal, elle n'acceptait pas que Petit Frère s'installe à côté de Mulan pendant les repas, mais elle ne fit aucune remarque cette fois.

— Mange, d'abord. Avant que ça refroidisse.

Mulan saisit ses baguettes et les plongea dans la soupe. Les nouilles étaient jaunes comme le blé. Des morceaux de bœuf et de porc ainsi que des tiges croquantes d'épinards flottaient. Son estomac gronda, mais elle offrit d'abord à manger à son chien. Elle était trop curieuse pour manger.

Elle posa les mains sur ses genoux. Son armure avait disparu, remarqua-t-elle vaguement. Ses cheveux étaient longs comme autrefois et lui caressaient le dos. Elle portait une robe de soie nouée à la taille par une ceinture de satin rouge.

— Que se passe-t-il ?

Fa Li s'illumina.

— La dame marieuse est venue nous voir ce matin. Tu l'as beaucoup impressionnée, hier.

— Nous sommes très fiers de toi, ajouta Fa Zhou. Elle t'a trouvé un bon parti, Mulan.

— Comment ?

Mulan était soulagée d'avoir la bouche vide. Autrement, elle se serait sans doute étouffée.

— J'étais persuadée d'avoir tout raté.

— Raté ? s'étonna Fa Li en sirotant son thé. Après avoir tant travaillé ? Et avec toutes les prières que Baba a faites aux ancêtres ? Notre fille ne pouvait que réussir. La marieuse nous a dit qu'elle avait eu du mal à te choisir un époux : il y avait bien trop de jeunes hommes parfaits pour toi !

— Mais… et la guerre ?

Fa Zhou posa ses baguettes à côté de son bol.

— Que veux-tu savoir, ma fille ?

— Baba, tu as reçu l'ordre de partir à la guerre. Le conseiller de l'empereur a appelé ton nom devant tout le village. Tu ne t'en souviens pas ?

Fa Zhou mastiqua ses nouilles, puis se tapota les lèvres avec sa manche.

— La guerre est terminée, Mulan. Nous avons gagné.

L'inquiétude rida le front de Fa Li.

— Tu ne te sens pas bien, Mulan ?

Mais que se passe-t-il ?

Mulan enfonça un peu plus ses genoux dans le coussin.

— Je ne sais pas. J'ai la tête qui tourne.

— Tu as probablement faim, jugea sa mère en pointant son bol de ses baguettes. À force de courir partout. Au moins, tu n'as pas de paille dans les cheveux, ce soir. Mulan, tu es toute menue. Mange un peu pour reprendre des forces. Et bois ton thé. Baba en est déjà à sa deuxième tasse.

Le parfum de l'infusion médicinale lui rappela la santé précaire de son père. Six tasses par jour, avait exigé le médecin. Trois chaque matin et trois le soir.

Mulan se ressaisit. Tout ce qu'elle voulait, c'était que son père soit heureux. Elle se réchauffa les mains sur sa tasse. Elle s'aperçut qu'elle était assoiffée – et affamée. Pourtant, quelque chose l'empêchait de se joindre à ses parents.

Ce n'est pas réel, répéta une voix dans sa tête. Une piqûre de rappel qui lui serra le cœur. Elle se sentit soudain très seule. *Je dois partir.*

Elle commençait à se lever quand Grand-Mère Fa apparut sur le seuil avec un plateau de quartiers d'orange et de raviolis au porc. Elle le déposa au centre de la table et s'installa sur le coussin en face de Fa Zhou. Ses yeux étaient différents, remarqua Mulan. Plus sombres. Plus cernés.

C'est parce qu'elle est à contre-jour, tout simplement.

— N'est-ce pas exactement ce que tu souhaitais, Mulan ? demanda sa grand-mère sur un ton joyeux. Nous rendre fiers ? Eh bien, tu as réussi.

Oubliant toute velléité de départ, Mulan se détendit et acquiesça.

Sa famille semblait si heureuse. Elle ne les avait jamais vus si fiers d'elle. Oui, c'était ce qu'elle avait toujours voulu. Honorer sa famille. Remplir son devoir de fille.

L'instant était parfait. Elle n'aurait pu rêver mieux.

Alors pourquoi ressentait-elle un tel vide au fond d'elle ?

Elle se tourna vers son père. Son visage lumineux et la tendresse de son regard la firent fondre. Son estomac se noua. *C'est ce que tu as toujours désiré. Profites-en.*

— Avale quelque chose, Mulan. Tu me rends nerveuse à ne pas bouger.

Petit Frère aboya pour approuver.

Mulan tendit ses baguettes vers un ravioli à la vapeur au centre de la table. Elle écarta la pâte délicate. Elle l'étala dans son assiette, puis reprit sa tasse et en inspira une nouvelle fois la vapeur. Le creux de son estomac disparut, et cette petite voix insistante, qui ne cessait de lui rappeler que tout cela n'était pas réel, ne fut plus qu'un lointain écho.

— Alors, fit-elle, dites-moi exactement ce que la marieuse a dit.

— Elle a été très impressionnée. Il lui a fallu un peu de temps pour trouver le parti idéal, mais elle a repéré un jeune homme de la capitale qui serait parfait. Il vient d'une bonne famille et il est promis à un avenir radieux. Toutes les étoiles sont alignées.

Ces paroles laissèrent Mulan de marbre. Elle se demanda soudain pourquoi elle avait tant désiré ce moment : être donnée en pâture à un étranger. Une femme n'avait-elle donc aucune valeur sans époux ?

Elle garda pour elle ses remarques. *Je ne peux pas changer la loi. Je n'ai pas le droit d'avoir mes terres ni même de donner mon avis. Mama et Baba veulent seulement ce qu'il y a de mieux pour moi.*

— Comment s'appelle-t-il ? demanda Mulan en faisant de son mieux pour avoir l'air intriguée.

Le portail dehors grinça. Des bruits de pas résonnèrent dans la cour, de plus en plus proches. Deux personnes.

Fa Li se redressa.

— Qui cela peut-il bien être ? Nous n'attendons personne.

Mulan s'était déjà redressée.

— Des bandits ?

— Du calme, Mulan, rassieds-toi, dit son père. Je vais m'en occuper.

Elle fit semblant de ne pas l'entendre. Elle prit ses baguettes dans une main et s'accroupit sous la fenêtre, derrière la table. Elle regarda discrètement dehors.

Non, ce n'étaient pas des bandits.

Un soldat. Il était étonnamment discret pour sa taille et sa carrure. Mais le plus étrange était qu'il se tenait à côté d'un gigantesque lion à la crinière ébouriffée. Mulan crut au début qu'il avait volé une statue de pierre de leur temple familial, mais elle vit ensuite le lion bouger. Sa queue était recourbée comme celle d'un chat.

La peur de Mulan se changea en curiosité.

— C'est un vrai lion ? apostropha-t-elle. Je n'en avais encore jamais vu au village.

— Mulan ! s'indigna à voix basse sa mère. Ne leur adresse pas la parole, ce sont des intrus !

— Ce n'est qu'un soldat. Et son… lion de compagnie.

— Ils n'ont aucun droit d'être chez nous, ajouta Fa Li à son époux. Tu devrais aller chercher ton épée.

— Pour quoi faire ? répondit rapidement Mulan. Je vais lui demander de partir.

— Ferme cette fenêtre et reviens à table. Immédiatement, Mulan.

À contrecœur, Mulan tendit une main vers le store, mais le visage élégant de l'intrus se transforma en une moue choquée quand il la vit.

Mulan inclina la tête. Elle ne parvenait pas à bien discerner ses traits. Il était drapé d'ombre, même quand il s'approcha des lanternes suspendues à la corniche. Elle avait l'impression de le connaître, mais pourquoi ?

— Pin… Mulan ? appela-t-il. Tu es…

Grand-Mère Fa se faufila auprès de Mulan, à la fenêtre. Son sourire laissa place à la colère.

— Que fais-tu ici, soldat ? Va-t'en avant que je me charge de te faire déguerpir !

Le soldat ignora la vieille femme.

— C'est moi, Shang. Tu ne te souviens pas de moi ?

— Ignore-le et viens manger, dit Grand-Mère Fa. Ces raviolis sont tellement appétissants.

— C'est moi, Shang ! répéta le soldat en se rapprochant de la fenêtre. Je t'en prie, écoute-moi.

Mulan entrouvrit les volets de bois.

— Elle est plongée dans une illusion de Meng Po, tonna une voix profonde qui semblait venir du lion de pierre. Elle ne peut probablement pas te voir.

— Je sais, dit Shang d'une voix tendue. Reviens parmi nous. Tu es en danger, ici.

— En danger ? renâcla la grand-mère. Elle est chez elle. Pars avant que j'appelle les gardes.

Elle déboula devant Mulan et claqua la fenêtre.

— Il faut faire partir cet intrus, tu ne crois pas ?

Fa Zhou hocha la tête. Son visage était pâle comme la pierre. Il se leva et obéit tandis que Grand-Mère Fa tirait Mulan à table par le poignet.

— Attends.

Mulan se dégagea et retourna à la fenêtre. Des éclairs zébraient le ciel. La pluie se mit à tomber. Pourtant, le soldat s'abritait les yeux comme si les gouttes venaient du sol. Comme s'il était confronté à une tempête de sable.

— Shang…, commença Mulan.

Pourquoi ce nom lui serrait-il le cœur ?

— Pourquoi suis-je en danger ?

— À cause d'elle, répondit-il en désignant la grand-mère. C'est la Dame de l'Oubli.

Il serra ses dents blanches, qui contrastaient avec l'obscurité de son visage.

— Est-ce que tu as bu son thé ? C'est pour ça que tu ne te souviens pas de moi ?

Mulan observa les tasses à table.

— Pourquoi devrais-je me souvenir de vous ?

— Nous avons combattu ensemble. Contre les Huns, pressa Shang. Je suis ton capitaine.

— Impossible ! s'offusqua la grand-mère. N'écoute pas cet imbécile, Mulan. Reviens à table. Ton père va s'occuper de lui.

— Non !

Le ciel tonnait et couvrait les mots de Shang. Il devait crier pour se faire entendre.

— Tu te faisais appeler Ping. Tu t'en souviens ?

Mulan se frotta les tempes. *Vaguement.* Elle se rappelait avoir eu peur et s'être cachée parmi des dizaines de soldats. Elle se souvenait qu'elle ne voulait pas échouer.

— Nous avons combattu côte à côte, continua Shang. Nous avons repoussé Shan-Yu. J'ai été blessé. Tu es venue ici… Tu es venue au Diyu pour me retrouver.

Mulan ouvrit les lèvres.

— Je suis désolée, je ne…

— Tu étais mon amie, ajouta Shang.

Il fit un pas en avant et traversa le mur jusqu'à être complètement dans la maison. Sa main ténébreuse approcha du bras de Mulan.

Soudain, tous les souvenirs ressurgirent. La neige. Mushu. Le canon qu'elle avait pris des mains de Yao. Son tir vers la montagne. Le combat contre les Huns. Le capitaine Li Shang. ShiShi et… la chute dans le Diyu.

— Shang ? ShiShi ? souffla Mulan. Que faites-vous ici ? Vous êtes revenus pour moi ?

— Je ne t'abandonnerai pas. Si tu restes, je reste aussi.

— Mais je croyais…

Shang lui adressa un regard contrit.

— J'avais tort. Homme ou femme, tu es toujours mon amie.

Une vague de chaleur inonda Mulan. Elle s'aperçut alors que sa famille – ou plutôt, l'illusion de sa famille – avait les yeux rivés sur elle. Sans bouger, sans ciller. Fa Zhou et Fa Li étaient immobiles à leur place. Petit Frère avait la langue pendante tandis qu'il mâchonnait l'os qu'elle lui avait laissé sous la table.

Seule Grand-Mère Fa se tenait debout et tapait du pied impatiemment.

— Vous n'êtes pas ma famille, dit enfin Mulan en observant mieux sa grand-mère. Vous êtes Meng Po.

Les yeux de la vieille femme s'assombrirent. Le tonnerre gronda encore, puis la pluie s'arrêta brusquement.

— Ce que je t'ai dit reste vrai, mon enfant. Tu n'atteindras jamais le centième niveau. Bois, et tu échapperas peut-être au châtiment du roi Yama. Bois et reste parmi nous. Je t'offrirai la famille que tu as toujours voulue. Une famille qui t'aime et qui est fière de toi.

— Non, affirma Mulan. Je ne boirai pas.

Elle tira son épée et balaya la table de sa lame. Toutes les tasses et les plats éclatèrent au sol.

Elle brandit alors sa lame sous la gorge de Meng Po.

— Maintenant, laissez-nous partir.

La Dame de l'Oubli toucha la lame étincelante. Elle fronça brièvement les sourcils puis fixa Mulan. Elle paraissait plus intriguée qu'énervée. Son visage redevint neutre, aussi indéchiffrable qu'auparavant.

— Comme tu veux. Mais c'est ta dernière chance.

Les murs de la maison vacillèrent et s'évanouirent. Mulan se retrouva dans un vaste désert, si vide que le paysage nu s'étendait à perte de vue dans toutes les directions. Quelques arbres voûtés, des dunes lointaines qui se fondaient dans l'horizon gris, des rafales mêlées de sable. Elle lâcha ses baguettes. De vulgaires brindilles.

Alors, toujours avec le visage de Grand-Mère Fa, Meng Po éclata d'un rire long et sinistre. Avant que Shang et ShiShi ne puissent réagir, elle disparut dans le sable.

Chapitre vingt-deux

Le jardin familial s'était évaporé. Les cerisiers et les pruniers, l'étang avec les nymphéas roses, le banc en marbre et la porte-lune, la maison ainsi que sa mère, son père et Petit Frère. Tout avait disparu. Même le parfum de l'encens.

Mulan sentit ses jambes défaillir. Elle observa ses bottes et le bandage de sa cheville, qui commençait à se défaire. Son armure tachetée d'eau. Ses gantelets qui recouvraient les jointures. Elle posa une main sur ses cheveux. Ils étaient courts, noués en chignon haut.

— Est-ce que tu vas bien ? demanda Shang.

Mulan opina sans un mot, mais les battements de son cœur lui paraissaient assourdissants. Shang était revenu. Pourquoi ?

Il ne semblait plus en colère. Au lieu de cela, il avait l'air malade.

— Est-ce que *tu* vas bien ?

— Est-ce que je..., balbutia Shang. C'est moi qui devrais te demander comment tu vas.

— Tu l'as déjà fait.

— Ah. Oui.

Il s'avança vers elle d'un pas hésitant, s'arrêta et cacha ses mains dans son dos, comme s'il se retenait.

ShiShi étudiait minutieusement Mulan.

— Qu'as-tu vu ?

— Ma maison. Ma famille, raconta Mulan, l'air absent. Tout était si réel. Je sentais le fumet des raviolis à la vapeur de ma grand-mère. Je pouvais même sentir le pelage de Petit Frère.

— Les illusions de Meng Po sont puissantes, la consola ShiShi. Elle s'est servie de tes souvenirs contre toi.

— Elle a failli réussir. Revoir ma famille... Tout le monde était là : ma mère, mon père, ma grand-mère. Je suis partie sans demander leur permission, mais ils étaient heureux de me voir. Fiers...

Elle frissonna.

— Je voulais que ce soit vrai. Je le désirais tellement que je commençais à le croire.

— Mais tu as résisté, dit ShiShi. Tu t'es libérée de sa magie.

— Il s'en est fallu de peu, confessa Mulan.

Elle planta son pied dans le sable, qu'elle regarda se craqueler sous son poids. Quelques minutes auparavant, le sol était en bois.

— Si j'étais restée un peu plus longtemps...

— Non, affirma Shang. Tu aurais tenu bon.

— Je n'en suis pas si sûre.

— J'en suis persuadé, dit-il fermement. Si elle t'a retrouvée, c'est à cause de moi. Tout est ma faute. Nous aurions dû rester ensemble, mais je t'ai abandonnée. J'ai abandonné mon amie, alors qu'elle a toujours été là pour moi...

Il avait prononcé ces derniers mots avec une profonde tristesse.

— Je comprendrais que tu ne me le pardonnes pas, mais... penses-tu que tu en seras capable ?

Mulan croisa les bras et fit mine d'y réfléchir un moment.

— De ne pas m'avoir fait confiance, ou d'avoir affirmé que les femmes ne pouvaient pas être d'aussi bons soldats que les hommes ?

— Les deux.

Mulan n'avait jamais vu le capitaine si désemparé. Elle se sentit touchée.

— Je pourrais bien me laisser convaincre.

— En dépit de tout son courage et de ses muscles, Li Shang est parfois une tête de mule, intervint ShiShi, qui semblait fier du revirement de son protégé. Son père était comme lui au même âge, mais... Li Shang a un grand cœur.

Une lueur d'espoir éclaira le regard de Shang.

— J'ai eu tort de te juger aussi vite. J'ai été ingrat. Tu as risqué ta vie pour venir ici et me retrouver.

Leurs regards se croisèrent.

— Je t'ai promis que tu avais ma confiance. Le fait que tu sois un homme ou une femme ne devrait rien changer. Tu es mon amie, que tu sois Ping ou Mulan.

Elle sourit :

— Merci, Shang. Tu es mon ami également.

Le capitaine poussa un soupir de soulagement.

— Tu m'en vois soulagé.

ShiShi escalada un rocher et leur fit signe de le suivre. Mulan avança près de lui. Le lion secoua sa grande tête.

— Depuis le temps que je sers la famille Li, je n'en ai pas vu deux comme toi, Mulan.

— Qu'est-ce que tu veux dire ?

— J'ai vu de nombreux hommes se travestir pour échapper à l'armée, mais jamais une femme prête à se déguiser en homme pour se battre, s'amusa ShiShi. Les autres gardiens n'en reviendront pas. À propos, ton gardien... Sait-il qui tu es ?

— Ton gardien est un homme ? grimaça Shang. Alors, il... il dort à côté de toi au campement ? Dans ta tente ?

— C'est un dragon. Et, oui, il dort dans ma tente. Tu ne devrais pas être surpris, il n'y a que des hommes, dans l'armée.

Les épaules de Mulan se soulevèrent de rire en voyant Shang s'empourprer.

— Je suis désolé de t'avoir tourné le dos, dit-il encore. Nous avons fait demi-tour pour te retrouver dans la forêt, mais tu avais disparu, raconta Shang avant d'inspirer profondément. Je me faisais du souci.

— Mais il était trop têtu pour l'admettre, précisa ShiShi. Li Shang aurait fini par retrouver la raison tôt ou tard, petit soldat. Tu peux me remercier d'avoir fait en sorte que ce soit au plus tôt. Je lui ai rappelé tout ce que tu avais sacrifié pour venir ici.

Shang frémit de honte sous la réprimande de son gardien, mais il ne quitta pas Mulan du regard.

— Je me suis aussi souvenu de ce que tu m'as dit, dans la tour. Que tu n'étais qu'une source de déception pour tes parents, que tu n'étais pas satisfaite de toi-même. Je n'avais pas vraiment compris ce que tu voulais dire. Maintenant, je vois. Tout ce que j'ai dit plus tôt... je ne le pensais pas. Je regrette.

— Moi aussi, je suis désolée, répondit Mulan. Je ne voulais pas te mentir.

— Je sais. Mais tu l'as fait pour sauver ton père. J'aurais fait la même chose à ta place.

Elle leva un sourcil.

— Vraiment ?

— Eh bien, balbutia Shang. Enfin, je veux dire, si… si j'étais une f-femme, mais c'est difficile à imaginer. Enfin, j'aime à penser que je l'aurais fait.

— Ce n'est pas aussi dur que tu le crois. Le plus difficile était de masquer ma voix.

Mulan riait en enjambant un rocher escarpé qui leur barrait la route.

— Plus difficile que mes exercices ? plaisanta Shang.

Elle rit encore.

— Peut-être pas, concéda-t-elle. J'avais tellement peur que tu me perces à jour et me renvoies chez moi.

Shang se dérida aussi, mais son rire masquait mal sa nervosité.

— Je n'aurais jamais deviné. Tu… tu es forte, bégaya-t-il, les lèvres pincées. Ce ne sont pas que des mots, je le pense vraiment. Tu… tu te bats bien.

ShiShi leva les yeux au ciel.

— Allez, vous deux, plus vite. Vous aurez tout le temps de vous pâmer quand nous aurons quitté le Diyu.

— Je ne…

Mulan éclata de rire une nouvelle fois, puis se calma.

— Nous devons être bien loin du centième niveau. Où Meng Po m'a-t-elle conduite ?

— Pas si loin. ShiShi et moi avons trouvé une porte dans le désert en te cherchant. Un portail, sans doute.

— Celui qui devrait nous conduire à la Cité des Morts, précisa ShiShi en agitant la tête pour que la troupe accélère. De là, nous pourrons trouver les Portes du Diyu.

Mulan se sentit soudain soulagée :

— Alors nous sommes près du but ?

Shang marchait à sa hauteur, mais ShiShi s'intercala entre eux :

— Pas assez près.

Mulan était à la fois heureuse et déçue que le lion se soit placé entre eux. Elle ne pouvait se l'expliquer, mais maintenant que Shang connaissait son identité, elle se sentait intimidée à côté de lui.

Oublie ça. Tu es soldat !

Tout en s'empêchant de regarder Shang, elle écouta ShiShi raconter ses exploits, quand il avait guidé l'un des ancêtres Li afin qu'il devienne un grand héros qui avait aidé l'empereur à unifier la Chine. Ce fils de riziculteur sans le sou était devenu un guerrier admiré, respecté pour son sens de la stratégie, ses tactiques surprises et la pitié dont il faisait preuve pour ses ennemis vaincus.

— Il a été une légende pendant plusieurs siècles, se rengorgea ShiShi. On a chanté ses exploits de village en village. L'air était accrocheur, d'ailleurs. Souhaitez-vous que je vous fasse l'honneur de le chanter ?

— Non ! s'écrièrent Mulan et Shang en même temps.

ShiShi gronda.

— Eh bien, je…

— Raconte-moi *ton* histoire, Mulan, l'interrompit Shang. Parle-moi de ta famille. Ton père, Fa Zhou, a servi avec le mien. Et il est marié à… ?

— Ma mère s'appelle Fa Li. Elle est la fille d'un fonctionnaire de la cité impériale. Elle tient en haute estime tous les textes classiques. Elle a souvent été frustrée que je n'arrive pas à les mémoriser.

Shang sourit.

— Je peux le comprendre.

Il se redressa de nouveau.

— Donc tu n'as pas de frère.

— Non. Mes ancêtres avaient raison. Il n'y a que moi. Mes parents ont essayé d'avoir un fils, mais ils ne pouvaient plus avoir d'enfants.

Elle n'en avait jamais parlé à personne. Pas même à Mushu.

— Ce n'était pas un problème pour mon père, mais ma mère a eu plus de mal à l'accepter, je crois.

Shang resta silencieux. Attentif.

— Je n'étais pas la fille idéale. J'étais trop maladroite pour être utile à la maison et trop indépendante pour passer mes journées à tisser la laine ou à jouer de la musique. La seule manière d'honorer ma famille était de trouver un bon époux. Mais quand j'ai rencontré la marieuse… j'ai mis le feu à sa robe.

— Vraiment ? s'amusa Shang, avant de se reprendre aussitôt. Je veux dire, c'est terrible.

Mulan lui adressa un sourire en coin.

— J'en aurais volontiers ri aussi, si je n'avais pas été aussi terrifiée. Je savais que j'avais déçu ma famille. J'étais une honte.

J'imagine que je ne voulais pas être piégée par le mariage mais, en même temps, je voulais vraiment être une bonne fille.

Elle soupira.

— Quand Chi Fu est venu au village et a appelé mon père, j'ai su que c'était ma chance. J'ai décidé de m'enrôler à sa place. Et... si je dois être honnête, je cherchais sans doute à m'enfuir. Je voulais démontrer que je pouvais être plus qu'une bonne épouse.

Elle ne l'avait encore jamais admis à voix haute.

— Tu es bien plus que cela, dit Shang en ralentissant pour parler avec elle. Je le pensais sincèrement quand j'ai dit que tu étais un héros. J'ai appris quelque chose, aujourd'hui. Peu importe si tu es une femme, un démon ou un fantôme. Tu es mon amie... Mulan.

Mulan en eut le souffle coupé. L'entendre prononcer son nom - son vrai nom - était étrange, mais agréable. Son cœur se réchauffa.

— Tu ne me relèves pas de mes fonctions, alors ?

— Non, affirma Shang. Les bons soldats se font rares. La Chine a besoin de toi.

— La Chine a besoin de *nous*, corrigea Mulan. Ensemble.

Ils s'arrêtèrent. Ils étaient arrivés devant une proéminence isolée dans ce désert aride. Comme Shang et ShiShi l'avaient promis, une porte en bois était plantée dans le sol, au milieu du néant.

Juste une porte. Pas de murs, pas de tunnel, pas de chemin. Mulan en fit le tour, mais il n'y avait rien derrière. Le seul signe encourageant était la présence d'un médaillon de Yama cloué en son centre.

— Il y avait un écriteau, tout à l'heure, précisa Shang. Ça parlait de Youdu. Nous n'avons pas eu le temps de le dépoussiérer pour le lire.

Mulan déblaya le sable du nez et des dents de Yama et fit apparaître un petit panonceau en métal derrière la moulure de bronze. Le chiffre quatre-vingt-dix-sept était gravé.

— On est revenus au quatre-vingt-dix-septième niveau ! s'exclama Mulan, soulagée. Nous y sommes presque.

— Y a-t-il autre chose d'écrit ?

Mulan frotta le panonceau de sa manche.

— Non, rien. Attendez…

Elle plissa les yeux et se servit de la faible lueur qui émanait du corps de Shang pour illuminer les minuscules caractères.

— Laisse-moi voir, dit le capitaine en s'agenouillant à côté d'elle, illuminant davantage l'inscription.

— On dirait un avertissement. « N'entrez pas… » Je n'arrive pas à lire le reste. Ça parle de « piliers », de « feu » et de Youdu.

— Ça suffit, décréta le lion. Youdu est par là. J'en suis sûr. Ouvre la porte, Li Shang.

Shang saisit la poignée attachée à la tête du roi Yama et tira. La porte s'ouvrit avec un long grincement.

De la vapeur s'échappa de l'intérieur. Mulan fit un premier pas hésitant dans la nouvelle chambre, le dos de la main sur sa bouche le temps de s'habituer à la température étouffante.

L'air était blanchi de fumée, et la chaleur leur picotait la peau. Un courant d'air brûlant frôlait le gravier et charriait le sable pâle des bottes de Mulan. Une épaisse poussière noire recouvrit rapidement ses vêtements et ses chausses.

— Ça ne ressemble pas à la Cité des Morts, constata-t-elle.

Le sol était noir comme du charbon. Elle donna un coup de pied dans la poussière, qui dévala alors une pente abrupte. De toutes parts s'élevaient des cheminées qui crachaient des torrents de vapeur.

Ils se trouvaient sur une montagne. Non, un volcan, à en croire les flots de lave vitreuse qui ruisselaient sur les pentes. La fumée éclipsait l'horizon, mais Mulan aperçut un plateau en altitude, non loin.

Au moins, elle avait retrouvé le Fleuve du Désespoir. Cette fois, ses eaux magiques serpentaient dans les airs, comme un ruban de soie noire qui perçait les nuages, si haut qu'elles traversaient le cratère du volcan.

En suivant le courant des yeux, elle remarqua justement que le cratère était le seul endroit où le fleuve et la terre étaient reliés. Devant eux, le lit perdait en altitude et sillonnait entre les versants des montagnes. Le fleuve empêchait d'ailleurs Mulan de bien voir le ciel. Elle avait presque l'impression de sentir des gouttelettes d'eau glacée sur son visage.

Le trio entama son ascension du volcan. Mulan était persuadée de sentir le sol vibrer sous ses pieds. Non, il tremblait.

Mulan et Shang échangèrent un regard inquiet.

La terre gronda. Mulan perdit l'équilibre mais se rattrapa de justesse. Poussée par un mauvais pressentiment, elle jeta un coup d'œil derrière elle.

Sans surprise, la porte en bois avait disparu.

— On dirait que c'est là que nous devons aller, dit Shang, l'air morose, en désignant le sommet du volcan, où un pilier noir se dressait dans le ciel.

— C'est peut-être ce qui était écrit sur la porte, estima ShiShi. C'est forcément le chemin pour atteindre Youdu.

— Je n'en suis pas si sûr, hésita Shang. Je pense qu'il vaut mieux faire demi-tour.

— Trop tard, répondit ShiShi en montrant le vide laissé par la porte.

Son regard félin se porta sur le pilier qui couronnait le volcan.

— Il y a des marches taillées dans ce pilier. J'imagine que nous allons devoir les gravir pour atteindre le niveau suivant.

Shang ouvrit la bouche pour protester, mais une lueur orange se refléta soudain dans ses yeux, suivie d'une explosion venant du ciel. Mulan se tourna et manqua de tomber à la renverse en voyant une pluie de feu s'abattre sur eux.

— À couvert ! hurla Shang.

Mulan plongea. Sans le Fleuve du Désespoir qui ondulait au-dessus de leur tête, elle aurait été brûlée vive. Au lieu de cela, les projectiles tombèrent dans l'eau en grésillant.

Mulan se releva, les jambes fébriles.

— Qu'est-ce que c'était ?

— Je n'en sais rien. On aurait dit des boules de feu venues du ciel.

— Ce n'était peut-être qu'un éclair, suggéra ShiShi, mais sa voix profonde chevrotait.

— Peut-être, concéda Shang. On dirait que c'est terminé.

— Je ne crois pas que c'était un éclair, fit Mulan. Je commence à penser que cet avertissement sur la porte était là pour une bonne raison.

— Nous devons atteindre ce pilier au plus vite, raisonna Shang. Restez bien derrière moi et sous le lit du fleuve.

Mulan hocha la tête, mais elle savait que Shang cachait ses craintes pour les protéger, elle et ShiShi. Il ne fallait pas être un stratège hors pair pour comprendre que le fleuve ne les couvrirait pas longtemps.

Ils devraient exploiter au mieux ce bouclier de fortune. Une fois au sommet du volcan, ils ne seraient plus du tout abrités. Le fleuve serait même un obstacle : là-haut, l'eau se brisait sur la montagne et jaillissait dans le cratère. Même de là où elle était, Mulan entendait les flots déferler sur le versant avec une puissance monumentale, telle une lame qui fend le sable. Elle ne pouvait pas voir l'eau qui tourbillonnait autour du pic, pas encore, mais elle avait remarqué que le fleuve débordait en une longue cascade noire.

Ce spectacle fit naître en elle un nouvel élan de peur.

Le pilier se trouvait tout au sommet. Si la rivière passait par là, ils seraient obligés de trouver un moyen de la franchir.

Tu t'en inquiéteras plus tard, Mulan. Nous devons d'abord arriver là-haut.

La sueur perlait sur son front et sa nuque. Ses paumes étaient humides. Ses gantelets collaient au dos de ses mains. L'air était plus épais à chaque inspiration.

Le parfum de l'encens s'était dissipé depuis bien longtemps, mais Mulan détecta une autre odeur dans l'air.

— Vous sentez ça ?

— De la fumée, murmura Shang.

— Du feu de bois, précisa ShiShi.

Plus ils montaient et plus le vent se renforçait. Le chemin était escarpé et raide. Des blocs et des pierres éboulaient constamment vers eux. Mais, après la Montagne aux Couteaux, Mulan trouva l'ascension presque facile. Les seules difficultés consistaient à éviter les boules de feu et à ne pas mettre les pieds dans les torrents de lave.

À mi-chemin, ils sortirent de l'ombre du fleuve. L'eau virait à gauche et s'élevait au-dessus des nuages.

Ils devaient être encore plus prudents, désormais. Mulan se couvrit la bouche pour éviter de respirer les flocons gris qui tombaient du ciel.

ShiShi devait s'ébrouer régulièrement pour dégager sa crinière.

— Maudite neige, grogna-t-il. Il n'y a qu'au Diyu qu'il neige sur un volcan.

— Ce n'est pas de la neige, le corrigea Mulan en tendant sa paume pour en attraper une poignée. C'est de la cendre.

— De la cendre ? renifla ShiShi. Il y en a beaucoup trop. Et après, tu vas me dire que tous ces cailloux n'en sont pas ?

Mulan se pencha pour ramasser l'un des bâtons noircis qui jonchaient désormais le sol. Elle avait d'abord cru que ce n'étaient que des pierres aux formes étonnantes, mais quand elle vit le crâne…

— Des os, souffla-t-elle. Des os de démons. Qu'est-ce qui pourrait tuer des démons au Diyu ?

Elle n'était pas sûre de vouloir connaître la réponse.

ShiShi renifla. Ses grands yeux ronds clignèrent. Il paraissait inquiet.

— Qu'est-ce qu'il y a ? demanda Shang.

— On doit partir.

— Mais tu as dit que c'était impossible.

— J'ai changé d'avis, répliqua hâtivement le lion. Venez. Nous devons trouver un autre chemin.

— Mais nous sommes si proches, protesta Mulan. Nous n'avons plus le temps de revenir sur nos pas. Nous y sommes presque.

La lune était quasiment noire, désormais ; seul un croissant brillait encore dans le ciel.

— Écoute-moi bien, jeune fille, aboya ShiShi. Tu n'as aucune envie d'affronter ce qui se trouve sur ce volcan. Crois-moi.

Une nouvelle explosion embrasa le ciel. Une boule de feu s'écrasa juste à côté de Mulan, qui fut projetée au sol. Le projectile enflammé fumait et crépitait tandis que les os et les roches étaient carbonisés.

Puis vint une autre explosion. Et encore une autre.

— Courez ! ordonna ShiShi. Il nous a repérés.

— Qui ?

Avant que Mulan ait pu avoir la réponse, un grondement déchira la terre. Un frisson lui remonta jusqu'à la nuque.

ShiShi planta ses griffes dans le sol pour garder l'équilibre. Il avait le poil dressé.

— Huoguai, murmura-t-il. Un démon de feu.

Un mur de flammes émergea du sol et sépara Mulan de ses compagnons. La bouffée de chaleur la fit chanceler. Elle fut éblouie par la lumière soudaine et mit quelques secondes à retrouver la vue. Elle n'avait jamais contemplé de feu si puissant, si vivant. Ses langues dansaient et embrasaient le ciel de toute leur intensité. D'épais panaches de fumée noire se balançaient dans la nuit.

— Shang ? ShiShi ?

Le brasier crépitait et rugissait, recouvrant complètement sa voix.

Mulan serra les dents. Les flammes étaient bien trop hautes pour être franchies d'un bond, bien trop dévorantes pour être étouffées. Le mur de feu était si large qu'elle ne pouvait pas voir Shang ni ShiShi de l'autre côté.

— Qu'est-ce que tu veux ? cria-t-elle en direction du feu.

Les flammes vacillèrent, comme si elles riaient.

— Qui es-tu ?

Au milieu de la fournaise, la silhouette du terrible Huoguai se dessina. Sa tête était enflammée, les écailles de son corps rouges comme le sang. Sa longue queue pointue fouettait l'air avec des mouvements aussi rapides que la foudre. Sur son dos, deux grandes ailes de fumée s'étendaient d'un bout à l'autre du mur de flammes. À travers la nuée de cendres, Mulan remarqua qu'il était fait de chair et d'os. D'un geste vif, il fit claquer ses ailes derrière lui. Le mur de flammes s'enfonça dans le sol et laissa une langue de feu aveuglante au sol. La roche bouillonnait et sifflait.

Mulan chancela en sentant la terre éclater sous ses pieds. À la place du mur ardent se trouvait maintenant une mer de feu, qui s'étendait rapidement et avalait tout sur son passage.

Les yeux noirs de Huoguai s'illuminèrent. Il replia ses ailes, s'élança vers Mulan et l'agrippa d'une serre acérée. Il referma son poing autour de sa taille et s'envola. Plus haut, de plus en plus haut. En bas, la terre s'effondrait, emportant Shang et ShiShi.

Chapitre vingt-trois

Mulan se tortillait entre les griffes de Huoguai pour se défaire de sa poigne. Ses doigts étaient épais et courts comme des pattes de tigre. Ses serres étaient plus longues que les mains de la guerrière. Le monstre n'était qu'écailles et fumée brûlante. Mulan peinait à respirer ses vapeurs viciées.

Elle tenta désespérément d'attraper l'épée à sa hanche. En vain. Et même si elle avait pu la prendre, Huoguai la serrait si fort à la taille qu'il aurait aisément pu lui briser les os.

Ils prirent encore de la hauteur. Ils filèrent vers la pente rocheuse du volcan à vive allure. Mulan ressentit soudain une vague de chaleur. Lorsque la fumée se dissipa, elle put contempler le volcan dans toute son étendue. Vu d'en haut, le fleuve ne semblait plus suspendu dans les airs. Il traversait le sommet et masquait les flots de lave rouge orangé. Les pieds dangereusement suspendus au-dessus de l'eau, Mulan aperçut le pilier noir sur l'autre rive.

Huoguai l'avait emmenée au sommet.

Elle se débattit de nouveau pour se tourner et essayer de retrouver ses amis.

— Lâche-moi ! hurla-t-elle. Laisse-moi…

Ses cris s'arrêtèrent brusquement quand le démon de feu ouvrit ses griffes.

La chute n'était pas mortelle, mais la réception fut douloureuse. Mulan était tombée sur un lit de pierre et d'os. Son épée glissa non loin d'elle, au bord du cratère. Elle releva d'abord la tête, puis les mains et les jambes. Rien de cassé. Mais elle grimaça en remuant sa cheville. La chute n'avait pas amélioré son état. Sans son armure, elle aurait heurté de plein fouet les rochers et ne s'en serait peut-être pas tirée.

Elle leva les yeux. Le ciel était rouge sang. Elle vit Huoguai disparaître derrière les nuages. Ses battements d'ailes balayèrent une longue traînée de braises et de cendres recrachées par le volcan.

Des filets de vapeur s'élevaient du sol. La roche brûlante étincelait. Mulan était entourée d'innombrables squelettes carbonisés, de crânes de démons fracassés, de boucliers brisés et de fers de lance noircis. Du magma en ébullition remontait des fissures du sol. Des cratères aussi larges que des lacs et remplis d'un bouillon ardent jalonnaient le sommet. Des colonnes de pierre noire veinées de lave rouge se dressaient vers le ciel.

La Chambre du Désespoir bouillant, se rappela Mulan avec un frisson. *Mei avait essayé de nous mettre en garde. Ce volcan, c'est sûrement ce qu'ils appellent le Chaudron.*

À son arrivée, Mulan avait cru que le sommet du volcan était un plateau mais, maintenant qu'elle s'y trouvait, elle comprit combien elle avait eu tort. Le sol était en pente vers l'intérieur. Comme un bol. Comme un chaudron.

Et elle était tombée sur le bord.

Elle se releva et récupéra son épée. Son corps était bariolé d'hématomes, mais elle ignora la douleur et courut vers l'arête pour retrouver Shang et ShiShi.

Aucun signe d'eux ni de Huoguai.

La fumée lui voilait complètement la vue.

Elle serra les poings. La dernière fois qu'elle avait vu Shang et ShiShi, le feu du démon avait fracturé le sol. Peut-être étaient-ils tombés dans les méandres du Diyu. Peut-être étaient-ils morts.

Non, ils sont toujours vivants, se convainquit Mulan. *Il le faut.*

Même si Shang et ShiShi avaient survécu, comment allait-elle les retrouver depuis le sommet ? Pourquoi Huoguai l'avait-il lâchée là ?

Sûrement pour s'occuper de moi plus tard, songea-t-elle en frissonnant de nouveau.

La peur lui noua l'estomac. Comment pouvait-elle vaincre un démon capable de fendre la terre et de la ballotter comme une vulgaire pièce d'échec ?

Elle toussa et porta sa manche devant sa bouche pour éviter de respirer les cendres. Elle devait rejoindre le pilier. C'était leur objectif avant d'être séparés, et si elle voulait retrouver ses compagnons, c'était là qu'elle devait se rendre.

Profitant d'un courant d'air qui dégagea son champ de vision, Mulan étudia le pilier. Comme elle l'avait craint, il se trouvait de l'autre côté du Fleuve du Désespoir. Les eaux tempétueuses déferlaient à travers le cratère puis tombaient de l'autre côté en une sombre et vertigineuse cascade. Des hurlements stridents semblaient remonter des profondeurs.

Il doit y avoir un moyen de le contourner, espéra Mulan.

La fumée s'épaissit de nouveau. Mulan toussa et se mit en marche. Elle s'éventait de la main. Elle remarqua un vieux bouclier abandonné et s'en saisit. Des traces de brûlure barraient sa surface en acier mais, au moins, elle pourrait se protéger le temps de retrouver ses amis.

Le ciel s'embrasa.

Huoguai. Mulan reconnut les traînées de fumée et de feu.

Elles venaient d'en bas. Elle courut jusqu'au bord du Chaudron pour mieux voir.

Son sang ne fit qu'un tour quand elle aperçut Shang et ShiShi sur une saillie, à mi-hauteur du volcan. Ils n'étaient pas tombés, finalement !

— Shang ! l'appela-t-elle. Je suis là !

Le capitaine, qui venait de ramasser une lance, l'entendit.

— Mulan ! Nous sommes…

Huoguai émergea de l'ombre. Mulan put mesurer sa véritable taille face à la montagne. Ses pieds étaient ancrés sur la saillie, mais le bout de ses ailes touchait presque le sommet du Chaudron. Mulan se baissa avant qu'il ne l'attrape encore. Le démon leva les ailes et frappa le flanc du volcan. Des roches incandescentes s'envolèrent. ShiShi grogna, les griffes grattant le sol dans un terrible crissement. Shang avait réussi à garder l'équilibre : il leva la lance au-dessus de son épaule et, d'un geste puissant, la projeta droit vers la tête de Huoguai.

La pointe se logea dans l'œil gauche du démon. Avec un cri assourdissant, le monstre arracha la lance de son crâne et calcina l'arme entre ses mains. Les cendres s'éparpillèrent au vent.

Huoguai se tourna alors vers Shang et ShiShi, et ouvrit la bouche pour souffler une nouvelle déferlante de feu. Les flammes s'enroulèrent sur le volcan. Elles ne pouvaient atteindre Shang, mais ShiShi jappa en sentant sa crinière roussir.

Le monstre s'envola. Une pluie de météorites s'abattit sur Shang et ShiShi. Il jouait avec eux, comprit Mulan. Huoguai avait eu tout le loisir de les tuer, elle et ShiShi, mais il les avait séparés pour mieux se divertir. Il faisait durer son plaisir.

C'était pour cette raison qu'il l'avait lâchée au sommet - du *mauvais côté* du sommet. Pour la tourmenter. Lui rappeler que le temps s'égrenait.

Sur le ciel cramoisi, la lune hypnotisait Mulan. Elle était pratiquement obscurcie, désormais. La fine ligne lumineuse était brunie par le feu du démon.

Elle devait réagir.

Huoguai leva une aile et frappa le capitaine, qui glissa de plusieurs mètres. Si seulement Shang avait déjà appris à voler, regretta Mulan. La montagne trembla et ShiShi chuta avec son protégé. S'ils tombaient dans la rivière…

— Eh ! cria Mulan au démon. C'est moi que tu veux, pas eux.

Les yeux de charbon se tournèrent vers elle. Ils luisaient comme la braise. Le feu autour de ses mains se raviva. Mulan se cacha derrière son bouclier et évita de justesse la colonne de flammes que Huoguai projeta vers elle.

L'attaque du démon se prolongea. Mulan était recroquevillée derrière son bouclier. Elle éteignit les pointes ses cheveux, qui commençaient à brûler. Elle compta la durée séparant les assauts du monstre. Quand elle eut rassemblé assez de courage, elle attendit une pause et se mit à courir.

Je dois l'occuper le temps que Shang et ShiShi remontent en sécurité, pensa-t-elle nerveusement en traversant le sommet.

Les mains de Huoguai flamboyaient et crachaient des torrents de feu vers elle. Le sol trembla encore. Mulan ne pouvait se permettre de trébucher. Elle allongea ses foulées malgré la vive douleur à sa cheville. Elle courut jusqu'à atteindre le bord interne du Chaudron.

Les langues de flammes s'interrompirent. Les yeux charbonneux de Huoguai ne rougeoyaient plus. Son regard était noir et froid. Il baissa les mains, et tout son corps se mit alors à trembler de rire. Le vent ondula, le ciel tonna.

Mulan recula jusqu'à se trouver à l'aplomb du vide. Un pas de plus et elle plongeait dans le fleuve.

Celui-ci recouvrait toute la bouche du Chaudron, une gigantesque caldeira au centre du sommet, mais d'autres cratères plus petits s'étaient formés un peu partout. Ils bouillonnaient et crachaient de la lave ardente.

Mulan manqua de tomber en avant en tentant de garder son équilibre sur le sol tremblant.

Des soldats démoniaques surgirent alors des petits cratères. Ils déboulèrent sur le volcan et encerclèrent Mulan.

Contrairement aux serviteurs du roi Yama ou de Meng Po, ces démons de feu ne portaient pas d'armure. Leurs visages étaient cramoisis, comme celui de Huoguai, mais leurs yeux étaient gris et vides, leur cavité nasale creuse – comme de simples crânes. Nés dans le Chaudron pour obéir à Huoguai, ils ressemblaient plus à des monstres qu'à des animaux. Ils arboraient sur la poitrine des croûtes et des brûlures comme des signes distinctifs. Certains étaient armés d'épées, d'autres de lances, et quelques-uns brandissaient des chaînes. Le démon le plus proche de Mulan fit claquer la sienne contre un roc et projeta une nuée de débris brûlants vers elle.

— Aaah ! cria Mulan quand la poussière lui brûla les joues.

Elle se protégea le visage d'une main et regarda le cratère derrière elle. Le fleuve lui bloquait le chemin.

Elle n'avait aucune issue, mais si elle restait là, pourrait-elle vaincre les démons tout en ayant le temps de rejoindre ensuite le pilier ?

Les démons la toisaient.

— Même les fantômes n'osent pas venir ici, gronda l'un d'eux. Qu'est-ce qui t'amène, soldat mortel ? Désires-tu mourir ?

— Il a l'air effrayé. Regarde ses jambes tremblantes. Un peu maigrichon, non ?

— Je ne vais pas me plaindre, c'est rare que Huoguai nous accorde un festin.

— Je vais lui trancher les bras et boire son sang.

— Je vais le faire rôtir à la broche.

— Garde-moi ses yeux. J'adore les globes. Ça fait tellement longtemps que je n'en ai pas eu.

— Trop longtemps, acquiesça son camarade. Le dernier avait une épée, aussi.

— Plutôt un cure-dent.

— Ça tombe bien, il m'en faut un nouveau.

Mulan réfléchit à toute allure. Le seul moyen de descendre de ce volcan était de sauter. Mais même sans les coulées de lave et les précipices escarpés en contrebas, abandonner le Chaudron était hors de question. Elle devait traverser ce maudit fleuve.

À quelque distance d'elle, elle entendit le gardien de Shang escalader le flanc du volcan, de l'autre côté du fleuve. Elle pouvait tout juste l'apercevoir ; les eaux boueuses du Fleuve du Désespoir se dressaient entre eux tel un mur. De fines volutes de fumée s'élevaient de la fourrure du lion, qui plantait ses griffes dans le sol noir.

— ShiShi ! l'appela Mulan.

Le lion leva la tête. Il écarquilla les yeux en voyant Mulan entourée de démons.

— Derrière toi ! cria-t-il. Utilise ton épée !

Le vent emporta les conseils qui suivirent. Tout ce qu'elle put entendre, ce furent les mots « magique » et « démons ».

L'un des monstres en profita pour lancer sa chaîne autour de la taille de Mulan et l'attirer loin du rebord. Elle dut reculer de plusieurs pas sur les talons avant de pouvoir enfoncer les pieds dans la poussière pour résister à son assaillant.

Elle trancha alors la chaîne avec son épée et jeta les maillons au sol. Elle adressa un regard de défi aux démons. Elle ne savait pas lequel l'avait attaquée, mais leur message était clair. Ils voulaient se battre.

Elle se mit en posture de combat et resserra sa prise sur la poignée de son épée. La garde était déjà chaude. Les caractères gravés sur l'acier brillaient.

« *Utilise ton épée* », avait dit ShiShi. Que voulait-il dire ? Elle combattait avec depuis le début. Que devait-elle faire d'autre ?

Mulan essuya la vapeur sur la lame. « La fleur qui s'épanouit dans l'adversité est la plus rare et la plus belle de toutes », murmura-t-elle en relisant l'inscription. Les mots ne semblaient pas contenir une quelconque signification secrète qui aurait pu l'aider à vaincre les démons.

Elle reporta son attention sur ses adversaires. Un démon de la première rangée cracha. Ses pieds palmés s'enfonçaient dans la terre crépitante. Les autres lancèrent alors leurs chaînes vers les pieds de Mulan, l'obligeant à sautiller pour se dégager. Elle trébucha sur des ossements derrière elle et manqua de tomber.

— Regarde-le danser, rirent-ils. Ne tombe pas, petit humain. Il faut te faire cuire un peu, avant.

Mulan inspira et observa son reflet sur sa lame. Ses joues étaient recouvertes de poussière. La sueur perlait le long de ses tempes. Ses bras tremblaient de fatigue. Elle devait avoir l'air à bout de forces et terrifiée.

Pas vraiment la fleur rare et belle que cette épée attendait, se dit Mulan. *Mais si je pense comme ça, je ne survivrai pas contre ces démons.*

Elle étudia ensuite ses mains. Elle serrait son épée si fort que ses jointures étaient blanches. Elle déglutit. *Je ne dois pas avoir peur. Si j'ai peur, tout sera perdu.*

L'épée avait brillé lorsqu'elle avait affronté les fantômes. Qu'avait-elle fait pour invoquer son pouvoir ?

J'essayais de protéger mes amis, se souvint-elle. *Les bandits ont attaqué, et j'ai simplement brandi mon épée sans me douter de son pouvoir.*

Peut-être était-ce la solution. Le talent ne suffisait pas à réveiller l'épée, c'étaient son courage et sa force – sa volonté de sauver Shang et ShiShi des griffes de Huoguai, de ramener Shang dans le monde réel, qui avait tant besoin de lui. L'instinct avait pris le dessus sur les doutes.

Avec un hochement de tête, elle leva l'épée haut au-dessus d'elle. *Je dois trouver Huoguai pour protéger mes amis*, pensa-t-elle. *Aide-moi, je t'en prie.*

Comme auparavant, l'épée se mit progressivement à luire. Mulan baissa les yeux vers les démons avec une confiance retrouvée.

— Vous voulez vous battre ? Alors, approchez.

Les démons sifflèrent, grognèrent et s'agitèrent, prêts à charger. Juste quand ils s'élancèrent vers elle, la lame brilla plus fort que les éruptions de lave qui perçaient la terre. Plus fort encore que le feu de Huoguai.

Les démons durent s'arrêter en pleine course.

— Arrête ! Je ne vois plus rien.

Abaissant la garde vers ses côtes, Mulan chargea entre deux démons et leur trancha le flanc. Des cendres se déversèrent de leurs intestins. Les monstres hurlèrent autant de surprise que de douleur.

Mulan esquivait leurs attaques aveugles. Quelques-uns coururent trop loin et tombèrent dans le fleuve.

— Ne regardez pas ! cria l'un des démons en se protégeant les yeux derrière son bouclier. Il a l'épée. L'Épée du Soleil flamboyant.

— Le héros de légende est revenu ! crissèrent les démons.

— Le héros à l'Épée du Soleil flamboyant !

Mulan tendit l'oreille. Le héros à l'Épée du Soleil flamboyant ? Son père lui avait raconté l'histoire d'un héros, moitié homme, moitié dieu, qui avait vécu des milliers d'années plus tôt, quand les monstres et les démons hantaient la terre de Chine. L'empereur avait demandé au demi-dieu, réputé dans tout le pays pour ses prouesses au combat, d'éradiquer cette peste qui terrorisait la Chine et de l'envoyer au Diyu. L'empereur, qui bénéficiait aussi de pouvoirs divins, avait offert au guerrier une épée magique qui brillait à la lumière du soleil. Elle pouvait trancher n'importe quoi, y compris les démons et les fantômes, mais seul le demi-dieu pouvait utiliser ses pouvoirs.

Mulan avait toujours cru qu'il s'agissait d'un conte. Était-il possible que l'épée soit celle de la légende ? Le demi-dieu l'aurait-il laissée au Diyu à sa mort ? Dans ses histoires de l'au-delà, Grand-Mère Fa lui avait raconté que même les héros et les grands guerriers passaient par le Diyu.

Garde tes questions pour plus tard, se reprit Mulan. *Concentre-toi sur le combat !*

Elle bloqua la chaîne d'un démon avec son pied. La troupe eut un mouvement de recul général et se plaça à bonne distance de Mulan.

Elle profita de ce répit pour dénouer ses cheveux, qui lui tombèrent une nouvelle fois sur la nuque. Elle se débarrassa également de son armure pour se libérer de son poids.

Les démons la dévisagèrent, incrédules.

— Une femme ?

— Je m'appelle Mulan.

Elle brandit son épée. Elle n'avait jamais combattu ainsi : en tant que femme, et non en tant que femme déguisée en homme. Plus de mensonges ni de faux-semblants. Plus de crainte de se mettre en danger, elle ou sa famille.

Elle était enfin celle qu'elle avait toujours voulu être.

Et même si ce sentiment devait rester au Diyu, même s'ils sortaient de ce royaume et si elle reprenait l'identité de Ping, Mulan savait qu'elle n'oublierait jamais cet instant. Les masques étaient tombés. La sensation était enivrante. Un courage nouveau coula dans ses veines.

Son épée brillait plus fort que jamais. Les démons brandissaient leurs boucliers pour s'abriter de l'éclat divin.

— Je suis en quête du portail avec mes amis, cria Mulan pour couvrir leurs hurlements. Je vous donne une chance de partir entiers.

— Tu crois qu'on a peur d'une fille ?

— Personne ne veut accepter mon offre ? demanda Mulan en ajustant sa posture. Tant pis pour vous.

Avec un cri de guerre unanime, les démons chargèrent.

Courage.

Elle ferma à moitié les yeux pour évoquer les souvenirs de son entraînement avec Shang. Il avait appris à ses soldats à échapper à un déluge de flèches enflammées, à transformer un simple bâton en arme mortelle, à tirer sur des grenades en plein vol.

Des prouesses qu'elle avait crues impossibles. Jusqu'à y arriver elle-même.

Vitesse, endurance, force. Précision, concentration, confiance, récita Mulan. *Je suis la rivière qui s'écoule, le feu qui brûle. Je suis la guerrière.*

Elle attendit que ses ennemis soient suffisamment près d'elle, assez pour sentir leur haleine fétide. *Maintenant !* Mulan plongea son épée dans le flot de lave sous la roche et la leva au ciel, projetant un déferlement de braises ardentes dans les yeux des démons.

Ils hurlèrent et se tordirent de douleur, les mains sur les yeux. Certains poursuivirent leur assaut en agitant leurs armes à l'aveuglette. Mulan avança un pied et fit une fente. Elle para une attaque et lança un coup de pied au menton du démon avant de le balayer. Il chuta par-dessus le rebord du volcan.

Comme avec les fantômes, elle brisait les lances, fouets et épées de ses ennemis. Les soldats de Huoguai n'en revenaient pas. Elle détruisit autant d'armes que possible avant que les démons ne se reprennent.

À ce moment, des monstres imposants émergèrent des cratères. Ils ressemblaient trait pour trait aux premiers, mais ils présentaient un nombre anormal d'yeux, de bras et d'oreilles, qui semblaient avoir été greffés à partir d'autres créatures : ours, tigres, serpents.

Elle resserra sa prise sur son bouclier et le leva haut devant sa poitrine. Ces démons étaient grands et puissants. Leurs attaques étaient hautes, au-dessus des côtes de Mulan. Leur seul point faible était leur lenteur. Mulan devait exploiter sa petite taille pour prendre le dessus. Elle parvint à éviter la plupart de leurs attaques grâce à son agilité et à sa présence d'esprit. Elle réussit même à pousser deux démons à se blesser en esquivant leurs coups juste au bon moment. Toutefois, elle savait que ce n'était qu'une question de temps avant qu'elle ne perde ce combat.

Ses poignets commençaient à faiblir à force d'attaquer et de parer. Le bras qui portait le bouclier tremblait à chaque coup bloqué. Ses muscles étaient tétanisés, sa prise de moins en moins fiable. Une chaîne lui fouetta le bras et Mulan ne put retenir un cri.

Elle ignora la douleur lancinante et abandonna son bouclier. Elle ne pouvait plus le porter. Elle devrait se servir uniquement de son épée.

Les démons la voyaient faiblir. Ils l'encerclèrent, trois de chaque côté.

— Elle n'en peut plus, dirent-ils. Achevons-la.

Mulan se tenait prête. Elle se baissa et tournoya, lame tendue, à hauteur de leurs mollets. Au lieu de sang, ce fut de la cendre qui gicla. À en croire les cris, elle savait qu'elle en avait blessé plusieurs.

Mais l'important n'était pas de les blesser. C'était de les arrêter.

Elle gagnait du terrain. La paume posée sur le plat de sa lame, elle repoussa le démon le plus proche dans le cratère bouillonnant. Un autre lui fouetta le dos.

Mulan s'arqua de douleur. La chaîne lui avait lacéré la chair. Le démon rit et relança son fouet. Cette fois, Mulan fit un pas sur le côté et bloqua le coup avec son épée. La chaîne se prit dans sa lame et elle en profita pour l'arracher des mains de son adversaire. Elle l'enroula autour de son poignet.

Shang aurait dû nous former au maniement de cette arme aussi, songea-t-elle en reprenant son souffle. *Si je m'en sors, je lui en toucherai un mot.*

Elle chargea deux démons à sa portée en ceinturant leurs jambes avec la chaîne. Ils trébuchèrent vers elle, mais l'attaquèrent malgré tout. Mulan se servit de leur inertie pour les projeter dans le Chaudron. Les démons basculaient les uns après les autres, mais elle n'avait pas le temps de se réjouir. Elle avait déjà commis cette erreur – contre Shan-Yu.

Un dernier monstre l'attendait. Sans surprise, c'était aussi le plus grand de tous. Elle redressa les épaules pour paraître plus grande et imita le grognement le plus intimidant de ShiShi.

Le démon rugit en réponse. Son épée était aussi large que le visage de Mulan et fendait l'air avec un sifflement sinistre. Mulan plongeait, sautait et se baissait pour esquiver ses coups dirigés vers la tête. Le démon décida alors de charger droit vers elle. Mulan pivota au dernier moment et ne s'autorisa à respirer que lorsqu'elle fut sûre que le monstre avait sombré au fond du Chaudron.

Essoufflée, épuisée, elle posa les mains sur ses genoux. Des gouttes de sueur tombaient au sol. Elle inspira profondément et se redressa pour parcourir la zone des yeux et retrouver Shang et ShiShi.

Elle vit les ailes de Huoguai glisser dans l'air au-dessus du volcan. Elle repéra ensuite l'aura bleue de Shang et la crinière dorée de ShiShi. Le démon de feu les avait attaqués pendant tout ce temps mais, par chance, ses compagnons avaient réussi à lui échapper et à rejoindre le sommet du Chaudron. Ils se trouvaient de l'autre côté – du *bon* côté – du fleuve. Le pilier menant à Youdu était juste derrière eux.

Alors pourquoi étaient-ils toujours là ?

— Partez ! cria Mulan. C'est votre seule chance !

Le vent engloutit ses paroles, mais Shang se tourna vers elle. Il fronça les sourcils.

On ne partira pas sans toi, semblait-il dire.

— Non, murmura Mulan.

Elle savait que Shang était têtu. Aussi têtu qu'elle.

Ses amis ne pouvaient pas se défaire de Huoguai sans son aide, mais elle ne pouvait rien faire de là où elle se trouvait. Elle devait traverser le Fleuve du Désespoir. D'une manière ou d'une autre.

Mulan se fraya rapidement un chemin jusqu'au fleuve. Elle sauta de rocher en rocher tout en se cachant pour ne pas attirer l'attention du monstre. Atteindre sa rive était la partie facile. Le traverser serait autrement plus compliqué.

Elle devait trouver une solution, et vite. Avant que Huoguai ne tue Shang et ShiShi ou ne les jette dans les eaux traîtresses du fleuve – et que tout ne soit perdu.

Chapitre vingt-quatre

Mulan ne trouvait aucun moyen de traverser le fleuve et de rejoindre ses amis. Là-haut sur le Chaudron, le cours d'eau était bien trop large, les eaux tumultueuses. Il était impossible de franchir le fleuve à la nage, et il n'y avait rien pour construire un radeau autour d'elle.

De l'autre côté du cratère, Shang venait de planter une autre lance dans les ailes de Huoguai. Il l'écarta d'un coup sec vers sa droite, déchirant ainsi les plumes de fumée dans un tonnerre qui recouvrit même le bruit des flots. Huoguai s'envola avec un hurlement sauvage. Il enflamma son membre blessé de son souffle ardent. Lorsque les flammes s'éteignirent, le démon était de nouveau intact.

Un nuage de fumée s'éleva de ses ailes pour former une tempête. Dans un éclair, Huoguai s'élança vers Shang.

Le capitaine sauta pour l'esquiver de justesse.

Huoguai était suspendu dans les airs, prêt à plonger une nouvelle fois. Le feu coulait dans ses veines, ondoyait sur sa tête écarlate et ses bras musculeux. Sa queue s'abattait sur le sol autour de lui et écrasait rochers et ossements sous son poids. Face au monstre, même ShiShi semblait petit. Tandis que le lion galopait pour échapper au chaos semé par le démon, Mulan vit Shang préparer une nouvelle attaque.

Je dois les aider, paniqua Mulan. *Je dois traverser ce maudit fleuve.*

Mais comment ? Cette chambre était déserte. Il n'y avait rien d'autre que des os carbonisés, des armes abandonnées, des cratères, des rochers et ces cheminées…

Les cheminées !

Le cratère était hérissé de ces colonnes fines et pointues, semblables aux stalactites de la grotte qui conduisait au Diyu. Mulan se précipita vers la plus grande. Elle devait faire au moins deux fois sa taille, soit environ la moitié de la largeur du fleuve. Et elle était suffisamment fine pour que son idée fonctionne. Elle leva son épée et frappa la base de la cheminée.

Celle-ci était plus légère qu'elle n'y paraissait. Elle était trop crayeuse et ne ferait pas une perche très solide. Dans une autre situation, Mulan aurait craint qu'elle cède sous son poids, mais elle n'avait pas le choix.

Elle recula et attacha l'épée à sa hanche. Elle leva la perche rocheuse au-dessus de sa tête, les mains à hauteur d'épaule, puis elle s'élança, aussi vite que possible, en direction du Fleuve du Désespoir.

Les secondes s'étirèrent.

Elle sauta, en hissant un genou pour s'élever le plus haut possible, et planta l'extrémité de sa perche au fond du fleuve. Elle la sentit s'enfoncer dans la surface du cratère. L'eau glacée lui mordit les mollets et lui coupa la respiration. Mulan n'avait que quelques fractions de seconde avant que la colonne ne s'écroule.

Si elle tombait, elle sombrerait dans les profondeurs du Diyu. À jamais.

Elle serra les jambes et contracta les bras. Le courant puissant lui fouettait les chevilles. Les cris qu'elle avait entendus plus tôt, ceux des fantômes piégés dans l'eau, étaient assourdissants. Mulan n'osait pas baisser la tête. Elle gardait les yeux fixés sur l'autre rive.

Tout ce qui comptait, c'était traverser. Rejoindre Shang et ShiShi.

Elle balança son corps d'avant en arrière. Ses bras brûlaient. Puis elle cria et sauta aussi loin qu'elle put. Les embruns de la rivière l'empêchaient de voir devant elle. Cet instant était peut-être son dernier. La rivière allait peut-être l'engloutir. Elle ne reverrait jamais ses amis.

Puis tout fut terminé. Son corps heurta l'autre côté du Chaudron.

ShiShi la prit entre ses dents et la tira loin du bord. Il la déposa derrière un grand rocher.

— Cache-toi avant qu'il ne te voie.

— Nous devons aller au pilier, dit Mulan en tremblant, les mains toujours serrées autour de la perche.

Elle la lâcha enfin et prit une profonde inspiration pour se décrisper.

— Je peux le distraire.

— Non, protesta Shang. Huoguai te verra. Il garde le pilier. Chaque fois que nous nous en approchons, il nous attaque. Il est trop fort.

— Il a forcément un point faible…

— Poussez-vous ! cria Shang.

ShiShi bouscula Mulan. Une seconde plus tard, un énorme rocher s'écrasa à l'endroit exact où elle s'était trouvée.

— J'ai bien peur que ce soit la fin, petit soldat, déglutit le lion. C'était une aventure honorable.

— Non ! décida Mulan en s'essuyant le visage.

Des gouttes du fleuve glissaient encore sur ses paumes. Elle eut alors une idée.

ShiShi hasarda un coup d'œil en dehors de leur cachette.

— Il revient, constata-t-il, paniqué.

— Le fleuve…, murmura Mulan.

— Qu'est-ce que tu dis ? demanda ShiShi, qui sauta en sentant le sol trembler. Si tu pouvais parler plus fort, le monde est en train de s'écrouler.

— Il faut l'attirer dans le fleuve.

Le lion grogna :

— Tu as perdu la raison, petite ?

— Ce n'est pas bête, souffla Shang. Séparons-nous. Vous deux, courez vers le pilier. Je vais l'attirer vers le fleuve.

— Mais si tu tombes dedans ? s'inquiéta Mulan. Tu ne sais pas voler.

Le visage de Shang se radoucit.

— Fais-moi confiance.

— Attends…, dit Mulan en se relevant. Je viens avec toi.

Il hocha la tête, comme si Mulan était son égale, et non plus sa recrue.

— Ensemble, nous combattrons.

À peine avait-il fini sa phrase que leur cachette explosa dans un tonnerre. Loin au-dessus d'eux, Huoguai riait.

ShiShi grogna et s'élança derrière Shang et Mulan.

— Attendez-moi !

Mulan cria pour attirer l'attention du démon.

— Je suis là ! Tes soldats ne m'ont pas tuée !

— Et moi aussi, je suis là, héla Shang.

Le capitaine se pencha au bord du Chaudron, dangereusement près du fleuve. Les eaux noires se déversaient le long du volcan. Huoguai battit des ailes et plongea vers Shang pour le précipiter dans le Fleuve du Désespoir.

— Maintenant ! lança Mulan.

À son signal, les trois compagnons assaillirent le démon. ShiShi lança un rocher sur l'une de ses ailes, et Mulan planta son épée dans l'autre.

Le monstre hurla et se débattit de toutes ses forces dans les eaux boueuses. Il parvint à s'en extirper et plana juste au-dessus du sol pour reprendre ses forces.

Mulan se précipita vers lui, retira l'épée de son aile et lui infligea un coup de garde dans l'estomac. Le démon, surpris, recula vers l'eau dans un sifflement strident.

Il eut toutefois le temps de lancer sa queue vers Mulan pour l'emporter.

— Mulan ! cria Shang.

Elle ne perdit pas de temps à se débattre ; cette fois, elle avait son épée à la main. Elle lacéra les ailes et les chevilles du monstre, mais il ne faiblissait pas. Il luttait de ses ailes contre le vent puissant. Mulan constata alors avec horreur qu'ils se trouvaient juste au-dessus du fleuve. Elle voyait les eaux noires cascader le long du volcan et disparaître dans les abysses du Diyu. Elle arrêta de se débattre et déglutit.

— Mulan ! l'appela encore Shang depuis le bord du fleuve. Mulan, saute !

Shang avait retrouvé ce qu'il restait de la perche de Mulan. Il la tenait au-dessus de sa tête. Il était dangereusement proche de l'eau.

— Attrape la perche ! cria ShiShi.

Mulan lança des coups de jambes frénétiques pour se rapprocher de la rive, attirant de ce fait le démon vers le bord du Chaudron… et vers Shang.

À cet instant, Huoguai arrêta de se débattre. Il resserra sa queue autour de la taille de Mulan et lança ses griffes vers Shang pour le faire tomber. Le capitaine s'écarta, mais Mulan paniqua. Sa vie ne valait pas celle de Shang. Elle devait agir avant que Huoguai n'emporte le capitaine. Elle planta alors son épée dans la queue du démon.

Le monstre hurla. Il perdit le contrôle l'espace d'un court instant, et Mulan en profita pour s'extirper de l'étau de sa queue et grimper sur ses ailes. Elle s'agrippait où elle le pouvait tandis que Huoguai peinait à reprendre le contrôle de son vol. Des flammes s'élevaient de ses pattes et de sa queue. Il se griffa les ailes en essayant de se débarrasser de Mulan. Sa queue fouettait l'air en produisant des vagues de feu.

Obéissant à un instinct éclairé, Mulan saisit le bout de sa queue et orienta les flammes vers ses ailes. Un panache de fumée explosa vers le ciel. Elle vit les ailes du démon brûler. Il ne ressentait peut-être pas la douleur, mais au moins la parade faisait-elle diversion. Avant qu'il n'ait le temps de l'arrêter, Mulan récupéra son épée, toujours enfoncée dans la queue du monstre, et la planta dans son aile. Elle sentit la lame percer les muscles épais du démon et frotter contre les os. Sans hésiter, elle abaissa sa lame et trancha l'aile à moitié.

Avec un cri assourdissant, la bête commença à tomber en spirale, emportant Mulan vers le fleuve. La guerrière s'accrocha à l'autre aile pour essayer d'orienter le démon vers le Chaudron et sauter sur la terre ferme, mais Huoguai se débattait, résolu à plonger dans la cascade avec elle. Il tenta de fouetter Mulan de sa queue.

Elle n'eut pas d'autre choix que sauter.

Elle savait qu'elle était trop loin. Elle voyait Shang, la perche toujours tendue. ShiShi était à côté de lui, les pattes dressées pour la rattraper. Même si elle avait assez d'élan pour rejoindre la terre, le fleuve était sur son chemin. Elle allait tomber directement dans le courant, au sommet de la cascade, avant de sombrer dans les eaux noires.

Shang l'avait compris aussi. Il serra les dents, enfonça ses pieds dans le sol et sauta vers la cascade pour rapprocher la perche de Mulan.

Tout se déroula en un instant. La perche heurta Mulan en pleine poitrine. L'impact lui fit cracher tout l'air de ses poumons. Dès qu'elle eut repris son souffle, elle enroula ses bras autour de la perche et chercha à en faire de même avec ses pieds.

— Accroche-toi ! dit Shang.

Elle glissait, mais raffermit sa prise.

Shang flottait au-dessus de l'eau !

— Tiens bon ! ajouta-t-il. Je vais te ramener au bord.

Fouetté par les flots, encore peu habitué à son nouveau talent, Shang chancela.

Mulan eut un cri de frayeur quand la perche trembla et que ses pieds se retrouvèrent dans l'eau glaciale. En contrebas, elle voyait Huoguai qui tourbillonnait dans la cascade. Sa chute serait interminable.

— Regarde-moi, ordonna Shang. Pas lui, moi. Je te tiens.

Le visage bleu pâle de Shang vibrait pendant qu'il flottait au-dessus du fleuve.

Ils avançaient à contrevent. Shang perdait de l'altitude, et Mulan sentit son estomac remonter.

— Tu es sûr que tu sais voler ?

— Pas du tout. Accroche-toi !

Mulan pendait sous la perche rocheuse qui s'effritait. Elle eut un mauvais pressentiment et rapprocha ses mains du centre de la perche, où elle était plus solide.

— Ça ne va pas tenir !

— Nous y sommes presque, dit Shang en se penchant vers le Chaudron. Encore un tout petit peu.

Mulan s'efforça de ne pas regarder la perche. Elle la sentait s'émietter entre ses mains.

Shang avait presque regagné la rive. Sa cape caressait déjà le sol cendré. Plus qu'un pas, et ShiShi pourrait les attirer sur la terre ferme. Ils seraient en sécurité.

C'est alors que la perche se brisa. Mulan cria.

Chapitre vingt-cinq

Elle se sentit tomber. Ses doigts passèrent au travers de ceux de Shang. Il ne pouvait pas la rattraper ; il n'était qu'un esprit, à peine plus qu'une ombre. Mulan entendait le rugissement de l'eau dans son dos. Le Fleuve du Désespoir était prêt à l'emporter.

Shang ne pouvait peut-être pas la toucher, elle, mais la Dame de l'Oubli avait indiqué qu'il pouvait toucher tout ce qui appartenait au Diyu…

— L'épée ! s'écria Mulan.

Shang attrapa la lame juste à temps.

— Je te tiens ! dit-il, la mâchoire serrée.

Il tira Mulan par l'épée attachée à sa hanche jusqu'à ce qu'elle puisse passer les bras sur le rebord du Chaudron. Mulan se hissa ensuite au sommet. Elle roula en sécurité, puis se tourna pour regarder par-dessus le bord.

En bas, tout en bas de la cascade, Mulan aperçut Huoguai, piégé dans les eaux sombres du fleuve. Un nuage de vapeur s'élevait au-dessus de sa tête. Le démon se débattait contre les vagues déferlantes. Puis il disparut, emporté par les flots.

Mulan soupira de soulagement.

— C'était moins une.

— Tu as bien failli y laisser ta peau, la sermonna Shang.

Mulan grimaça.

— Je ne pouvais pas laisser Huoguai te plonger dans les profondeurs du Diyu.

— Tu as réussi. Tu l'as vaincu.

— Nous l'avons vaincu. Ensemble.

Mulan inspira pour calmer les battements de son cœur. Son rictus se transforma en sourire doux.

— Et tu voles !

— Je… je ne sais pas comment j'ai fait, bégaya Shang. J'ai eu peur pour toi et quand je t'ai vue tomber dans le fleuve, j'ai… j'ai sauté.

— Vous auriez pu tomber aussi, capitaine.

— Ça en valait la peine. Tu comptes beaucoup pour moi.

Shang détourna les yeux, conscient d'avoir dit quelque chose qu'il aurait préféré garder pour lui. Il s'éclaircit la gorge et s'agita, mal à l'aise.

— Je veux dire, tu es l'un de mes soldats. Tu as fait la même chose pour moi. À l'instant. Merci.

— Je t'en prie.

Mulan ne put se retenir d'afficher un grand sourire devant l'embarras de son capitaine. Le ton qu'il avait utilisé en disant qu'elle comptait l'avait touchée.

— Tu vas bien ? demanda Shang.

— Ma fierté en a pris un coup, répondit ShiShi à la place de Mulan – il grogna en constatant l'état de sa crinière roussie –, mais je suis entier.

Shang tendit l'épée à Mulan.

— Tu es blessée, observa-t-il en voyant son corps recouvert de contusions.

— On s'en occupera plus tard. Regardez.

Elle pointa l'index vers le ciel. Maintenant que Huoguai avait disparu, le monde s'éclaircissait. Les traînées pourpres derrière les nuages s'évanouirent et le ciel redevint bleu comme par une belle journée d'été. Même la fumée se dissipa. Les sifflements des cratères et des cheminées s'arrêtèrent.

Le démon de feu qui gardait le pilier n'était plus. La lune se reflétait sur la pierre noire. Un rayon éclairait un panonceau métallique fixé au pied de la tour. Mulan et ses amis s'en approchèrent fébrilement.

— Vers Youdu, lut Shang. La Cité des Morts. Est-ce là que les fantômes… vivent ? Avant de monter au ciel ?

— La plupart d'entre eux, répondit ShiShi.

— La plupart ?

— Les résidents de Youdu ne méritent pas les chambres de torture du Diyu, mais ils ne méritent pas encore tout à fait le Paradis non plus.

— Mais tous les fantômes y passent un jour ?

— Pas les âmes les plus pures, expliqua ShiShi. Ni les plus corrompues.

Shang ne dit rien. Il avait le visage crispé, perdu dans ses pensées.

Il doit penser que nous n'y arriverons pas, se dit Mulan. *Nous avons perdu trop de temps à combattre Huoguai.*

Elle sauta sur ses pieds sans se soucier de la douleur qui bouillonnait dans son flanc, son bras et sa cheville.

— Venez. Je doute que vous ayez envie de vous attarder ici.

— J'irais plus vite si vous n'étiez pas devant moi, rétorqua ShiShi en montant l'étroit escalier en spirale. Dois-je vous rappeler que j'ai quatre pattes, et vous, deux ?

Le lion talonnait Mulan et montait les marches trois par trois.

Mulan s'appuyait sur la paroi du pilier pour garder l'équilibre. Elle essuya ses mains poussiéreuses sur son pantalon et se tourna vers Shang.

Le capitaine avançait sans sourciller. Contrairement à ShiShi, qui grommelait à chaque pas, Shang restait silencieux. Il levait fréquemment la tête vers la lune de plus en plus sombre.

Mulan suivit son regard. Elle remarqua un miroitement juste à l'aplomb du pilier. Quelque chose reflétait la lueur de la lune. Elle crut dans un premier temps que c'était une étoile, puis se rappela qu'il n'y avait pas d'étoiles, au Diyu.

Serait-ce un miroir ? se demanda-t-elle. Elle avait vu quelque chose de semblable sur le Pont-sans-retour mais n'y avait pas vraiment prêté attention. Elle ne s'en soucia pas davantage cette fois.

Après tout, en quoi un miroir entraverait-il leur chemin vers les Portes du Diyu ?

Chapitre vingt-six

Mulan commençait à s'habituer aux changements brusques de paysage qui survenaient chaque fois qu'ils traversaient l'un des portails du roi Yama. Mais lorsqu'elle avait poussé la porte au sommet du pilier, elle ne s'était pas attendue à déboucher dans un temple calme, paisible.

Des dragons aux yeux dorés s'enroulaient autour des colonnes. Des lanternes jaunes se balançaient aux coins des toits à étages. Au centre du temple se trouvait une statue monumentale de Yama. Ses pupilles, à elles seules, étaient plus grandes que des choux. Sa barbe, sans doute récemment lustrée, étincelait. Mais ce ne fut pas la taille ou l'opulence de la statue qui la surprirent.

— Je n'avais jamais vu Yama sourire, murmura ShiShi, qui grimaçait et faisait écho aux pensées de Mulan. J'imagine que cette statue a été sculptée avant que les dieux ne le placent à la tête du royaume des morts.

— Que faisait-il avant ça ?

— Les légendes disent qu'il était un grand érudit, récita ShiShi. Un homme juste et un comptable brillant. Les Huit Immortels l'ont donc chargé des registres des morts pour l'éternité.

Mulan eut un élan de sympathie pour Yama. Il avait hérité d'une besogne ardue.

— Pas étonnant qu'il fasse tout le temps grise mine.

— Comme tu dis.

Tout autour de la statue, le sol était jonché d'innombrables bâtons d'encens, de saladiers d'oranges et de verres de saké. Le mur était recouvert de centaines de médaillons de bronze représentant le visage de Yama.

— C'est un signe, estima Mulan en longeant le mur. Ces médaillons étaient sur toutes les portes que nous avons franchies.

— Ou bien c'est simplement un hommage à Yama, répondit ShiShi en s'ébrouant pour se débarrasser des cendres dans sa crinière. Je doute que nous trouvions le portail si facilement.

Le gardien avait sans doute raison. De petits panonceaux, similaires à ceux qui étaient placardés près des portails, étaient attachés à chaque médaillon. À la différence que ceux-ci étaient ornés de pampilles rouges qui rappelaient les cartes de vœux que Mulan avait vues dans les temples de son village.

Elle tendit la main vers un médaillon. *S'il vous plaît, faites que ma mère et moi soyons réunis au Paradis.*

Je vous en prie, roi Yama, n'envoyez pas mon frère au Chaudron.

Roi Yama, je vous supplie de prendre soin de ma famille. Permettez à mes filles et mes fils de vivre jusqu'à un âge honorable.

Émue, Mulan s'éloigna des affichettes. Il s'agissait bien de vœux. Des vœux émis par les fantômes de Youdu.

Elle vit que Shang étudiait lui aussi les inscriptions. Il les lisait une à une, comme s'il cherchait quelque chose de précis.

Le lion fronça les sourcils en voyant son reflet dans les flaques grisâtres autour des grandes calebasses. Il leva ensuite les yeux vers la statue.

— Je vous jure que je l'entends se moquer de moi.

Mulan tendit l'oreille. Elle perçut effectivement un murmure, mais il ne provenait pas de la statue.

— Je crois que c'est juste le bruit de l'extérieur.

Elle s'avança dans la pièce et franchit la porte ouverte. Le ciel était bleu nuit mais dégagé, aussi dégagé que celui qu'elle avait contemplé depuis le Pont-sans-retour. Les étoiles tissées sur la voûte dessinaient les tigres, oiseaux, tortues et dragons célestes qu'elle avait vus dans ses livres d'enfant.

À sa grande surprise, elle vit Shang, adossé au mur. Il fixait encore la lune.

— Shang ?

— Hum ?

— Tu n'arrêtes pas d'observer la lune.

— Elle semble différente, vue d'ici. Plus grosse. Plus claire. Mais avec plus d'ombres, aussi. (Il leva le menton vers l'est.) Est-ce le pont que tu as traversé pour venir ?

— Le Pont-sans-retour, précisa Mulan en reconnaissant le passage en pierre qui sillonnait à travers les nuages.

La sortie n'était peut-être pas dans le temple, après tout.

Elle se hâta de descendre les escaliers vers la ville.

— Le pont est au centième niveau. Si nous pouvons le voir d'ici, c'est qu'on doit pouvoir l'atteindre.

— Enfin, s'impatienta ShiShi. J'ai besoin d'un peu d'air frais. Où va-t-on ?

Mulan s'arrêta dans la rue, sans trop savoir quoi lui répondre.

« Suis la lune », lui avait dit Ren. Mais à Youdu, la lune était partout. Et, remarqua-t-elle, le visage de Yama était placardé sur *toutes* les portes.

Parfait, pensa-t-elle. Elle redressa les épaules. Elle n'abandonnerait pas.

— On pourrait demander, suggéra-t-elle. Il y a bien quelqu'un ici qui connaît le chemin.

Le problème était qu'il y avait *trop* de monde à qui demander. La cité s'étendait à perte de vue. Youdu était une ville colorée, entre ses cerfs-volants éclatants, ses toits aux tuiles bleues et ses lanternes en forme de soleil. Des marchands ambulants étaient alignés dans les rues pavées. Des chariots remplis de concombres, de poisson et d'oranges trottaient çà et là, croisant des pousse-pousse et des fantômes chargés de seaux de farine ou d'eau. Des démons à tête de porc découpaient des poulets et des canards. Des fantômes jouaient au mah-jong sur les toits. Trois spectres à la barbe raide confectionnaient des raviolis dans un coin.

— Nous n'avons pas le temps d'interroger tous les fantômes et tous les démons, dit ShiShi. Le soleil se lèvera bientôt sur Terre. La lune est déjà…

— Je sais, l'interrompit Mulan en observant le ciel.

Il ne restait qu'un fin contour de lune. Tout le reste était plongé dans l'obscurité.

— Laisse-moi réfléchir une minute. Si c'est bien le dernier niveau avant les portes, tout le monde ne doit penser qu'à sortir d'ici. Il y a forcément quelqu'un qui sait comment faire.

Mulan s'approcha du premier fantôme qu'elle vit, un homme qui portait un panier de carottes.

— Excusez-moi, monsieur, savez-vous comment…

— Pousse-toi de là, cracha-t-il. T'es au milieu du chemin.

Mulan fronça les sourcils, mais inclina la tête.

— Veuillez m'excuser. Je cherche juste le chemin vers le centième niveau.

Un autre fantôme, une femme qui l'avait entendue, grimaça :

— Comme nous tous. Tu y accéderas quand le roi Yama aura décidé que tu es prête.

Compte tenu du pari qu'elle avait conclu avec le souverain des Enfers, ce jour ne risquait pas d'arriver.

— N'y a-t-il pas un autre moyen ? insista Mulan. Et le pont ?

Les fantômes ne prirent même pas la peine de lever la tête.

— Quoi, le pont ?

— Il n'y a pas de porte pour y aller ?

La femme haussa les épaules.

— Il paraît que la Chambre des Miroirs se trouve ici.

— La Chambre des Miroirs ? intervint un autre fantôme.

La conversation commençait à attirer une petite foule de curieux.

— Même si elle se trouvait à ce niveau, pourquoi voudrait-on s'y frotter ?

— Mieux vaut attendre sagement ici, confirma le spectre aux carottes. J'ai entendu dire que si on échouait au test, le roi Yama vous retenait prisonnier dans un miroir pour toujours.

— Où se trouve cette chambre ? demanda Mulan.

— Probablement près de la Cour de la Justice terrestre, suggéra la femme en pointant du doigt le nord, où se dressaient de hautes pagodes et des pavillons derrière des immeubles ramassés. Mais j'y réfléchirais à deux fois avant d'y aller, si j'étais toi.

— Personne ne quitte la Chambre des Miroirs, ajouta un fantôme. Tu ferais mieux d'attendre. Ton tour viendra.

— Après tout, il n'y a pas d'urgence, dit un autre avec un regard en coin.

Il valait mieux ne pas s'attarder là.

— La Chambre des Miroirs, répéta Mulan. Je vous remercie.

Elle se faufila hors de la foule et rejoignit ShiShi et Shang, qui l'attendaient près des étals de fruits. Elle s'apprêtait à demander à Shang s'il pouvait s'envoler jusqu'au toit pour repérer la fameuse chambre, mais elle remarqua que son attention était tournée ailleurs.

Elle sentit sa gorge se serrer. Ils avaient vaincu Huoguai, ils n'avaient plus qu'un niveau à franchir pour atteindre la sortie. Pourtant, depuis qu'ils avaient quitté le Chaudron, Shang n'était plus lui-même. Certes, il n'était pas du genre à étaler ses émotions, mais il n'était généralement aussi pensif que lorsqu'il définissait une stratégie ou analysait les points faibles de ses ennemis. Or, toutes les batailles avaient été remportées… alors pourquoi se comportait-il comme s'il avait omis quelque chose d'essentiel ?

Inquiète, Mulan s'approcha de lui.

— Shang…

— Tu es de retour, la coupa le lion, qui n'avait pas remarqué l'état du capitaine. Qu'as-tu découvert ?

Mulan laissa tomber sa main le long de son corps.

— Nous devons trouver la Chambre des Miroirs.

— Et où devons-nous chercher ?

— L'un des fantômes a dit que nous devrions aller voir du côté de la Cour de la Justice terrestre.

ShiShi hocha la tête et ouvrit la marche dans les rues animées. Mulan avançait à côté de Shang.

— Que se passe-t-il ? demanda-t-elle à voix basse.

— Rien, répondit le capitaine, les lèvres serrées.

— Tu as peur que nous ne sortions pas à temps ? s'enquit-elle en contournant un groupe de marchands. Nous y arriverons.

— Ce n'est pas ça.

Il tourna vivement la tête, l'œil attiré par quelque chose. Mulan se retourna et vit un fantôme âgé, à la barbe bien taillée et vêtu d'une cape rouge. Comme le général Li. Mulan comprit enfin.

— C'est ton père, n'est-ce pas ? Tu penses qu'il est ici ?

— Non. Tu m'as dit qu'il se cachait de Yama en attendant de partir pour le Paradis, et je te crois. C'est juste…

— Quoi ?

— J'espérais simplement avoir une chance de le revoir. Avant de quitter le Diyu.

Sa confession toucha Mulan au plus profond de son être. *Voilà* à quoi il pensait depuis tout ce temps. Le chagrin lui pinça le cœur. Ils avaient été si pressés de trouver la sortie que Mulan n'avait même pas imaginé que Shang voudrait revoir son père. Et maintenant qu'ils touchaient au but, le capitaine semblait avoir des réticences à partir sans le saluer une dernière fois.

— On pourrait le chercher.

— Nous n'avons pas le temps. La cité est bien trop grande. Et si ça se trouve, mon père est déjà dans l'au-delà.

Elle déglutit. Elle ne savait pas comment le réconforter. Devant eux, ShiShi ralentit. Elle remarqua ses oreilles dressées. Il écoutait.

— Parle-moi de ton père, Shang. Je n'ai pas eu le loisir de discuter longtemps avec lui.

Shang hésita.

— Quand j'étais petit, il... il n'était presque jamais là. Et quand je le voyais, j'avais peur de le décevoir, de ne pas être à la hauteur de ses attentes. (Il inspira profondément.) J'aurais aimé passer plus de temps avec lui. Il était toujours en service. Je crois que si je me suis engagé dans l'armée, c'est dans l'espoir de le voir plus souvent. Qu'il soit fier de moi. Mais cette chance est passée, désormais.

ShiShi s'arrêta.

— Ton père est fier de toi, Li Shang. Il avait ton âge quand je suis devenu son gardien. Il était têtu, comme toi. Intrépide, comme toi. Ah, nous nous sommes disputés plus d'une fois ! Ton père m'écoutait rarement, mais c'était un homme intègre, courageux et fier. Sa mort a été difficile à accepter pour moi aussi. Tu lui ressembles tellement, Li Shang. Chaque fois que je te regarde, c'est lui que je vois. Et cela adoucira la douleur de l'avoir perdu, peu à peu.

Une étincelle passa dans les yeux de Shang. Mulan vit qu'il était profondément ému, mais qu'il s'efforçait de ne rien laisser transparaître. Elle posa une main sur son bras. Même s'il ne pouvait pas la sentir. Elle voulait lui montrer qu'elle était là pour lui.

— Merci, dit Shang dans un murmure. Merci à vous deux.

À en croire les panneaux, ils n'étaient plus qu'à quelques encablures de la Cour de la Justice terrestre. ShiShi se remit en route quand Shang pointa du doigt un fantôme qui pariait sur un toit.

— N'est-ce pas ton ancêtre, Mulan ?

En effet : Ren portait maintenant un chapeau de paille cachant son crâne dégarni. Elle reconnut sa silhouette fine et sa robe de bure.

— Ren ? appela Mulan. Cousin Ren ?

Son aïeul écarquilla les yeux en la voyant. Il murmura quelques mots à l'intention de ses amis, fourra ses dominos dans une poche et ouvrit un éventail pour se cacher le visage.

— Ren, je sais que c'est vous.

Mulan s'agrippa à une poutre qui soutenait la maison sur laquelle les fantômes jouaient et entreprit de l'escalader.

En la voyant approcher, Ren paniqua et voulut s'enfuir sur le toit voisin, mais Mulan était trop vive. Elle remarqua qu'il avait oublié sa canne et s'en servit pour le faire trébucher.

— Aïe !

Penaud, son ancêtre flotta jusqu'au sol.

— Tiens, cousin Ping, quelle surprise de te voir ici.

Shang attrapa Ren par le col et le souleva.

— Je croyais que vous ne pouviez pas aller au-dessus du quatre-vingt-dix-septième niveau.

Ren réprima un petit rire nerveux.

— Pour être franc, capitaine, c'est Liwei qui a dit ça.

Shang ne s'en contenta pas.

— Vous nous avez menti.

— Hum, à vrai dire… voyez-vous, capitaine, c'est une longue histoire…

Shang resserra sa poigne, et Ren porta la main à son cou.

— Argh ! Et j'aurai du mal à vous la raconter si vous m'étranglez !

Mulan posa les mains sur ses hanches.

— Laisse-le descendre, Shang.

Le capitaine lâcha le fantôme. Celui-ci essaya de nouveau de s'enfuir, mais Shang avait posé le pied sur sa robe.

— Économisez votre souffle, vous n'arriverez pas à me distancer.

— Bien vu, admit Ren en frottant sa robe et en redressant son col.

Mais il devait maintenant faire face à Mulan. Elle bouillonnait de colère en se rappelant les dangers qu'ils avaient dû traverser à cause de lui. Il avait même affirmé que le Chaudron n'était pas sur leur chemin ! Ils avaient perdu beaucoup de temps. Pire encore, ils avaient frôlé la mort.

Elle croisa les bras.

— Quel genre de moine êtes-vous, Ren, pour mentir aussi éhontément ?

— Ho-Honnêtement, cousin Ping, bégaya-t-il, je ne pensais pas que nous nous verrions ici. Vous voyez, j'ai comme qui dirait un petit… problème de jeu. Et je dois une coquette somme à Jiao, là-bas.

Mulan leva les yeux et reconnut le fantôme à lunettes du Pont-sans-retour. Ses lèvres s'étirèrent en un rictus sardonique. Il leva la main pour la saluer.

— De nombreux fantômes ont parié sur le niveau que tu atteindrais dans le Diyu avant de mourir. (Ren releva ses manches.) Moi, j'avais parié sur ton combat contre Huoguai.

Il vit le regard menaçant de Shang et se racla nerveusement la gorge.

— J'avais parié que tu l'emporterais, bien sûr. Vois-tu, les fantômes ont la mauvaise habitude de parier sur tout et n'importe quoi. Ça fait passer le temps. Mais je ne pourrai pas partir d'ici si j'ai des dettes…

Elle comprenait maintenant pourquoi tant de fantômes avaient tenté de freiner leur progression. Ce n'étaient pas des esprits vengeurs, loin de là, c'étaient seulement des parieurs pathologiques !

— Laissez-moi deviner, fit Mulan en lui rendant sa canne. Jiao a aussi parié que nous n'atteindrions pas le sommet. Et il a dit que si vous nous emmeniez sur le mauvais chemin, toutes vos dettes seraient effacées ?

— Je ne vous ai pas égarés.

Mulan croisa les bras.

— Vous nous avez volontairement envoyés au Chaudron alors qu'il y avait un autre chemin.

— Je n'ai pas fait exprès ! insista Ren.

Il s'appuya sur sa canne et porta son chapeau devant sa poitrine.

— Je vous avais dit que vous traverseriez quelques chambres peu chaleureuses.

— Vous n'avez rien dit au sujet de Huoguai, lança Shang entre ses dents.

Ren grimaça.

— Je pensais que vous l'auriez contourné…

— Contourner un démon de feu ? gronda ShiShi. Tu as dû rêver, l'ancêtre.

— C'était le chemin le plus rapide, assura encore Ren sous les regards menaçants de Shang et de ShiShi. Qui plus est, je savais que vous finiriez par le battre.

— Tiens donc ? grogna le gardien.

Ren tenait maintenant son chapeau comme un bouclier.

— Cousin Ping, implora-t-il, tu es très malin. Tout le monde est heureux que Huoguai ait disparu. Ce sera bien plus facile de circuler au Diyu.

— Alors, maintenant, c'est grâce à toi qu'elle est devenue une héroïne ? s'emporta ShiShi. Tu aurais pu nous faire tuer !

— « Elle » ? répéta Ren.

Mulan soupira. Autant être honnête.

— Je suis bien Fa Mulan. J'ai inventé le nom de Ping pour ne pas être reconnue en prenant la place de Baba à l'armée.

Ren siffla.

— Tu as menti à ta famille ? Ça me rappelle quelque chose.

— Elle l'a fait pour une bonne cause, intervint Shang, pas pour payer ses dettes de jeu. Vous n'avez rien en commun. Rien du tout.

Mulan baissa les bras.

— Ren, nous avons besoin de votre aide. Nous devons aller au centième niveau. Connaissez-vous le chemin ?

— J'ai bien peur que non, répondit-il en replaçant le chapeau sur sa tête. Vraiment. C'est ici que nous attendons d'être envoyés au Paradis ou d'être réincarnés. Nous ne montons que lorsque le roi Yama nous appelle.

— Nous n'avons pas le temps d'attendre ! aboya ShiShi.

Mulan gardait son calme.

— Un fantôme a parlé de la Chambre des Miroirs.

Ren fit une grimace.

— Et vous voulez y aller ?

— Savez-vous où elle se trouve ?

— Tout le monde le sait. C'est dans le quartier de la Perle.

Il dut voir une étincelle d'espoir traverser les yeux de Mulan et ajouta aussitôt :

— Mais ne vous faites pas d'illusions. La légende dit que ceux qui y pénètrent n'en ressortent jamais.

— Nous devons essayer. Pouvez-vous nous y conduire ?

— Ce n'est pas la porte à côté, mais je peux vous montrer le chemin… Enfin, si le capitaine Li Shang avait l'amabilité de lever le pied de ma robe.

Shang lui adressa un regard noir et le libéra.

Ren déglutit et se mit en route avec un hochement de tête. Pour un fantôme avec une canne, il se déplaçait rapidement. Il les guida à travers le marché et dans les entrailles de Youdu jusqu'à déboucher sur un chemin pavé entouré de grandes pagodes en tuiles d'or. Une file de fantômes s'enroulait devant le plus grand des bâtiments.

— Qu'attendent-ils ? demanda Mulan, qui devait presque courir pour suivre son ancêtre.

— C'est la cour de justice, expliqua Ren.

Un grand gong se balançait au centre de la cour.

— Ils attendent que le roi Yama les appelle au Paradis.

À côté de Mulan, Shang scrutait la file de fantômes avec attention mais ne trouva aucun signe du général Li.

Ren tourna soudain à droite dans une allée étroite. Il traversa une autre place et monta sept marches. Ils arrivèrent alors devant une boutique d'antiquités abritée par un auvent acajou usé.

— « La Chambre des Miroirs », lut ShiShi sur la porte. C'est un magasin !

— Je vous avais dit que ce n'était qu'une légende, répliqua Ren. Maintenant, partons avant que le patron ne nous voie et…

Ren n'eut pas le temps de terminer sa phrase. Le patron en question, un vieillard coiffé d'un chapeau d'érudit noir, apparut sur le seuil.

— Qu'est-ce que vous faites devant ma boutique, bande de voyous ? Vous ne voyez pas que nous sommes fermés ?

— Nous cherchons un moyen de quitter le Diyu, annonça Mulan. Nous espérions que vous pourriez nous aider.

Le commerçant fit glisser ses lunettes sur son nez et inclina la tête vers Mulan.

— Aider un mortel ? Les mortels ne sont pas les bienvenus à Youdu. J'ai bien peur d'être obligé de donner l'alerte.

— Non, s'il te plaît ! s'exclama Ren en se jetant dans la porte pour empêcher le vieillard de sonner la cloche. Zhen, c'est une situation à part… Elle est de la famille.

En voyant Ren, l'homme sortit complètement de l'échoppe. Mulan s'étonna de voir que son corps était presque entièrement recouvert de fourrure brune… comme un singe. Il avait même une queue.

— Fa Ren, dit Zhen en claquant la langue. Alors, après soixante-dix-neuf ans, tu t'es enfin décidé à venir rembourser tes dettes. Tu me dois huit pièces d'or.

— Ce n'est pas pour ça que je suis là, mais j'aurai bientôt l'argent. Je te le promets.

— Tu le promets ? répéta Zhen en toisant le quatuor, et plus particulièrement ShiShi. Il n'y a pas de sortie, ici. Maintenant, partez avant que j'appelle les gardes.

Zhen fit demi-tour pour rentrer dans sa boutique, mais Mulan bloqua la porte avant qu'elle ne se referme.

— C'est la Chambre des Miroirs, n'est-ce pas ? Tous les fantômes du marché disent que la sortie du Diyu est par ici.

— Quelle insolence ! grogna Zhen en voyant Mulan refuser de lâcher la porte. Tout le monde quitte le Diyu de la même manière. Vous mourez, vous purgez votre peine, puis vous attendez devant la cour de justice que le roi Yama vous appelle.

— Je vois, dit Shang en inclinant la tête pensivement. C'est étrange qu'un savant ait été nommé antiquaire.

— En effet, acquiesça ShiShi. J'aurais cru qu'un homme aussi sage aurait eu les faveurs du roi Yama. Ces couvre-chefs ne sont délivrés qu'aux esprits les plus brillants.

— Il a dû s'attirer les foudres de Yama, suggéra Shang. Sinon, il ne serait pas enfermé dans une boutique de vieilleries déserte. Regarde, il n'y a même pas un seul client.

— Ce n'est pas un simple magasin d'antiquités ! s'offusqua Zhen avant de se pincer les lèvres, conscient d'en avoir déjà trop dit. Allez-vous-en. Le magasin est fermé.

— Écoute, Zhen, reprit Ren. Ne punis pas la fille à cause de moi.

— C'est toi qui as dit qu'elle était de ta famille. Compte tenu de ta réputation, ça ne m'inspire rien de bon.

— Laisse-lui une chance.

— Inutile, trancha Zhen. Elle ne passera pas la Chambre des Miroirs.

— Comment le savez-vous si vous ne me laissez pas essayer ? intervint Mulan. Je vous en prie. Si nous ne quittons pas le Diyu, le capitaine Li Shang mourra.

— Et Fa Mulan sera piégée ici à jamais, changée en démon, précisa Shang.

Mulan observa la moue de Zhen. L'éventualité que quelqu'un soit transformé en démon sembla faire vibrer une corde sensible en lui. Elle se redressa pour le regarder droit dans les yeux.

— Pour cette raison, je vous le demande : est-ce que la Chambre des Miroirs mène à la sortie du Diyu ?

Zhen tapotait ses doigts sur le bout de sa queue.

— J'ai entendu ton histoire, soldat. Tes amis et toi avez combattu de nombreux démons pour arriver ici. Vous avez même vaincu Huoguai. Mais dans la Chambre des Miroirs, les seuls démons sont en toi, prévint-il en lui enfonçant l'index dans le bras. Bien peu en sont ressortis vivants, encore moins victorieux.

Un frisson parcourut l'échine de Mulan. Une bataille contre elle-même ? Comment était-ce seulement possible ?

— Je veux y aller, déclara-t-elle.

Zhen la sonda de ses yeux perçants. Elle soutint son regard, refusant de baisser les bras.

— Intéressant.

L'antiquaire laissa échapper un son à mi-chemin entre le soupir et le rire.

— Bien, si tel est ton désir. Je vais te laisser entrer. Mais je t'avertis… Une puissante magie est à l'œuvre dans cette chambre. Elle ne te laissera sortir que lorsqu'elle jugera que tu es prête.

Mulan hocha la tête. Zhen poussa alors la porte derrière lui pour qu'elle se glisse dans l'entrebâillement.

— Elle seule peut entrer, indiqua Zhen en empêchant Shang et ShiShi de passer.

— Je l'accompagne, insista Shang.

— Toutes mes excuses, capitaine, mais ce sont les règles. Il y a une auberge au bout de la rue qui prépare une soupe aux raviolis passable et qui accepte de servir les esprits comme les gardiens. Installez-vous, vous y resterez un moment.

— Tout ira bien, le rassura Mulan.

— Je n'aime pas ça, protesta Shang. Et si c'était un piège ?

— Ce n'en est pas un.

— Pas d'armes ! dit brusquement Zhen en agitant la main vers l'épée de Mulan.

Elle ravala sa salive et déposa son épée entre les mains tendues de Zhen.

— Tu devrais faire tes adieux, ajouta-t-il sans un sourire.

Mulan se rembrunit et se tourna vers ShiShi, Ren et Shang. Le capitaine avait la mâchoire et les poings serrés.

— Nous nous verrons bientôt, dit-elle en attardant son regard un peu plus longtemps sur Shang.

J'espère.

Sans un autre mot, Mulan s'engouffra derrière la porte en bois.

Son cœur tambourinait. Elle pénétra dans la Chambre des Miroirs. De faibles éclats de lumière dansaient en lentes vagues au-dessus de sa tête, comme celles qu'elle avait vues sur le Pont-sans-retour.

Elle tendit la main pour toucher les lumières, mais la porte se referma violemment derrière elle et se verrouilla.

Elle tourna sur place.

Zhen avait disparu, de même que la porte d'entrée. Les lumières qui l'avaient accueillie s'étaient évanouies. Elle était plongée dans l'obscurité.

Elle était prise au piège.

Chapitre vingt-sept

Mulan essaya de rester calme. Elle fit trois pas prudents dans la chambre. Jusque-là, il n'y avait ni rochers brûlants, ni arbres tentaculaires, ni pavillons dorés au loin. Non, pour une fois, la chambre était effectivement une chambre, assez longue et vide pour que sa respiration et ses pas résonnent. Sauf qu'en apparence, il n'y avait aucune sortie.

Les secondes s'égrenaient tandis que son appréhension grandissait. Il faisait aussi sombre que par une nuit d'hiver et elle était incapable d'évaluer la taille de la pièce. Elle tendit les mains à l'aveuglette devant elle et marcha jusqu'à toucher un mur. Il était lisse et froid comme le verre. Elle s'agenouilla. Le sol était en verre, lui aussi.

Des miroirs, comprit Mulan. Ses yeux s'habituaient à l'obscurité. Des miroirs du sol au plafond. Pourtant, pas un seul ne lui renvoyait son reflet.

— *Viens*, soufflèrent les miroirs. *Approche. Plus près.*

— Qui est là ? demanda Mulan. Montrez-vous. Je suis prête.

Les voix rirent. Elles se firent plus nombreuses et plus fortes.

— *L'es-tu vraiment ?*

— *Personne n'est prêt. Pas même toi, Fa Mulan.*

Mulan se retourna. Elle était seule dans la pièce. Seule avec les miroirs.

Elle grimaça. Était-ce un jeu ?

— Où êtes-vous ?

— *À l'intérieur*, dirent les voix. *Approche-toi. Regarde dans nos yeux. Nous pourrons alors commencer.*

Elle ne parvenait pas à savoir de quel miroir provenaient les voix, mais une douce lueur brune s'alluma sur sa gauche. Le miroir avait la forme d'une tombe et lui faisait penser aux pierres érigées dans son temple familial. Une fine bande de bronze l'entourait. Lorsqu'elle s'approcha, elle vit le verre s'embrumer et tourbillonner.

Fa Zhou apparut. Il était appuyé sur sa canne. Quand il la vit, ses sourcils se froncèrent d'étonnement.

— Ah, Mulan, tu es revenue de la guerre.

Mulan se tendit. Encore une illusion. Son pouls accéléra. Elle se souvint de comment elle s'était laissé happer par le piège de Meng Po. Elle avait tellement voulu rendre ses parents fiers d'elle, alors que ce n'était qu'un mirage.

Pas cette fois, dit-elle en se préparant à affronter le reflet de son père. Cette fois, elle jouerait le jeu, mais elle n'oublierait pas.

— Oui, père.

— Et ?

Fa Zhou se pencha en avant sur sa canne. Ses cheveux grisonnants sur les tempes étaient plus blancs que dans le souvenir de Mulan.

— Qu'as-tu à nous dire ?

— Les Huns sont vaincus. L'empereur est en sécurité, annonça Mulan en s'inclinant. Je suis de retour et j'agirai en fille obéissante.

— Obéissante ? s'étonna Fa Zhou. Ta mère croyait que tu avais péri au combat.

Mulan baissa les épaules. Elle s'était imaginé cette conversation des centaines de fois. Elle se voyait revenir de la guerre : son père serait-il fier d'elle ? Ou bien déçu qu'elle l'ait trompé ? Certaines nuits, elle en perdait le sommeil, trop inquiète que son père la dévisage avec le même regard que l'imposteur devant elle.

Comme si elle était la pire honte qui soit.

Ne le laisse pas t'affecter. Joue le jeu.

— Je ne suis pas morte, dit-elle doucement.

— Tu oses venir ici, sans prévenir, après être partie sans un mot. Après avoir volé mon armure et ma place à l'armée. Qu'est-ce qui te fait croire que ta mère et moi accepterons ton retour ?

— J'essayais de te sauver.

— Tu aurais mieux fait de me laisser partir.

— Tu te serais fait tuer !

Fa Zhou frappa le sol de sa canne.

— Je préfère mourir avec honneur plutôt que vivre avec la honte que ma fille unique a portée sur cette maison.

Ses mots furent aussi douloureux qu'un coup de poignard en plein cœur. Pourtant, Mulan savait que tout cela n'était que magie, qu'une illusion de son père créée de toutes pièces par la Chambre des Miroirs.

Elle courut d'un mur à l'autre pour trouver une sortie, mais le visage de Fa Zhou apparaissait dans chacun des miroirs. Elle ne pouvait y échapper.

— Ce sont des mensonges. Mon père ne dirait jamais cela.

— *Tu le crois vraiment ?* soufflèrent les voix des miroirs.

Elles étaient dans sa tête, désormais. Ses tempes bourdonnaient. La question lui hantait l'esprit.

— J'en suis sûre.

Elle secoua la tête. Elle songea à son dernier jour chez elle. Ces moments étaient gravés dans sa mémoire. Après le fiasco de son examen avec la marieuse, elle était partie au jardin. Elle se morfondait, seule, quand son père était venu s'asseoir près d'elle.

Quelle superbe floraison nous avons cette année, avait-il souligné. *Mais regarde ! Celle-ci est en retard. Pourtant, lorsqu'elle s'épanouira, elle sera pour moi la plus magnifique de toutes.*

Son père avait toujours trouvé les mots pour la réconforter. Mulan se répétait parfois ces paroles.

Comme si le Fa Zhou des miroirs pouvait lire dans ses pensées, il ouvrit la paume et révéla une fleur. Les pétales s'affaissèrent dans sa main, desséchés, fanés.

— J'avais tort, dit-il en écrasant la fleur dans son poing. Cette fleur ne s'épanouira jamais. Elle est morte, pour moi.

Mulan observa les flocons de pétales tomber au sol. La colère monta dans sa poitrine, si serrée qu'elle peinait à respirer. Comment ce pâle reflet osait-il gâcher l'un des souvenirs les plus tendres de son père ?

— Mon père m'a aidée à connaître ma force intérieure, lança Mulan d'un air de défi. Lorsque j'étais petite, il m'a dit que la vie était un voyage dont le chemin bifurquait selon mes choix. Il m'a dit de ne pas avoir peur de suivre une route difficile, car la seule qui vaut la peine d'être suivie est celle du cœur.

Elle attendit, mais le Fa Zhou du miroir ne répondit rien.

— Mon père comprendrait ce que j'ai fait. Il croit en moi.

— Je *croyais* en toi, corrigea le reflet. Parce que je te faisais confiance. Sais-tu à quel point ta mère s'est fait du mouron quand nous avons découvert que tu étais partie ? Sais-tu à quel point tu as mis ta famille en danger en te faisant passer pour mon fils – un fils qui n'existe même pas ? Peu importe si tes intentions étaient louables. Les risques étaient trop grands. Ils ne peuvent être pardonnés.

Était-ce vraiment ce que penserait Baba ? Mulan déglutit. Le doute la gagnait, malgré tous ses efforts pour l'étouffer.

Sa mère apparut auprès de Fa Zhou. Elle portait un plateau de thé. Le désarroi marquait son visage. Elle n'osait pas regarder Mulan dans les yeux.

— Baba a raison, ajouta Fa Li en passant une tasse de thé à son époux. Tout le monde a vu le conseiller de l'empereur lui remettre son avis d'enrôlement en main propre. Les voisins se demandent pourquoi ton père n'est pas parti.

Mulan jeta un coup d'œil à son père. Il était assis, en silence. Il tenait sa tasse sans boire. Il ne la regardait plus.

— Un secret aussi lourd ne peut être gardé pour toujours.

— Je ne voulais pas…

— La guerre a brisé le corps de ton père, mais tu as brisé son cœur, Mulan.

Mulan en eut le souffle coupé. Elle sentit ses genoux se bloquer et sa respiration se faire haletante. Elle ne pouvait nier que la santé de son père était précaire. Mulan s'était toujours targuée d'aider sa mère à prendre soin de lui : elle lui tenait compagnie pendant sa promenade matinale, veillait à ce qu'il se couvre suffisamment lorsqu'il faisait froid et qu'il mange assez de carottes, de chou et de céleri au dîner.

Et depuis qu'elle était partie de chez elle en pleine nuit, elle n'avait eu de cesse de penser au cœur de son père.

Fa Zhou s'étouffa avec son thé. Fa Li lâcha son plateau et se précipita vers lui pour l'aider.

— Tu vois comme il est faible ? la réprimanda encore sa mère. C'est à cause de toi. Tu n'aurais pas dû revenir.

— Non ! s'écria Mulan en courant vers les miroirs, mais l'image de ses parents s'était déjà effacée.

Elle serra les poings.

— Ce n'est qu'une perfidie. Mes parents ne me renieront pas. Ils ne m'abandonneront jamais.

— *Est-ce si invraisemblable ?* demandèrent les voix mystérieuses. *Tu les as déçus, Mulan. D'abord en échouant à te trouver un époux, puis en fuyant ton échec.*

— J'essayais de les aider.

— *Tu es partie pour toi-même. C'est ce que tu as dit au capitaine Li Shang, et c'était la vérité. Tu es partie parce que tu es égoïste. Tu ne trouveras jamais la reconnaissance que tu recherches. Ni chez toi ni à l'armée. Nulle part. Tel est ton destin, Fa Mulan.*

Avant qu'elle ne puisse répondre, les miroirs s'embrumèrent de nouveau. Cette fois, toute la chambre prit vie : chaque miroir reflétait l'image d'un voisin des Fa. Bientôt, tout le village occupa l'espace. Les habitants chuchotaient entre eux juste assez fort pour que Mulan les entende.

— C'est elle. Elle est revenue.

Les murmures s'amplifièrent.

— Tu as vu comment elle est habillée ? se moquaient les femmes. Un pantalon !

— Et ses cheveux, ils sont si courts ! Tu as vu comme elle marche ? Avec le menton relevé comme si elle était l'impératrice. Quelle effrontée !

— Ma fille se ferait passer un savon si elle se pavanait comme ça.

Mulan ne réagit pas, même si les insultes faisaient remonter la profonde solitude qu'elle avait ressentie dans la Galerie des Forêts résonnantes. Tout semblait réel, mais elle avait passé suffisamment de temps au Diyu pour ne pas se laisser leurrer par cette magie. Elle était mise à l'épreuve, mais comment ? Comment pouvait-elle sortir de cette pièce ? En se laissant insulter ? Ou en répondant ?

— Je pensais qu'elle était juste maladroite, dit le pâtissier.

— Elle déshonore le nom de son père.

— Pour qui elle se prend ? Son père était un grand guerrier.

— Dommage qu'ils n'aient jamais eu de fils.

— Tu te souviens que Fa Zhou laissait toujours sa fille courir partout ? Il lui avait même donné un cheval. Eh bien, regarde le résultat.

— Je n'arrive toujours pas à croire qu'elle s'est enfuie pour s'engager dans l'armée.

— Peut-être qu'ils l'ont forcée. Le vieil homme peut à peine tenir debout. Ça ne m'étonnerait pas que l'idée vienne de lui.

— Mon père n'a rien à voir avec mon départ ! rétorqua Mulan. C'était mon choix.

— Les femmes n'ont pas le choix. Si l'empereur avait voulu des femmes dans son armée, il l'aurait dit. Tu es une traîtresse.

Ce n'est pas réel, se répéta-t-elle intérieurement. *Ce n'est pas réel.*

— Traîtresse !

— Je ne suis pas une traîtresse ! cria Mulan. Je l'ai fait pour mon père.

— Traîtresse ! Traîtresse !

Les villageois l'accusaient de toutes parts. Ils criaient si fort que Mulan ne parvenait même plus à distinguer leurs insultes. Elle les laissa faire. Elle pouvait le supporter.

Soudain, une petite fille lui jeta un bouquet de fleurs fanées aux pieds.

Le geste, si soudain et inattendu, la choqua. Elle fixa la petite fille, dont les cheveux noirs avaient été tressés sur les côtés et décorés d'une simple fleur.

Elle me ressemble tellement, songea Mulan.

— Comment as-tu pu, Fa Mulan ? dit la petite fille d'une voix plus triste qu'en colère. Comment as-tu pu mentir à tes parents et les déshonorer de la sorte ?

— Je ne le voulais pas, murmura Mulan. Je ne le voulais pas.

Les défenses de Mulan chancelaient. D'autres enfants apparurent dans les miroirs. Tous jetèrent des fleurs fanées.

Ils ne comprendront jamais, se dit-elle. *Ils déforment tout ce que je dis.*

Mulan se mit à courir à travers la foule. Les villageois s'écartèrent sans manquer de siffler et de cracher sur son passage. La pièce n'était pas grande, et elle risquait de heurter le mur. Mais quand elle leva les yeux, elle se retrouva au camp d'entraînement, avec les autres soldats.

Elle se retourna. Son village avait disparu, y compris sa maison. Il n'y avait plus que les montagnes qui dominaient le paysage, ainsi qu'une rangée de tentes familières. Et une collection d'épées, d'arcs et de flèches.

Shang apparut. Son visage trahissait le mépris qu'il éprouvait envers elle.

— Qu'est-ce que tu fais là ? Je t'ai dit de rentrer chez toi.

Mulan tint bon. Elle leva la tête vers le capitaine. Encore une illusion de la chambre.

— C'est justement pour ça que je suis là. J'essaye de rentrer chez moi.

Shang la regarda de haut. Sans la glace dure sous ses pieds, elle aurait pu oublier que tout cela n'était qu'un mirage, une simple projection du Shang qui l'attendait dehors. Qui attendait d'être libéré. Chaque seconde passée dans la Chambre des Miroirs paraissait plus réelle que la précédente, de la sueur sur le front de Shang aux plis de sa chemise. Les oriflammes derrière lui claquaient au vent. Mulan crut même sentir le parfum des pins de la forêt.

Shang grimaça.

— Dire que je t'ai considérée comme mon amie. Je ne pensais pas pouvoir me tromper à ce point.

— Je *suis* ton amie.

— Amie ? rit Shang. J'ai failli mourir à cause de ta stupidité sur le col Tung-Shao. Shan-Yu se tenait juste devant toi, et tu l'as raté ! Sais-tu pourquoi tu ne pouvais pas le battre ?

— Parce que t'es une fille ! lança son ami Yao, derrière elle.

Il était accompagné du reste de la troupe. Les amis de Mulan.

Ling plissa le nez en la voyant.

— J'arrive pas à croire qu'on s'est entraînés ensemble.

— Les femmes ne peuvent pas être soldat ! cria Shang, imité par ses recrues. Elles sont faibles et pleurent au moindre danger.

Shang leva la main, et une bourrasque propulsa Mulan à l'autre bout du champ.

— Déguerpis. Tu n'es pas digne de servir l'empereur.

Mulan trébucha et tomba sur le dos. Les soldats éclatèrent de rire, Ling et Yao plus fort que les autres. Même Chien-Po ne supportait pas de la voir.

— Je n'irai nulle part, dit-elle en se relevant. Je suis à ma place ici.

— Tu n'as plus ta place dans ce monde ! répondit sèchement Shang. Trahir l'empereur, c'est trahir la Chine. Tu ne mérites pas de vivre.

Mulan déglutit. Même si ce n'était pas le vrai Shang, il n'avait pas complètement tort. L'empereur l'aurait exécutée s'il avait su.

— Tu m'as déjà dit ça, mais tu ne le pensais pas.

— C'est ce que tu crois ? tonna Shang. La sentence pour ce que tu as fait est la mort.

Yao saisit un arc et le banda vers Mulan.

— Vous n'avez qu'un mot à dire, patron.

Shang patienta. Mulan se dit qu'elle avait peut-être réussi à percer le secret de la chambre. Si elle arrivait à convaincre tout le monde de sa valeur, elle pourrait peut-être – et seulement peut-être – sortir de là.

Yao, Chien-Po et Ling pointaient leurs flèches vers elle.

Elle n'entendait même pas les battements de son cœur. La clameur des soldats recouvrait sa propre voix.

— Non ! l'implora Mulan. Shang, tu ne peux pas ! Ce n'est pas réel !

— Je sais.

Au grand désarroi de Mulan, le corps du capitaine blêmit et se para d'une aura bleue. Il s'avança hors du miroir pour lui prouver qu'il n'était pas un reflet comme les autres.

— Mais moi, je le suis.

— Non, susurra-t-elle.

— Un seul de nous deux quittera le Diyu vivant. J'ai bien peur que ce ne soit pas toi.

Alors les yeux de Shang, vitreux comme les miroirs qui les entouraient, se durcirent.

— TIREZ !

Chapitre vingt-huit

D'un coup, tous les miroirs explosèrent. Des milliers de fragments de verre volèrent à travers la pièce. Mulan croisa les bras devant son visage pour se protéger de la tempête miroitante. Des éclats tranchants lui lacérèrent les joues et déchiquetèrent ses vêtements. Elle essaya de repousser le verre avec ses gantelets, mais les éclats étaient trop nombreux. La glace sous ses pieds se fractura et le plafond s'effondra. Elle s'accroupit et se protégea la tête.

— Arrête ! Shang, je t'en prie !

Le capitaine baissa la main. La pluie battante cessa. Les soldats baissèrent leurs armes.

— Tu as eu ton compte ?

Mulan se releva en tremblant et vit son reflet fracturé dans les éclats de miroir à ses pieds. Elle porta la main à sa joue. Ses doigts étaient rouges de sang. Elle recula.

Shang venait-il de donner l'ordre de la tuer ? Le Shang qu'elle connaissait ne lui aurait jamais fait de mal.

— Shang, reprit-elle, la voix chevrotante. Je ne sais pas ce qu'on t'a raconté, mais mon pacte avec Yama vaut pour nous tous. Toi, ShiShi et moi. Nous devons travailler ensemble pour sortir d'ici.

— Zhen m'a dit comment partir, répliqua Shang en croisant les bras. Tu dois combattre tes propres démons, Mulan. Moi, c'est le fait que l'ami en qui j'avais le plus confiance m'a trahi. La seule manière de surmonter cela est que tu prennes ma place au Diyu.

Il y eut l'ombre d'un regret sur son visage. Ses traits s'adoucirent l'espace d'un instant éphémère, juste assez long pour troubler Mulan davantage. Il s'agissait peut-être bien du capitaine, en fin de compte.

Puis son expression se durcit de nouveau.

— La Chine a besoin de moi, Mulan. Plus qu'elle n'a besoin de toi. Tel est notre destin.

Il se tourna vers les soldats derrière lui et leur fit signe de se préparer à une nouvelle attaque.

Mulan ancra ses pieds dans le sol et leva les poings. Elle n'abandonnerait pas sans se battre. Elle trouverait une issue – pour eux deux.

Son père apparut alors au côté de Shang.

— Tu n'aurais jamais dû revenir.

Sa mère et sa grand-mère firent écho à Fa Zhou. Puis ce fut au tour des villageois et des soldats. Mulan reconnut même la marieuse parmi eux.

— Tu devrais avoir honte ! hurla-t-elle, avant d'écarter ses lèvres rouge écarlate en confiant aux autres villageois : Je savais qu'elle ne causerait que des problèmes !

— Comment oses-tu te montrer ici ?

— Jamais tu ne mettras ta famille à l'honneur. Jamais !

Alors que les cris s'intensifiaient, Mulan sentit ses joues rosir et chauffer de honte et de colère. Son cœur s'emballait, sa peau ruisselait de sueur. C'était l'une de ses plus grandes craintes : rentrer chez elle et être rejetée par ses parents, son village, ses amis, pour avoir fait honte à son nom.

J'ai combattu pour vous, voulut-elle crier. *Qu'importe si je suis une femme ? Je me suis battue, j'ai sauvé notre armée des Huns.*

Mais elle serra les lèvres et ravala sa colère.

Tout cela n'est qu'une hallucination. Ne les écoute pas. Ne perds pas le contrôle.

Elle n'entendait même plus leurs injures. Le brouhaha était si assourdissant que le seul mot qu'elle reconnaissait était son nom.

Je dois trouver la sortie, se reprit-elle. Elle avait du mal à voir les murs. Les cadres qui encerclaient les miroirs avaient disparu. Mulan aurait presque pu se laisser convaincre qu'ils étaient vraiment dehors, et non piégés dans la Chambre des Miroirs.

Elle voulut se rapprocher d'un mur, mais Shang se dressa en travers de son chemin. Elle essaya de le contourner, mais il était trop vif.

— Une vie pour une vie, déclara Shang. Le roi Yama ne peut se permettre de nous laisser quitter le Diyu tous les deux. Seul l'un de nous pourra partir, et ce ne sera pas toi.

— C'est ce qu'on verra.

Elle s'élança sur sa gauche, en direction des montagnes hérissées derrière les tentes. Elle avait cru y voir une issue, un chemin illuminé se dirigeant vers la lune, au loin. Si elle parvenait à l'atteindre…

Une nouvelle vague de fragments de miroirs s'abattit sur elle. Dès qu'elle entendit le verre siffler, elle plongea au sol. Les éclats lui semblèrent plus fins et plus coupants, cette fois. Ils brillaient, fusant dans les airs.

Mulan avait l'impression d'être fouettée par une pluie d'aiguilles. De simples piqûres, au début. Mais de plus en plus de fragments lui mordaient la chair. La douleur se propagea dans ses bras et ses jambes. Certains tessons se plantèrent dans sa peau, d'autres lui infligèrent des coupures en passant. Le verre se brisait tout autour d'elle dans un vacarme qui résonnait dans ses tympans. Mulan comprit alors qu'elle ne savait absolument pas comment se sortir de là.

« Dans la Chambre des Miroirs, les seuls démons sont en toi », lui avait dit Zhen.

Même si cet endroit n'était qu'une illusion, ses entailles aux joues et aux bras étaient bien réelles. La douleur lancinante qui vrillait son corps tailladé était bien réelle, elle aussi. Si elle ne se battait pas, elle finirait par mourir ici.

Mulan se releva. Elle s'abrita le visage derrière un bras. Les éclats de verre volaient si vite qu'elle n'avait même pas le temps de cligner des yeux. Elle ne pouvait que se battre. Elle leva les bras et repoussa les morceaux. Sans retenir sa peur. Chaque fois qu'un fragment se plantait dans son corps, elle criait. Puis elle canalisa la douleur pour la transformer en colère et en volonté de vivre. Elle frappa et tourbillonna, balayant l'air de ses bras et de ses jambes pour échapper au verre mortel.

Sans bouclier, il lui était impossible de se protéger complètement. Elle ne tiendrait pas longtemps contre les miroirs, à moins qu'elle ne parvienne à les briser. Elle se défendait tant bien que mal, mais elle ne pourrait tenir éternellement. Et lorsqu'elle dirigeait ses coups vers les miroirs, la pluie de verre ne faisait que s'intensifier. Elle ramassa un grand morceau de glace et le brandit pour s'abriter derrière. Il était déjà lézardé et ne tiendrait pas longtemps.

Shang l'observait depuis un coin de la pièce, bras croisés et épaules droites.

— Abandonne, Mulan. Tu ne sortiras jamais d'ici.

La mâchoire serrée, Mulan dévia un tesson d'un coup de gantelet, mais l'onde de choc se propagea dans tout son bras. Son corps meurtri la faisait souffrir comme jamais auparavant. Ses épaules lui paraissaient lourdes. Ses bras et ses jambes étaient transpercés de bouts de verre. Seule l'énergie du désespoir lui permettait de rester debout.

— Je peux faire ça toute la journée.

— Tu n'as pas toute la journée. Et moi non plus.

Shang lui tourna le dos et se dirigea vers le chemin éclairé en direction de la lune. Vers la liberté. Il partait sans elle !

La poitrine de Mulan se serra. Elle ne pouvait oublier la détresse sur le visage du capitaine quand Huoguai l'avait attrapée, quand il avait cru qu'elle sombrerait dans le Fleuve du Désespoir. Shang, le *vrai* Shang, tenait à elle. Il ne la trahirait jamais ainsi.

— Attends !

Mulan oublia les fragments de verre et se mit à courir derrière Shang, ignorant les tiraillements et les coups de boutoir sur son armure. Elle le rattrapa et, faiblement, lui toucha le bras.

— Attends.

Soudain, le camp, les montagnes et les arbres s'évanouirent. Un voile d'obscurité retomba sur la chambre. Le reflet de ses parents, de ses amis et des villageois disparut.

Seul Shang demeurait. Il se tenait au milieu du chemin éclairé. Son regard était dur comme la pierre.

— Tu n'abandonnes donc jamais.

— Je ne partirai pas sans toi, dit Mulan.

Elle tendit la main vers la sienne, mais une bourrasque la repoussa. Chaque fois qu'elle essayait de combler la distance qui la séparait du capitaine, une nouvelle rafale les éloignait.

Elle couvrit son visage de ses bras en attendant que le vent passe. Lorsqu'elle les rebaissa, les soldats du roi Yama les encerclaient. Elle reconnut Languai, le démon bleu qui l'avait escortée sur le Pont-sans-retour. Il était au premier rang, à côté de Shang, que les soldats avaient ligoté à un arbre.

Avant qu'elle n'ait le temps d'analyser la situation, Languai lui envoya un arc dans les mains.

— Tue le capitaine Li et tu pourras partir.

Une flèche de verre était encochée sur l'arc. Sa pointe effilée luisait dans la pénombre de la chambre.

— Non, murmura Mulan.

Les démons se mirent à grogner.

— Tue-le, tue-le ! clamaient-ils.

— C'est la seule chance que tu as de quitter le Diyu, dit alors Shang. À ta place, je n'hésiterais pas.

Elle baissa l'arc. Était-ce vraiment lui ? Au fond d'elle, elle savait bien que non. Le vrai Shang l'attendait dehors, espérant qu'elle réussirait les tests de la Chambre des Miroirs. Mais peut-être était-ce justement ça, le test – ou plutôt le prix qu'elle avait à payer pour sortir de cet endroit.

— S'il est vrai qu'un seul d'entre nous peut partir, alors je resterai.

La bouche de Shang ne dessinait qu'une fine ligne.

— Même si cela implique tu sois emprisonnée à jamais ?

— Le roi Yama ne se montrera pas clément, précisa Languai.

Un frisson s'installa dans sa nuque, mais Mulan lui résista. Que ce soit seulement un test ou bien la réalité, cela ne changeait rien : elle était déterminée à sauver la vie de son ami. Si cela devait signifier la fin du chemin pour elle, elle était prête à l'accepter.

— J'ai fait la promesse que je te ramènerais chez toi, dit Mulan en faisant un pas vers Shang, le dos droit. Si je dois briser cette promesse, alors…

Elle leva l'arc et arma la corde. Elle pointa sa flèche vers Shang et vit le capitaine retenir sa respiration. Elle attendit un instant avant de relâcher la corde. Elle ne pouvait pas se permettre de manquer son coup.

— Alors je te sauverai. Quel qu'en soit le prix.

La corde claqua et la flèche traversa la chambre en sifflant. Pendant son vol, ses arêtes en verre capturèrent la lueur de la lune et réfléchirent mille couleurs. C'était un spectacle magnifique. Mulan n'osa pas respirer avant que la flèche ne touche sa cible.

La pointe trancha la corde autour de l'épaule du capitaine et le libéra.

Mulan s'effondra presque de soulagement et remarqua à peine que l'arc s'était volatilisé. Tout le reste disparut également : les démons, l'arbre, la corde, même les éclats de la flèche de verre aux pieds de Shang.

L'aura bleue de l'esprit vacilla et s'assombrit. Mulan ne put dire si ce fut vraiment le capitaine qui parla :

— Tu as passé le premier test, indiqua la voix grave et profonde. Tu as juré que tu risquerais ta vie pour sauver celle de ton ami et tu n'as pas cédé à l'appel de la trahison.

L'ombre du capitaine se dissipa.

— À présent, te connais-tu toi-même ? C'est ce que nous allons voir.

Lorsque Shang disparut complètement, Mulan inspira profondément et souffla de soulagement.

Un test. Ce n'était pas vraiment Shang. Ce n'était qu'un test.

Le verre craquait sous ses bottes. Ses genoux tremblaient. Elle s'accroupit prudemment pour reprendre ses esprits. Son visage se reflétait des milliers de fois sur les débris.

Elle était couverte de sang et d'hématomes. Il devait y avoir plusieurs dizaines de minuscules échardes plantées dans son corps, et un large tesson dans sa cuisse. Mulan grimaça en le voyant, mais elle savait ce qu'elle devait faire.

Elle plaça ses paumes autour du morceau de verre.

Un, deux… trois !

D'un coup sec, elle retira le bout de miroir de sa jambe.

Une vague de douleur lui assaillit les tempes. Le souffle court, elle se contracta et serra les dents jusqu'à ce que le lancinement s'atténue. Puis elle comprima la plaie pour arrêter le saignement.

La douleur se calmait. Mulan dégagea une mèche de ses yeux et jeta un coup d'œil derrière elle. Shang avait dit qu'elle pouvait continuer, mais la pièce était vide. Avait-elle réussi ?

— *Non.*

La voix ressemblait étrangement à la sienne, mais ne venait pas de sa tête.

— Qui est là ? demanda Mulan en se redressant.

Des miettes de verre tombèrent de ses vêtements et de ses cheveux avec un doux bruissement. Les débris au sol vacillèrent et se transformèrent en gouttelettes argentées, qui glissèrent à travers la pièce pour reformer les miroirs brisés.

Chaque glace renvoyait une image de Mulan.

— *Regarde-toi*, dirent ses reflets.

Mulan observa. Elle vit ses lèvres gercées, ses cheveux noirs mal taillés, les éraflures et les hématomes sur ses bras, ses manches en lambeaux et son uniforme poussiéreux.

— *Laquelle est la vraie Mulan ? La fille en uniforme qui prétend être un soldat ou la fille en robe qui prétend être une mariée ?*

— Aucune, souffla Mulan.

— *Exact. Ce sont des mensonges.*

Mulan grimaça.

— Je ne suis pas une menteuse.

— *Tu n'es rien. Tu auras beau essayer, personne ne saura vraiment qui tu es.*

Mulan se tourna, mais un autre reflet se dressa devant elle.

— *Ton père avait raison*, se moquèrent les miroirs. *Shang avait raison. Ils avaient tous raison. Tu ne seras jamais digne. Comment le pourrais-tu ? Tu as brisé le cœur de Baba en partant. Tu n'es qu'une petite fille égoïste.*

— Je ne le voulais pas. Je ne pensais pas…

— *Non, tu ne pensais pas. Tout comme tu n'as pas réfléchi en t'enfuyant avec ce canon. C'est toi qui as tué Shang. C'est à cause de toi qu'il est dans le royaume des morts.*

— Je suis là pour le sauver.

— *C'est faux !* rirent les reflets. *Pourquoi crois-tu que le roi Yama t'ait laissé entrer ?*

Mulan déglutit, ravalant la douleur de ses blessures.

— Pourquoi ?

— *Pour ton cœur sournois, Fa Mulan. Le roi Yama l'a senti dès qu'il t'a vue. Ta place est ici, au Diyu.*

Les reflets de Mulan souriaient. Leurs visages se contorsionnaient et se déformaient lentement. Leurs cheveux noirs blanchirent, leur peau se rida et pâlit comme celle d'un cadavre. Enfin, leurs yeux s'ouvrirent et révélèrent des pupilles d'un rouge intense et effrayant.

— *C'est ton destin, Mulan. Tu es condamnée à devenir un démon pour l'éternité. Quelle guerrière tu feras pour le roi Yama !*

L'horreur déferla sur elle. Mulan serra encore les dents.

— Si je perds mon pari contre lui, alors je n'aurai pas mon mot à dire sur mon destin. Mais je n'ai pas encore perdu. Je peux encore sortir d'ici et ramener le capitaine Li Shang parmi les vivants.

— *Pas si tu restes bloquée ici. Pas si tu meurs ici.*

— Alors, montre-moi la sortie !

L'un de ses reflets démoniaques plana au plafond.

— *Nous allons te donner un indice, Fa Mulan. Choisis l'une d'entre nous. Une seule est ton vrai reflet. Trouve-la.*

Les miroirs s'embrumèrent et affichèrent tous un portrait différent de Mulan.

— *Chaque miroir est un portail, mais un seul te conduira aux Portes du Diyu. Les autres te porteront dans les abysses de l'Enfer. Ne tarde pas, tu n'as plus beaucoup de temps.*

La lune apparut au-dessus de sa tête. La fine ligne de lumière avait presque disparu.

Mulan se concentra sur sa tâche et plissa le front. Tous les reflets étaient différents. Sur certains, elle portait l'armure de son père. Sur d'autres, elle était habillée comme une fille et tenait un éventail en soie, les cheveux noués en un délicat chignon tel que celui qu'elle avait pour aller voir la marieuse. Mais ce furent les visages qui retinrent l'attention de Mulan.

— Lequel est-ce ? souffla-t-elle en s'approchant du miroir le plus proche.

La fille qu'il représentait avait les yeux gonflés et injectés de sang. Elle reniflait régulièrement, mais autrement, elle imitait chaque geste de Mulan, tel un vrai reflet.

— *Je suis Fa Mulan*, dit soudain la fille.

La voix était celle de Mulan, mais teintée de tristesse et d'amertume, comme si elle avait abandonné tout espoir.

— *Je me suis déguisée en homme pour partir à la guerre. Dans ma quête de gloire et d'honneur, j'ai brisé le cœur de mes parents.*

Mulan déglutit. Était-ce elle ? Comment pouvait-elle le savoir ?

— C'est vrai, admit-elle doucement. J'ai désobéi à mon père pour m'engager dans l'armée, mais je ne l'ai pas fait pour l'honneur ou la gloire. Je l'ai fait pour lui.

Était-ce son imagination ou l'obscurité gagnait-elle du terrain sur la lune ? Elle ne la voyait presque plus.

Mulan passa au miroir suivant, encore secouée de sa rencontre avec son premier reflet. Comment pouvait-elle choisir parmi tant de miroirs en si peu de temps ?

— *Non, c'est moi, Fa Mulan*, dit le reflet suivant. *J'ai fui de chez moi parce que je suis une bonne à rien. J'avais trop peur de faire face à la déception de mes parents. Je suis une poule mouillée.*

Était-ce elle, cette fois ? D'une certaine manière, oui. Autant que le premier reflet.

— J'avais peur, en effet, admit encore Mulan. Mais j'ai quitté la maison pour que Baba n'ait pas à le faire. Je suis partie pour le sauver… et me sauver, moi.

Le miroir suivant présentait Mulan en armure, mais avec du sang sur les mains.

— *Je suis Fa Mulan. Par ma faute, le capitaine Li Shang est en train de mourir. Je n'ai pas suivi ses ordres pendant la bataille. À cause de mon insubordination, il a payé de sa vie.*

Mulan refusait de l'accepter, mais les mots de son image la blessaient. Elle dut se concentrer pour offrir une réponse le plus calmement possible.

— Oui, Shang m'a suivie parce que je lui ai désobéi… Parce que j'ai volé le canon. J'avais une chance de sauver la Chine, je l'ai saisie.

— *Il t'a sauvée uniquement parce que tu as réussi*, continua le reflet. *Autrement, il t'aurait laissé mourir.*

— Il m'a sauvée parce qu'il est courageux. Parce qu'il est mon ami.

Ça ne fonctionnerait pas. Elle n'avait pas le temps d'écouter tous les reflets. Mulan fit le tour de la pièce en écoutant les filles confesser leurs regrets et leurs remords.

— *Je ne mérite pas de rentrer chez moi.*

— *Je suis une peureuse.*

— *J'ai peur de rentrer. Baba et Mama seront tellement déçus.*

Mulan avait déjà entendu tout cela de la bouche des soldats et des villageois. Elle devait faire abstraction de toutes ces voix. Elle devait écouter sa propre voix.

— *Choisis-moi*, implora un autre reflet. *J'ai toujours prétendu être quelqu'un que je ne suis pas. D'abord une épouse idéale pour trouver un bon parti, puis un soldat idéal pour faire honneur à ma maison. Je dois accepter qu'il n'existe pas de chemin idéal pour moi.*

Ces réflexions l'ébranlèrent. Certes, elle avait eu des doutes, mais ce n'était pas ce qui la définissait.

— Dépêche-toi, Mulan, se murmura-t-elle.

Elle arpentait la pièce en essayant d'ignorer ses genoux tremblants et ses vertiges.

— Réfléchis. Réfléchis !

Qu'est-ce que je devrais voir dans mon reflet ? se demanda-t-elle. *Une fille qui prétend être quelqu'un d'autre ? Une femme qui suit un chemin différent de celui qui avait été choisi pour elle ?*

Qui suis-je ?

Elle s'était posé cette question des centaines de fois, mais jamais elle n'avait été obligée d'y apporter une réponse. Pas même lorsqu'elle avait rejoint l'armée sous le nom de Ping.

Sauf que, cette fois, sa vie en dépendait.

Elle prit une profonde inspiration. Reconnaissait-elle ces filles dans les miroirs ? L'une l'avait accusée d'avoir blessé sa famille ; une autre d'être une peureuse. Se reconnaissait-elle ?

— Oui, souffla-t-elle. J'ai essayé de me cacher, de fuir celle que je ne voulais pas être. Je n'ai jamais pris le temps de me regarder dans une glace pour savoir qui je *voulais* être.

Elle ouvrit les bras. Sa voix résonna dans la pièce :

— Peut-être bien que je ne suis pas partie pour sauver mon père. Peut-être que je voulais juste prouver que j'étais capable d'accomplir de grandes choses pour qu'un jour, en me regardant dans le miroir, je voie une femme honorable.

Elle continua :

— Je veux honorer ma famille en étant une bonne fille, mais je veux aussi avoir la liberté d'être moi-même, de dire et de faire ce que je pense être juste, même si cela ne correspond pas à la voie que l'on a tracée pour moi. Pendant si longtemps, j'ai eu peur. Peur de ce que mes parents penseraient à mon retour, peur de ce que mes frères d'armes penseraient en découvrant que je suis une femme. Je n'ai plus peur. Que je fasse semblant d'être Ping ou que je sois Mulan, cela n'a plus d'importance. La seule chose qui compte, c'est que je sois honnête envers moi-même. Alors mon reflet me montrera qui je suis vraiment.

— *Alors, qui es-tu ?* sifflèrent les miroirs. *Fais ton choix.*

Mulan fit un tour sur elle-même pour observer ses reflets.

— *Fais ton choix.*

Elle s'arrêta et baissa les yeux. Son reflet au sol formait une flaque autour de ses pieds, comme si elle marchait dans l'étang de son jardin. Sous elle, une petite fille l'observait.

Ses cheveux étaient courts, mais elle portait une robe violette simple, attachée à la taille par un ruban bleu. Elle portait l'épée de son père à la hanche et, dans ses cheveux, une fleur du cerisier familial.

Mulan s'agenouilla et tendit la main vers le reflet. Le miroir ondula à son toucher.

— Celui-là. C'est moi.

Un battement de cœur.

— *En es-tu sûre ?* demanda l'image à ses pieds.

— Oui, déclara Mulan, sûre d'elle. Que je sois vêtue d'une armure ou d'une robe de mariée, cela n'a aucune importance. Je connais mon cœur.

Mulan posa les deux paumes sur le miroir, les yeux plongés dans ceux de son reflet. Ensemble, elles dirent :

— Je suis Fa Mulan. Je suis celle qui est prête à donner sa vie pour sa famille et pour la Chine. Je suis celle qui a bravé les Enfers pour sauver son ami. Je suis celle qui a livré bataille après bataille pour pouvoir un jour se regarder dans le miroir. Ce jour est arrivé.

Le miroir se fissura et s'ouvrit sous ses pieds. Les bords s'écartèrent et plongèrent Mulan vers un long escalier sinueux.

Elle trébucha sur trois ou quatre marches. Au-dessus d'elle, les miroirs se refermèrent. Elle se retrouva dans un lieu parfaitement obscur.

Avec une grande inspiration, elle se releva et entreprit de suivre l'escalier, sachant que chaque marche la rapprocherait soit des abymes du Diyu, soit de la liberté.

Chapitre vingt-neuf

Mulan était convaincue d'avoir choisi le bon miroir, mais sa confiance fut néanmoins ébranlée quand elle émergea au beau milieu d'une forêt de bambou luxuriante.

Les rayons diaphanes du soleil l'aveuglaient. Le doux parfum de la rosée matinale lui chatouillait les narines.

Son cœur se serra.

L'aube pointait déjà. Avait-elle perdu tant de temps ?

Elle cligna des yeux pour s'habituer à la luminosité. Si elle avait choisi le mauvais miroir, alors cette forêt était le dernier paysage qu'elle s'attendait à trouver dans les abîmes du Diyu. Les bambous verdoyants qui l'entouraient évoquaient la forêt qu'elle avait traversée avec ShiShi, après avoir quitté la salle du trône de Yama.

Mulan fit un tour sur elle-même. C'était bien la même chambre. La première fois, toutes les plantes étaient fanées et desséchées, mais elles étaient maintenant resplendissantes. Des oiseaux pépiaient en passant de branche en branche au-dessus de sa tête.

Les insectes bourdonnaient. Un papillon aux ailes dorées se posa sur son épaule.

Puis il s'envola, de plus en plus haut. Mulan le suivit des yeux vers le ciel. Le soleil brillait. La lune était invisible. Mulan la chercha désespérément, mais les tiges de bambou dressaient leur filet de jade si haut qu'elle ne pouvait voir qu'une petite partie du ciel.

— La lune dort, expliqua une voix douce. Ta quête est terminée.

Mulan se tourna et fit face à une jeune femme qu'elle n'avait jamais vue. Elle était grande, impériale, vêtue d'une robe de soie rose pâle qui ondulait comme la surface d'une rivière. Sa chevelure noire était élégamment coiffée en tresses et chignons attachés par des perles, des rubis et des saphirs scintillants. Seuls ses yeux, emplis de malice, semblaient familiers.

Mulan fronça les sourcils. Elle reconnaissait ces yeux.

— Meng Po ?

Un rictus traversa les lèvres de la jeune femme. Elle hocha la tête.

— Bravo. Tu me vois à présent sous ma véritable apparence.

— Est-ce que ça veut dire que… que j'ai…, balbutia Mulan, la voix tremblante et la gorge serrée.

— Que tu as réussi ? Oui, annonça Meng Po en inclinant la tête. Tu as franchi la Chambre des Miroirs. Je n'ai plus de thé à t'offrir, plus d'illusions. Tu m'as vaincue, Fa Mulan.

Mulan dévisagea la Dame de l'Oubli d'un air soupçonneux.

— Je vous ai vaincue ? Alors pourquoi êtes-vous là ? C'est avec le roi Yama que j'ai conclu un pacte.

— En effet, mais le roi Yama est trop occupé pour s'occuper des affaires intérieures du Diyu. C'est à moi que cela incombe, vois-tu. Je veille à maintenir l'ordre dans le royaume des morts. Ainsi, quand j'ai appris que tu étais venue sauver le capitaine Li Shang de la mort, j'ai décidé de mener mon enquête et de t'en dissuader. Je te prie de m'excuser pour mes méthodes, mais nous ne pouvons nous permettre que les mortels s'immiscent au Diyu pour sauver les morts. Cela perturberait l'équilibre du Paradis, de la Terre et du Diyu.

Mulan comprit soudain.

— Je vous ai offensée.

— Tu m'as défiée, admit Meng Po. Ce qui arrive... très rarement. J'étais surtout irritée contre le roi Yama pour avoir laissé entrer un mortel.

Une étincelle de malice s'alluma dans ses yeux.

— Mais je conviens que le capitaine a encore fort à faire sur Terre. Une partie de moi est donc soulagée que tu aies réussi.

— Où est-il ?

Meng Po fit un pas de côté et révéla un chemin derrière elle. Mulan était sûre qu'il n'existait pas un instant plus tôt mais, désormais, au milieu des bambous s'étendait un pont étroit qui enjambait un ruisseau clair. Deux phénix gardaient l'entrée, leurs splendides ailes embrasées par la lumière du soleil.

— Est-ce le Pont-sans-retour ? demanda Mulan.

Meng Po laissa échapper un petit rire.

— Non. Tu n'auras pas à emprunter le Pont-sans-retour pour quitter le Diyu. Ce que tu vois est le Pont de la Sérénité. Tes amis t'attendent de l'autre côté.

Mulan hocha la tête et avança vers le passage.

— Encore une chose, avant que tu partes. Je n'aurai sans doute pas l'occasion de te reparler avant de longues années.

— Quoi donc ?

— Tu as été une adversaire vaillante, Fa Mulan. J'ai porté mille visages, mais j'ai moi-même été trompée par ton déguisement.

Meng Po croisa les bras. Ses longues manches voletaient au vent.

— Tu m'as étonnée. Et étant donné que je vis parmi les fantômes et les créatures du Diyu, c'est une véritable prouesse que tu as accomplie.

Mulan entrouvrit les lèvres, mais ne trouva pas les mots justes.

Meng Po leva les bras. D'un coup, toutes les plaies sur la peau de Mulan se refermèrent. La douleur sourde à sa cheville s'évanouit. Les lambeaux de ses vêtements se raccommodèrent d'eux-mêmes. Son uniforme de soldat, qui avait traversé nombre de batailles sur Terre et sous Terre, se mit à miroiter. Le tissu simple en lin et mousseline se transforma en soie verte luxuriante. Sa tunique s'allongea jusqu'à lui frôler les mollets. Son torse fut recouvert d'une armure des plus délicates, gravée de fleurs de lotus roses et d'un dragon rouge.

— Voilà une tenue plus adaptée pour une guerrière telle que toi, fit Meng Po en se frottant les mains.

Mulan se regarda, bouche bée.

— Merci, Meng Po, mais je ne peux porter cela. Je dois reprendre ma place dans l'armée et… personne ne sait que je suis une femme.

— Je sais, je sais, rit encore Meng Po. J'allais te dire de ne pas trop t'attacher à cet uniforme. Ma magie est faite d'illusions, après tout... Mais ces haillons n'étaient pas appropriés pour te présenter devant le roi Yama avec tes compagnons.

Meng Po fit un signe vers la hanche de Mulan, où son épée avait réapparu, rangée dans un fourreau en bois délicatement sculpté.

— Maintenant, dis-moi : où as-tu trouvé cette épée ?

Mulan la lui tendit.

— Sur la Montagne aux Couteaux.

— Je ne l'avais pas vue depuis bien des années, s'émerveilla la Dame de l'Oubli en passant les doigts sur les inscriptions gravées.

— Elle n'a pas l'air d'appartenir au Diyu. ShiShi dit qu'elle est magique.

— Elle l'est, en effet, répondit Meng Po. Tu n'en sais pas plus à son sujet ?

Mulan se frotta le menton en réfléchissant.

— Mon père m'a parlé d'un demi-dieu qui avait vécu autrefois. Un héros qui maniait une épée magique telle que celle-ci.

— Ton père avait raison. Sauf que ce demi-dieu était en réalité une demi-déesse. C'était moi.

Mulan prit une profonde inspiration.

— Alors cette épée... est à vous.

— Tout à fait, sourit Meng Po. Mon père était un dieu, et ma mère était humaine. Si j'avais été un garçon, j'aurais été invitée à vivre au Paradis. Mais les dieux n'avaient que faire d'une bâtarde. Je voulais faire mes preuves aux yeux de mon père et je me suis engagée dans l'armée impériale. J'étais une femme, certes, mais j'étais presque immortelle. L'empereur ne pouvait refuser une telle aide, ce qui ne veut pas dire que les hommes me respectaient. Pas au début, du moins. J'ai traversé de nombreuses épreuves, pendant de longues années, avant de gagner leur confiance.

— « La fleur qui s'épanouit dans l'adversité est la plus rare et la plus belle de toutes », récita Mulan à voix basse.

Meng Po acquiesça.

— Ma vie de guerrière est loin derrière moi. Mon père a fini par m'inviter à le rejoindre au Paradis. Mais les immortels sont légion, dans l'au-delà, si nombreux qu'ils finissent souvent oubliés des vivants. Je voulais qu'on se souvienne de moi, je voulais être utile. J'ai donc choisi de vivre au Diyu, parmi les fantômes, les démons et autres créatures que j'avais bannis de la Terre, afin d'aider le roi Yama à maintenir l'ordre dans son royaume.

Le « héros de légende » dont parlaient les démons sur le Chaudron était donc Meng Po ! Mulan ne s'en serait jamais doutée. Elle avait déjà peine à croire que cette jeune femme était la même que celle qui avait essayé de la tromper à plusieurs reprises au Diyu. Elle n'arrivait pas plus à croire qu'elle pouvait être aussi chaleureuse.

— Mais je croyais que seul un demi-dieu pouvait manier le pouvoir de cette épée, s'étonna Mulan.

— Ce n'est pas tout à fait exact. Seule une personne au cœur héroïque peut le faire. Un cœur comme le tien, Mulan.

Elle marqua une pause.

— Ton cœur a été mis à l'épreuve, et tu as résisté. Mais tous les combats ne se livrent pas sur le champ de bataille. Vous en aurez d'autres à mener, toi et ceux qui te suivent. Ne te fais pas oublier, Fa Mulan. Et souviens-toi : tu n'es pas seule.

— Merci, Meng Po.

La Dame de l'Oubli passa l'épée à Mulan, mais celle-ci secoua la tête.

— C'est la vôtre, pas la mienne. L'épée de mon père m'attend là-haut.

Meng Po sourit de nouveau.

— Alors, prends ceci, en souvenir des combats que tu as menés ici.

L'épée disparut et fut remplacée par une fleur de magnolia. Ses pétales étaient doux et roses comme une pêche.

Meng Po la déposa derrière l'oreille de Mulan.

— Ainsi tu n'oublieras jamais que la bravoure et la ténacité fleurissent aux côtés de la beauté.

— Merci, murmura Mulan.

L'air mélancolique, Meng Po lui releva gentiment le menton.

— Le roi Yama aura bien du mal à te juger. Je suis sûre qu'il est soulagé de ne pas avoir à le faire aujourd'hui.

— Que voulez-vous dire ?

— Nous avons un dicton, ici-bas : seuls les courageux peuvent entrer, mais seuls les dignes peuvent sortir. Tu as accompli ce que personne n'avait fait avant toi, Mulan. Tu nous as prouvé que ton cœur est sincère. Tes amis et toi aurez encore bien des épreuves à surmonter sur Terre, et bien malin qui pourra dire ce que le roi Yama fera de toi quand ta dernière heure aura sonné. Choisira-t-il de t'envoyer vers moi pour que tu sois réincarnée ? Car il est évident que tu es une héroïne et que tu auras encore beaucoup à apporter à la Terre dans une autre vie. Ou bien décidera-t-il de te récompenser en t'ouvrant les portes du Paradis ?

Elle laissa passer une minute, perdue dans ses réflexions.

— Le temps nous le dira. D'ici là, je vous souhaite, au capitaine Li et à toi, bonne chance pour votre retour dans le monde des vivants.

Sa robe se gonfla tandis qu'elle s'écartait du pont.

— Maintenant, pars. Tes amis t'attendent avec le roi Yama.

Sur ce, Meng Po releva sa robe et se transforma en grue. Elle battit des ailes et s'éleva dans le ciel. Mulan la suivit du regard jusqu'à ce qu'elle disparaisse dans un éclat de lumière dans le soleil.

Mulan baissa la tête et se tourna vers le pont. Les phénix qui surveillaient l'entrée écartèrent leurs ailes.

Pour la première fois depuis bien longtemps, un sentiment de paix l'envahit.

Elle allait rentrer chez elle.

Chapitre trente

Shang fut le premier à voir Mulan avancer sur le pont. Aux côtés du roi Yama et de ShiShi, il se tenait à l'entrée de l'une des cavernes du Diyu. Il s'appuyait tantôt sur une jambe tantôt sur l'autre, comme s'il patientait depuis des heures.

Mais dès qu'il la vit, les rides d'inquiétude qui lui barraient le front se lissèrent. Ses sourcils se soulevèrent. Il s'avança vers elle.

Peut-être était-ce à cause de la longue traversée du pont ou de toutes les batailles qu'elle avait livrées au Diyu, mais son pouls s'accéléra à la vue du capitaine. Son souffle devint plus court.

Quelque chose avait changé en Shang. Il paraissait entier. Une aura surnaturelle entourait toujours son corps, mais c'était une aura différente. Elle ne brûlait plus comme le cœur bleu d'un feu, mais scintillait comme des rais de soleil sur l'eau.

Le rouge lui monta aux joues. Il avait dû voir qu'elle l'observait. Quoi qu'il en soit, la grimace qu'il arborait jusqu'alors se mua en un large sourire. Elle n'avait jamais vu le sérieux capitaine aussi réjoui.

Son estomac frémit. Elle voulait courir vers lui, sauter de joie et de soulagement, lui prendre la main, même. Mais elle se retint.

Son estomac noué, le frisson qui lui remontait l'échine... Ses sensations physiques trahissaient ses émotions. Au fond d'elle, Mulan le savait. Mushu avait raison. Elle éprouvait quelque chose pour Shang, et ces sentiments n'étaient pas nouveaux. Le temps qu'ils avaient passé au Diyu les avait rapprochés et n'avait fait que renforcer son affection.

Mais, désormais, elle devait calmer ces sentiments, les raisonner. Malgré tout ce qu'ils avaient traversé, Shang devrait rester le seul à connaître sa véritable identité. Ils n'avaient pas encore discuté des conséquences de ce secret à leur retour dans le monde réel.

Nous resterons amis, se dit Mulan. *Qu'est-ce qui pourrait changer ?*

— Tu es là, constata Shang, toujours souriant, sans se douter du tumulte qui agitait les pensées de Mulan.

Elle ne put s'empêcher de sourire à son tour.

— Toi aussi.

— J'en suis heureux, dirent-ils en même temps.

Puis Mulan éclata de rire pour briser le malaise et, comme s'ils pensaient tous les deux à la même chose, ils firent un pas en arrière.

— Tu es rayonnante, lâcha Shang, dont le visage s'empourpra.

Mulan mit quelques secondes avant de comprendre pourquoi. Il ne l'avait jamais vue vêtue en femme.

— Ça... ça te va bien. Les cheveux détachés.

Mulan réprima un nouveau rire et se contenta de lui adresser un sourire doux.

— Merci.

— Te voilà, grommela ShiShi en les interrompant. On commençait à croire que tu ne sortirais jamais de là. Tu as pris ton temps.

— La prochaine fois, c'est toi qui iras dans la Chambre des Miroirs, badina Mulan. On verra si tu dis la même chose.

Il valait mieux ne pas leur raconter qu'elle avait frôlé la mort à l'intérieur. Pas tout de suite.

— J'ai rencontré Meng Po, en sortant.

— Meng Po !

— Elle n'est pas si mauvaise, annonça Mulan en touchant le présent de la Dame de l'Oubli, dans ses cheveux. Elle m'a donné cette fleur quand je lui ai tendu l'épée... Je l'avais laissée dans la Chambre des Miroirs, et elle a réapparu à côté de moi. Il s'avère que l'Épée du Soleil flamboyant lui appartient.

— À Meng Po ? répéta Shang. Mais comment ? Elle a essayé de nous tuer...

Le roi Yama frappa le sol de son pied. Mulan était si heureuse de retrouver ses compagnons qu'elle en avait oublié sa présence.

À présent, elle le voyait. Debout derrière ses amis, l'un de ses gigantesques registres sous le bras. Pour une fois, il n'était pas renfrogné, même s'il ne semblait pas particulièrement réjoui. En même temps, songea Mulan, il ne devait jamais sourire... hormis sur sa statue dans le temple de Youdu.

— Nous en parlerons plus tard, murmura Mulan à Shang.

Entouré par ses gardes démoniaques, le souverain des Enfers se dressait devant les grandes portes rouges du Diyu. Lorsqu'il vit Mulan s'approcher de lui, il frappa dans ses imposantes mains. Le son fit trembler les parois de la caverne.

— Votre Majesté, dit Mulan en s'inclinant respectueusement. J'ai retrouvé le capitaine Li Shang et je l'ai conduit jusqu'à vous avant le lever du soleil.

— Il s'en est fallu de peu, gronda Yama, mais un marché est un marché.

— Alors nous sommes libres de partir ?

— Pas encore.

Yama se frotta la barbe. Il avait l'air légèrement troublé.

— Tu dis que tu as vu Meng Po ? Avait-elle l'air… contrariée ?

— Contrariée ?

— Que tu aies déjoué ses plans pour t'empêcher de partir ! maugréa Yama, dont le regard se braqua sur Shang et ShiShi. Vous allez tous pouvoir rentrer chez vous, mais moi, je dois rester avec elle. Pour l'éternité.

— Elle n'était pas en colère, lui assura Mulan. Elle nous a donné sa bénédiction.

— Bon, fit Yama, l'air apaisé.

— Je me disais bien que ta nouvelle tenue portait son empreinte, ronchonna ShiShi.

Il tira sur sa crinière et sur les tresses qui se défaisaient.

— Elle aurait pu utiliser sa magie pour moi aussi. Regarde ça ! Je ne peux décemment pas retourner à la surface dans cet état. Tous les ancêtres Li vont se moquer de moi.

— Range un peu ton orgueil, s'amusa Mulan. Tu es splendide.

Le roi Yama siffla en direction du lion et lui ordonna de venir à côté de lui.

ShiShi se redressa. Il imaginait que le roi du Diyu allait l'honorer d'une manière ou d'une autre, mais Yama se contenta de poser son grand livre sur le dos du gardien.

— Je ne suis pas un bureau, gronda le lion.

Yama ignora les protestations du lion et tourna les pages jusqu'à trouver le nom de Shang. Il attrapa le pinceau coincé derrière son oreille et le trempa dans le pot d'encre en porcelaine qui flottait près de lui. Puis il raya le nom de « capitaine Li Shang » de son livre.

— Voilà, annonça-t-il en tirant un éventail en papier de sa poche pour faire sécher l'encre. C'est fait. La prochaine fois, lève les yeux avant de te jeter sur l'épée d'un ennemi.

— Oui, Votre Majesté.

— Bien, maintenant, allez-vous-en d'ici. J'ai un emploi du temps chargé.

— Attendez ! fit un chœur de voix familières.

Les ancêtres de Mulan.

Ren, Mei et Liwei apparurent, escortés par le démon bleu qui avait conduit Mulan dans le Diyu. Languai grimaça en la voyant. Ou peut-être était-ce simplement son expression habituelle. Lorsqu'il croisa son regard, il lui adressa un léger hochement de tête en signe de respect.

— Des millions d'âmes au Diyu, ce sont ces trois-là que tu as trouvées, déplora Yama en lançant un regard noir aux fantômes Fa, à commencer par Mei, qui battait des paupières en sa direction. À présent, remercie-les et faites vos adieux. Dépêchez-vous. Je vous déconseille d'abuser de mon humeur généreuse.

— Il ne sourit vraiment jamais, murmura Mei en faisant la moue. Je suis heureuse de te revoir, Ping… Ou plutôt, Mulan. Je *savais* que tu n'étais pas un garçon ! ajouta-t-elle en lui tapotant l'épaule de son éventail.

— Je suis désolée de vous avoir menti, répondit Mulan. J'étais obligée… pour Baba.

— Tu aurais dû nous le dire.

Liwei avait plissé le nez. L'espace d'un instant, Mulan pensa qu'il était encore irrité. Finalement, il hocha la tête.

— Enfin, la famille, c'est la famille. Au moins, je sais maintenant que tu es vraiment l'une des nôtres.

— La famille, c'est la famille, répéta Mulan avec un sourire. Je vous remercie, honorable ancêtre Fa Liwei.

— Si tu veux vraiment nous remercier, prie pour que nous allions bientôt au Paradis, ajouta Mei. Voilà des siècles que nos descendants nous ont oubliés.

— Je n'y manquerai pas. Je vous le promets.

Sur ce, Mei et Liwei se retournèrent vers les profondeurs du Diyu. Ren, lui, resta encore un moment. Le moine semblait nerveux en s'approchant de Mulan.

— Grâce à toi, j'ai remboursé mes dettes. Je savais que tu sortirais vivante de la Chambre des Miroirs.

— Je suis heureuse pour toi, Ren. Tu nous as été d'une grande aide. Que vas-tu devenir, à présent ?

Le visage du fantôme s'éclaira.

— Le roi Yama pense que je peux racheter mes péchés dans une nouvelle vie !

— Félicitations ! dit Mulan, sincèrement heureuse pour son aïeul. Ta réincarnation se produira bientôt ?

— J'irai prendre ma place devant la cour de justice dès que vous serez partis. Ça prendra quelques jours, voire quelques semaines. J'aurai le temps de réfléchir.

— À quel sujet ?

Ren se tapota le crâne.

— Disons simplement que je n'ai pas été un moine exemplaire, de mon vivant. Je voulais être comédien, mais ma mère s'y opposait. J'ai eu besoin d'argent pour fonder ma troupe, alors j'ai commencé à parier. Lorsque Mère l'a découvert, elle m'a envoyé au temple.

— Laisse-moi deviner : tu as continué à jouer ?

Il lui jeta un coup d'œil en coin.

— Je ne pouvais pas m'en empêcher. J'ai été renvoyé du monastère quelques mois avant ma mort. Mais, avec le recul, cette mauvaise habitude m'a permis de trouver ma place ici, au Diyu.

Ren se redressa. Une vague de calme le traversa.

— Et cela m'a permis de rester assez longtemps pour rencontrer ma descendante, l'héroïne Fa Mulan.

Mulan rougit. Elle n'avait pas l'habitude qu'on la qualifie d'héroïne, surtout sous sa véritable identité.

— J'espère que nos routes se croiseront de nouveau là-haut.

Ren joignit ses mains et recula jusqu'à ce que Languai lui prenne le bras. Le fantôme et le démon disparurent dans le Diyu, et une autre silhouette se dessina à leur place.

— Père ! s'exclama Shang.

Le général Li se tenait au bout de la caverne, le torse bombé de fierté. Il brillait plus fort que jamais. Même son armure miroitait. Il s'avança lentement vers eux, sans quitter son fils des yeux, jusqu'à se trouver devant Yama.

Le roi fronça les sourcils.

— Alors c'est là que tu étais, grommela-t-il. Mes soldats t'ont cherché partout.

Le général Li s'inclina.

— Votre Majesté, je vous présente mes plus humbles excuses pour avoir échappé à la vigilance de vos gardes.

— Tu t'es aventuré dans le monde des vivants, déclara le roi Yama. C'est interdit. Je devrais révoquer ma décision de t'envoyer au Paradis.

— S'il vous plaît, Votre Majesté, intervint Mulan. Tout est ma faute. C'est moi qui ai proposé de venir.

— J'ai dit « je devrais », souffla Yama. Je n'ai pas dit que j'allais le faire. Comme je le disais, je suis d'humeur généreuse.

Le général Li réprima un sourire.

— Je suis prêt à monter au Paradis. Je ne vous demande qu'un dernier instant avec mon fils.

Le roi Yama soupira longuement.

— Dépêche-toi avant que je change d'avis.

Le général s'inclina encore puis se tourna vers ShiShi, son ancien protecteur.

— Adieu, mon vieil ami. Veille sur mon fils.

ShiShi acquiesça. Il baissa ensuite la tête avant que Mulan ne puisse voir des larmes se former au coin de ses grands yeux orange.

Le général se tourna ensuite vers Mulan.

— Je te remercie également, Ping. Mais… tu sembles différent.

Mulan leva des yeux inquiets vers le général.

— C'est parce que je ne suis pas Ping, confessa-t-elle. Mon nom est Mulan.

Le général Li cligna des yeux, confus.

— Elle est la fille de Fa Zhou, expliqua ShiShi. Elle s'est fait passer pour un homme afin de servir dans l'armée impériale et de sauver son père.

— Une guerrière, murmura le général, qui laissa échapper ensuite un petit rire. C'est audacieux, mais je ne peux pas désapprouver. La mère de Shang aurait fait une formidable guerrière. Elle aurait pu vaincre les Huns à elle seule !

Son sourire s'évanouit. Il se redressa et reprit la posture autoritaire du général respecté qu'il avait été.

— Dans ce cas, je te remercie, Fa Mulan. Peu d'hommes auraient eu le courage et le discernement suffisants pour sauver mon fils du Diyu. Fa Zhou a de la chance d'avoir une fille telle que toi.

Mulan sentit sa gorge se serrer et ses yeux s'embuer, comme ShiShi. Entendre le général Li dire que son père serait fier d'elle – et savoir qu'il le pensait sincèrement – la laissa sans voix.

— Merci, monsieur, fit-elle en s'apercevant que tout le monde attendait sa réponse. Vos paroles me touchent.

— J'imagine qu'il a été difficile pour mon fils de découvrir que son meilleur soldat est une femme. Je compte sur toi pour qu'il ravale sa fierté.

Mulan serra les lèvres pour s'empêcher de sourire.

— Je ferai de mon mieux.

Enfin, le général se tourna vers Shang.

— Mon fils, dit-il d'une voix calme. La Chine te remercie pour ce que tu as accompli, mais ton rôle de protecteur de l'Empire n'est pas terminé.

Shang s'inclina. Mulan ne pouvait voir son visage, mais sa voix tremblait.

— Oui, Père.

— Prends soin de ta mère, ajouta le général en plaçant les mains sur ses épaules. Et écoute attentivement ShiShi. Il est orgueilleux et croit avoir *toujours* raison, mais, avec le temps, tu apprendras que c'est souvent le cas. Il a une grande sagesse à transmettre. Fie-toi à lui et tu éviteras bon nombre d'erreurs que j'ai commises à ton âge. Tu pourras devenir meilleur que moi. Je n'en souhaite pas moins.

Shang ouvrit la bouche pour protester, puis la referma et acquiesça.

— Je ne l'oublierai pas, Père. Merci d'être revenu pour faire vos adieux. Je ne vous décevrai pas.

— Alors je suis comblé. Je veillerai sur toi depuis l'au-delà.

Le général prit les mains de Shang dans les siennes et s'attarda. Le roi Yama se racla bruyamment la gorge. Li hocha la tête et relâcha les mains de son fils avant de rejoindre le souverain.

— Lorsque vous franchirez les portes, ne vous arrêtez pas. Sous aucun prétexte, avertit Yama.

Sa voix résonnait à travers la grotte. Lorsque Mulan tourna de nouveau les yeux vers eux, Yama et le général Li avaient disparu.

Une cloche en bronze carillonna au-dessus des portes. Mulan leva les yeux. Elle n'avait jamais remarqué sa présence. La cloche flottait tout simplement dans le vide. Mais plus rien ne surprenait Mulan, au Diyu.

Elle se sentait presque triste de quitter cet endroit, de retourner dans le monde réel, où les fantômes, les démons et la magie n'avaient pas droit de cité. Où les ponts n'étaient pas suspendus dans les airs, où les fleuves ne traversaient pas les nuages. Où les vieilles femmes n'étaient pas de puissantes déesses. Et où les miroirs ne reflétaient pas l'âme.

Tandis que la cloche continuait de sonner, les visages démoniaques gravés sur les portes en bois vermillon firent claquer leurs dents métalliques. Leurs yeux rouges s'illuminèrent. Les claquements se firent plus forts. Toute la caverne se mit à vibrer.

Puis, avec un grondement d'outre-tombe, les portes s'écartèrent.

Chapitre trente et un

La lumière du soleil perçait à travers l'ouverture et baignait la grotte d'un blanc doux. Mulan s'abrita les yeux et se rapprocha des portes qui grondaient. Elle voyait l'aube poindre au-dehors. Le soleil éclatant s'élevait au-dessus de l'horizon.

— C'est le matin, murmura-t-elle en levant la tête pour se réchauffer le visage. Je crois que je n'ai jamais été aussi heureuse de voir le soleil.

— C'est ce que je ressens après chaque combat, répondit Shang. Chaque nouvelle journée est un don des cieux.

Elle comprenait exactement ce qu'il voulait dire.

Derrière eux, ShiShi n'avait pas avancé d'un pouce.

— Tu ne viens pas ? lui demanda Mulan en riant. Ne me dis pas que tu te soucies encore de ta crinière ! Je t'aiderai à refaire des tresses avant de retrouver les ancêtres de Shang.

Le lion se redressa. Sa queue s'enroula le long de son flanc. D'une voix profonde et solennelle, il annonça :

— C'est la dernière fois que nous nous voyons, Fa Mulan. Je tiens à faire mes adieux comme il se doit.

Mulan laissa retomber ses bras. Sa bonne humeur s'envola.

— Tu ne viens pas avec nous ?

— Pas par ces portes, non. J'ai promis au général Li que je t'aiderais à sauver son fils. J'ai accompli mon devoir et je dois maintenant en rendre compte aux ancêtres de la famille Li. Je pourrai ensuite prendre mes fonctions en tant que gardien de Li.

Mulan s'était attachée à ShiShi. Il ne lui avait jamais traversé l'esprit que le lion sortirait de sa vie après leur quête dans le Diyu. En entendant les mots du gardien, elle sentit sa poitrine se contracter. Ses épaules s'affaissèrent.

— Nous ne nous reverrons jamais ?

— Pas dans cette vie, dit tristement ShiShi.

Puis il inclina la tête. Sa truffe remua tandis qu'il réfléchissait.

— Enfin, à moins que tu ne viennes à faire partie de la fami…

— À moins que tu ne le voies à travers mes yeux, l'interrompit Shang. ShiShi sera toujours auprès de moi. Et tu seras toujours mon amie, Mulan.

Mulan ne savait pas pourquoi la gueule de ShiShi s'était étirée en un sourire malicieux. Elle décida de l'ignorer et jeta ses bras autour de la crinière du lion. Le gardien, surpris par ce geste, laissa échapper un petit cri étranglé. Il se détendit enfin et tapota le dos de la fille de son énorme patte.

— Tu es plus forte que tu n'en as l'air, petit soldat. Tu vas me manquer.

— Merci. Merci pour tout, susurra-t-elle dans son oreille.

Elle le relâcha. Presque timidement, ShiShi s'ébroua pour que son pelage se dresse fièrement sur son dos.

— Bon vent, Fa Mulan. Bon vent à tous les deux, ajouta-t-il avec un hochement de tête à l'intention de Shang.

Le lion s'avança dans la lumière à l'entrée des portes. Petit à petit, sa fourrure passa de l'or au gris. Sa peau se lissa en pierre. Ses grands yeux ronds durcirent.

Quand les portes eurent fini de s'ouvrir, le soleil illuminait complètement la statue de ShiShi. Puis, en un éclair, il disparut.

Mulan déglutit. Elle se tourna vers Shang.

— Prêt ?

— Attends.

Elle le regarda, se demandant ce qu'il allait lui dire.

— Oui ?

— Lorsque nous regagnerons le campement, tu redeviendras Ping, commença-t-il en fixant les paumes de ses mains. Je... je m'habituais tout juste à t'appeler Mulan.

Il hésita. Son visage était empourpré.

— Je me rends compte que je ne t'ai jamais remerciée de m'avoir sauvé.

— Tu l'as fait.

— J'ai remercié Ping. Pas Mulan.

Ses sourcils se soulevèrent délicatement et soulignèrent la douceur de son regard. Mulan la ressentit de nouveau, cette chaleur dans son cœur... cet emballement.

Elle n'osait plus respirer ni même cligner des yeux. Elle avait trop peur de libérer les émotions qui s'entrechoquaient en elle. Elle devint soudain parfaitement consciente de son propre corps : la mèche de cheveux qui lui caressait l'épaule, la lourdeur de ses paupières quand elle clignait des yeux, les palpitations de ses veines tandis que le sang affluait vers son visage. Le martèlement de son cœur en contre-chant de son souffle irrégulier.

— Alors...

Shang s'éclaircit la gorge. Il fit un pas vers elle, main tendue. L'espace d'un instant, elle crut – non, elle *espéra* – qu'il lui allait lui prendre la main. S'il en avait eu l'intention, il s'était ravisé au dernier moment. Il n'avait pas encore retrouvé sa forme humaine et l'aurait traversée.

— Merci, Mulan.

Une vague de chaleur monta en elle.

— Je devrais te remercier aussi, dit-elle doucement. Grâce à toi, j'ai découvert qui je suis vraiment.

Shang semblait confus, mais elle se contenta de sourire.

— Voulez-vous bien vous dépêcher, tous les deux ! tonna la voix du roi Yama. Je n'ai pas l'intention de laisser les Portes du Diyu ouvertes toute la journée !

Ils se tenaient dans l'ombre des portes quand Mulan constata que le corps de Shang ne brillait plus. Plus ils s'approchaient de la sortie, plus son visage retrouvait des couleurs humaines.

— Que se passe-t-il ? demanda-t-il en voyant son regard.

La voix chargée d'émotion, Mulan souffla :

— Tu reviens à la vie.

Petit à petit, ses yeux reprirent leur teinte brune, que Mulan n'avait pas oubliée. Une ombre soulignait les contours de son corps, de la courbure de son cou jusqu'à ses puissantes épaules.

Son aura bleue s'atténua, ses cheveux noircirent, et sa peau, bronzée par des années d'entraînement sous le soleil, étincela de vie.

Elle n'aurait su dire si c'était l'instinct ou une simple impulsion, mais Mulan prit la main de Shang.

Le capitaine parut surpris, soit par le contact, soit par l'intention de Mulan. Peut-être les deux.

Shang se détendit un peu. Il l'attira plus près de lui, sans lâcher sa main.

— Je t'ai dit un jour que tu étais l'homme le plus fou de tout l'Empire. Je corrige : tu es la femme la plus folle !

— Tu t'attardes aux Portes du Diyu pour me dire ça ? rit Mulan.

— Et pour te dire que Ping avait raison. Au sujet de sa sœur.

À présent, Mulan leva le menton, intriguée.

— Qu'est-ce que tu veux dire ?

— Elle forte, aimable, belle et brave…

— Et elle dit ce qu'elle pense, lui rappela Mulan.

— Elle est honnête, de la manière la plus importante qui soit.

— Et elle désobéit parfois aux ordres, prévint-elle. Même à ceux de son officier commandant.

— Elle fait preuve de discernement.

Mulan sourit encore. Elle tendit une main hésitante pour repousser une mèche de cheveux sur la tempe de Shang. Le capitaine lui saisit la main au passage et la porta contre sa poitrine.

Tout le corps de Mulan fut parcouru d'un frisson.

— On ne rencontre pas une fille comme toi à chaque dynastie. Maintenant que la guerre est finie, je serais un imbécile de te laisser filer.

Mulan fut cette fois complètement submergée par une vague de chaleur. Elle se sentait rayonner. La flamme de son cœur se propagea à travers ses veines jusqu'à sa tête. C'était la sensation la plus étrange qui soit. Elle fit de son mieux pour garder le contrôle. Peut-être avait-elle mal compris les propos de Shang. Elle était incapable de le dire. Le sol tournait sous ses pieds, et son cœur tambourinait dans sa poitrine. Avait-elle tout imaginé ? À la manière dont Shang lui serrait la main, dont il la regardait, attendant nerveusement sa réponse, elle sut que tout était réel. À ce moment, elle ne chercha plus à contrôler l'emballement de son cœur, les nœuds dans son estomac, les tremblements de ses genoux. Un grand sourire étira ses lèvres.

Puis, avant que le roi Yama ne les interrompe encore, Mulan se tourna vers les portes. Tout était baigné de lumière, de l'autre côté. Elle avait passé tant de temps drapée dans l'obscurité du royaume des morts avec ShiShi. Meng Po lui avait promis que de nombreuses épreuves les attendraient, Shang et elle, mais, quelles qu'elles soient, elle savait maintenant qu'ils les affronteraient ensemble.

Et c'est ensemble qu'ils franchirent les Portes du Diyu.

La lumière explosa, si éclatante que Mulan dut se protéger les yeux de sa main libre.

Continue de marcher, songea-t-elle en repensant aux consignes du roi Yama.

Chaque pas était plus dur que le précédent. Un vent déchaîné soufflait contre eux. Une force invisible les fit décoller du sol. Mulan ne savait plus si elle s'élevait ou tombait. Le vent était si fort qu'elle avait du mal à respirer.

Mais elle sentait la main de Shang dans la sienne. Leurs doigts entrelacés. Il resserra sa poigne pour ne pas la lâcher. Puis il lui adressa un clin d'œil, pour lui assurer que tout irait bien.

Ils gagnèrent de la vitesse. De puissantes rafales les propulsaient de plus en plus haut. Les bourrasques tourbillonnaient. L'air trépidait sous les pieds de Mulan. Enfin, comme un tsunami, le vent s'enroula autour d'eux et les sépara.

— Shang ! cria Mulan.

Ils tendirent la main l'un vers l'autre, mais le vent était trop puissant. Ils allaient trop vite. Un éclair blanc aveugla Mulan. La lumière de plus en plus vive les avala de son éclat.

Le visage de Shang fut la dernière chose qu'elle vit avant que le monde autour d'elle ne s'éteigne.

Chapitre trente-deux

Mulan ouvrit les yeux. Elle se redressa d'un bond et se cogna la tête contre le mât derrière elle. La douleur lui traversa le dos. Elle grogna.

Elle voyait flou, encore éblouie par la lumière intense des portes. L'écho distant de la cloche bourdonnait toujours dans ses oreilles.

Mais elle n'avait pas besoin de ses yeux pour savoir où elle se trouvait. Le sol sous ses pieds était humide et frais. Il craquelait comme de la neige sur le point de fondre. Le givre qui recouvrait le mât derrière elle quelques heures plus tôt avait disparu. Dehors, elle entendit Yao et Ling imiter le chant du coq pour réveiller le campement.

Il n'y avait aucun doute. Elle était de retour dans sa tente, avec le reste du régiment de Shang.

Mulan se frotta les yeux. Elle ramena ses jambes contre sa poitrine. Elle bouscula le bol en bois contenant le reste de la soupe de Chien-Po posé au sol. Tout était exactement tel qu'elle l'avait laissé.

Elle se releva vivement.

— Shang ? murmura-t-elle.

Pas de réponse.

Mulan entendit un ronflement sifflant provenir de derrière son bouclier. Délicatement, elle le souleva.

Mushu. Encore profondément endormi.

Elle décida de laisser le petit dragon se reposer.

Des poches de lumière filtraient à travers la toile et jalonnaient son armure. Le reste de la tente était encore plongé dans l'obscurité, mais les ombres étaient plus denses au centre. Autour de la litière de Shang.

Là, elle vit la figure du capitaine, immobile, comme auparavant.

Ses épaules s'effondrèrent. Avait-elle tout rêvé ?

Elle souffla dans ses mains. Il ne faisait plus froid, mais elle tremblait néanmoins. Elle plia les doigts pour se réchauffer les muscles. Elle remarqua alors que le bandage autour de sa cheville avait disparu. Elle souleva l'ourlet de son pantalon. Toutes les blessures infligées par les démons s'étaient envolées, de même que les coupures sur ses mains. Son uniforme était tel qu'il avait toujours été. L'épée de son père était posée à l'entrée de la tente, près de la selle de Khan.

Et pourtant…

Elle sentit un objet duveteux dans sa poche. Elle y plongea la main et en retira une délicate fleur rose. La fleur de magnolia de Meng Po.

Elle ouvrit sa main et en huma le parfum. Oserait-elle espérer que Shang allait mieux ?

Je vous en supplie. Faites qu'il survive.

Le bourdonnement dans ses oreilles s'atténua. Elle pouvait maintenant entendre un souffle discret, mais régulier, provenir du milieu de la tente.

Elle s'avança jusqu'au chevet du capitaine. Elle s'agenouilla et croisa les bras sur le tabouret à la tête de la couche. Elle avait le souffle court en l'observant. Il était endormi, mais ses mains étaient croisées sur la couverture par-dessus son torse. Elle était sûre de l'avoir bordée plus tôt.

Mulan se frotta les mains pour les réchauffer, puis tendit une paume vers le front de Shang.

Sa peau était fraîche. La fièvre était tombée.

Mulan sentit le sang lui monter jusqu'aux oreilles. Toutefois, elle n'osa pas appeler les autres soldats. Pas encore. Elle devait être sûre.

Les mains toujours tremblantes, elle souleva la couverture pour étudier la blessure du capitaine.

Pas d'infection. La chair était toujours enflammée et rose, parsemée de taches de sang coagulé, mais une épaisse ligne rouge s'était formée au milieu. Le début d'une cicatrice. La plaie se refermait !

Shang toussa. Il avait la voix rauque. Il entrouvrit les paupières.

— Je... je croyais t'avoir dit de partir sans moi.

Mulan porta sa main à la bouche. Elle faillit s'étouffer de joie.

— Shang !

Son visage se froissa, ses sourcils se plissèrent devant la lumière du soleil. Il cligna des yeux. Ses pupilles se concentrèrent alors sur Mulan. Son visage se colora, presque comme lorsqu'il s'était empourpré en la voyant traverser le Pont de la Sérénité. Mulan prit cela pour un bon signe.

Shang se redressa sur ses coudes.

— Doucement, dit-elle en cachant un sourire pendant qu'elle posait une main dans son dos pour le soutenir. Comment te sens-tu ?

— Désorienté, répondit Shang. Mais mieux. Beaucoup mieux.

Il posa le dos de sa main sur son front et en essuya la sueur. Il s'étira pour s'asseoir. Sa poitrine se gonfla et ses muscles se dessinèrent sous ses manches. Mulan rougit en l'observant.

— Bien.

Elle se tourna pour que le capitaine ne le remarque pas. Le souffle court, elle se toucha le visage. Ses joues irradiaient de chaleur. Il lui fallut faire appel à toute sa discipline pour ne pas se jeter au cou de Shang.

Elle ne comprenait pas pourquoi elle se sentait aussi timide. Il lui avait confié ses sentiments au Diyu. Pourtant, quand elle se tourna de nouveau vers lui, Shang détourna rapidement les yeux, comme si elle l'avait surpris en train de la dévisager.

— Combien de temps ai-je perdu connaissance ?

— Un peu plus d'une journée.

Shang tira la couverture sur ses genoux et se pencha en avant. Mulan remarqua qu'il n'osait pas la regarder. Et il n'avait pas dit un mot sur leur retour dans le monde réel.

Il agit étrangement. Ne se souvenait-il pas de tout ce qu'ils avaient traversé au Diyu ? Ne se souvenait-il pas qu'elle était Mulan, et non Ping ?

Elle sentit la déception la submerger. Cela voulait donc dire qu'il ne se souvenait pas non plus d'avoir vu son père. Ni de ShiShi. Ni de tout ce qu'ils avaient partagé… à commencer par les liens qu'ils avaient noués depuis qu'elle lui avait avoué toute la vérité.

Enfin, il ne se souvenait pas de ce qu'il lui avait promis, juste avant de franchir les portes. Qu'il ne la laisserait pas s'éloigner de lui.

Mulan avait la gorge serrée. Ses mains se déplacèrent, presque mues par une volonté propre, vers une gourde. Elle était à peine consciente de ses mouvements. Elle avait soudain très froid, comme si le monde avait changé de manière irrévocable et qu'elle était la seule à le savoir.

Arrête, Mulan. Peu importait si Shang n'avait aucun souvenir du Diyu. Et peu importait également si tout cela n'avait été qu'un rêve.

Il était vivant.

C'était la seule chose qui comptait. Il n'allait pas mourir.

Même s'il avait tout oublié à propos de Mulan, le lien qu'ils avaient partagé au Diyu était réel. Elle trouverait un moyen de se rapprocher une nouvelle fois de lui.

Mais comment ? Maintenant que la guerre était terminée, Shang et elle n'avaient plus beaucoup de temps à passer ensemble. Une fois qu'ils auraient présenté leurs hommages à l'empereur, elle rentrerait chez elle, auprès de ses parents. Et Shang aussi retournerait chez lui. Il rejoindrait sa mère. Et ses projets de lui trouver une épouse.

Mulan s'avachit. Elle ne pouvait se mentir. Cette idée lui était insupportable.

Quoi qu'il lui en coûte, elle ne ferait pas la même erreur. Elle allait lui avouer toute la vérité le plus tôt possible.

La joie refit surface dans son cœur, mais c'était une joie teintée d'amertume, cette fois. Elle déglutit pour que sa voix ne tremble pas.

— Je suis désolée.

— Pourquoi ?

Pour t'avoir menti. Pour avoir manqué de te faire tuer.

Elle bégaya :

— Je… je ne sais pas ce que j'aurais fait si tu… si vous aviez perdu la vie. Merci de m'avoir sauvé de Shan-Yu.

Il lui offrit un regard assez tendre pour lui réchauffer le cœur et les joues.

— Tu en aurais fait autant pour moi.

Mulan sentit son cœur battre plus irrégulièrement. Elle prit un instant pour calmer sa respiration.

— Je suis soulagée que vous vous sentiez mieux, capitaine. Les autres en seront heureux aussi.

Elle se leva, décidée à sortir de la tente avant que la situation ne devienne plus gênante.

— Je vais annoncer la bonne nouvelle à tout le monde.

L'estomac de Shang gronda.

— Et je vais voir si Chien-Po a préparé le petit-déjeuner.

Avant que le capitaine ait le temps de réagir, Mulan sortit de la tente et lança à la volée :

— Le capitaine Li Shang est réveillé ! Vous entendez ? Shang est vivant !

Chapitre trente-trois

La neige avait fondu pendant la nuit. Le sol était saupoudré de taches d'herbe. Mulan vit même quelques fleurs braver le froid. Autour d'elle, les soldats bondissaient sur leurs pieds et s'habillaient à la hâte pour constater le rétablissement du capitaine Li Shang de leurs propres yeux. Yao et Ling se disputaient autour de Chien-Po pour savoir qui aurait l'honneur d'apporter le petit-déjeuner à leur officier.

— C'est à Ping de le faire, trancha Chien-Po en essuyant les bords du bol du revers de sa manche. Nous devrions laisser le capitaine se reposer.

— Quand pourrons-nous le voir ? demanda Ling.

— Je vais lui demander, annonça Mulan en prenant le bol.

Elle s'arrêta à l'entrée de la tente, où tous les soldats s'étaient massés.

— Il vient juste de se réveiller. Laissez-lui un moment.

— Ouais, laissez-lui un moment, répéta Yao en chassant les autres soldats.

Chi Fu, en revanche, se montra plus insistant. La tête haute, il s'avança droit vers la tente et tapa l'épaule de Mulan du bout de son parchemin.

— J'exige de parler au capitaine.

— Il se repose, dit joyeusement Mulan.

Même les injonctions Chi Fu n'entameraient pas sa bonne humeur.

— Il se repose ? hoqueta-t-il. C'est une belle histoire, Ping, mais vous vous faites des illusions. Compte tenu de la gravité de sa blessure, il est peu probable que le capitaine Li Shang soit déjà…

— Sur pied ? termina Shang à la place du conseiller. Et pourtant, je suis bien là. Je vous conseille à tous de prendre un bon petit-déjeuner. Nous avons une longue journée de marche devant nous pour regagner la Cité impériale.

Tous les soldats se turent. Même Chi Fu arrêta de jacasser. Sa bouche était grande ouverte.

— C'est un miracle, murmuraient les soldats entre eux. Il est vivant.

Un sourire béat aux lèvres, Mulan tendit son bol à Shang.

— Bienvenue parmi nous, capitaine Li.

— Ça, pour une surprise ! s'exclama Chi Fu en tirant sur ses moustaches. Comment est-ce possible ?

Shang posa une main sur l'épaule de Mulan.

— Ping a pris soin de moi. Il ne m'a pas abandonné, comme vous lui avez pourtant ordonné de le faire.

Chi Fu croisa les bras.

— Ce garçon a bien failli causer votre mort.

— Il nous a tous sauvés de Shan-Yu, lui rappela Shang. Je pense que l'empereur voudra connaître le nom du soldat à qui nous devons tous la vie.

— Très bien, s'indigna Chi Fu en adressant un regard noir à Mulan. Mais ne vous attendez pas à ce que je rédige un rapport élogieux.

— Je ne me fais aucune illusion, s'amusa Mulan en réprimant un rire.

Tandis que Chi Fu s'éloignait, Ling but goulûment le reste de sa soupe et chuchota à l'oreille de Mulan :

— Même ses compliments ressemblent à des insultes.

— Ouais, confirma Yao. Mais pour une fois, j'ai pas envie de lui envoyer mon poing dans la figure. Je suis trop heureux pour le capitaine.

Mulan rit et prit à son tour une gorgée de bouillon.

— Moi aussi… Moi aussi.

C'était bon d'être de retour auprès de ses amis.

Mulan posa la selle sur le dos de Khan. À l'horizon, elle devinait presque les murs rouges et les toits bleus de la Cité impériale.

— Dépêchez-vous de terminer votre petit-déjeuner, ordonna Shang à ses hommes.

Il venait de sortir de sa tente, entièrement vêtu, comme si rien ne s'était passé. Il n'avait rien perdu de sa superbe. Ni de sa force : il traversait le camp avec une boîte de matériel à rapporter à la Cité.

— Nous partons dans cinq minutes. L'empereur nous attend.

Mulan sangla Khan. Elle vit alors une ombre familière, de plus en plus petite, approcher de ses pieds.

— Espèce de petite cachottière ! s'exclama Mushu avant un grand sourire. Tu vas me dire quel genre de miracle tu as accompli pour guérir le capitaine ?

— Je ne vois pas de quoi tu parles.

— Je sais reconnaître quand quelqu'un est sur le point de passer l'arme à gauche, rétorqua le dragon. Et le capitaine Li Shang était déjà en train de jongler avec la sienne.

Mulan réprima un petit rire nerveux.

— Je ne sais pas, je me suis endormie.

Son gardien la toisa, l'air suspicieux.

— Tu sais, même si tu t'habilles comme un homme et tout, t'es pas une bonne menteuse.

— C'est vrai ! protesta Mulan.

Elle souleva Cri-Kee du dos de Mushu.

— Peut-être qu'il a un criquet porte-bonheur, lui aussi.

Cri-Kee pépia pour acquiescer. Mushu, lui, croisa les bras.

— Je crois quand même que tu me caches quelque chose. Je n'aime pas ça, Mulan. Je n'aime pas ça du tout. Tu sais que tu ne dois pas mentir à ton gardien.

— C'est une longue histoire. On en parlera plus tard.

— Plus tard ?

— Ce soir, précisa-t-elle. Quand nous serons arrivés.

Le dragon hocha la tête.

— Ça me va.

Mulan marchait à côté de Khan, au milieu du régiment, en tenant la bride de son cheval. Elle observait Shang. Pour un mourant, il guidait admirablement bien ses soldats. Tous se réjouissaient, chantaient et l'acclamaient. Shang, toutefois, ne participait pas aux réjouissances. Mulan voyait que sa blessure le gênait encore. Le capitaine boitait, par moments. Mais il refusait toujours l'aide des autres, ce qui ne la surprenait guère.

Néanmoins, il restait silencieux. Étrangement silencieux, même pour lui. Il n'avait pas décroché un sourire depuis le départ.

— Qu'est-ce qu'il a, le capitaine ? demanda Yao en jouant du coude dans les côtes de Mulan. Il a pas l'air content d'être en vie.

— Oh, il *est* content, le contredit Ling. Regarde : il ne boude pas. Donc il est heureux.

— Qu'est-ce que t'en penses, Chien-Po ? demanda Yao.

— Hum…, fit le grand soldat en joignant ses mains. On dirait qu'il contemple quelque chose.

Chien-Po a raison, pensa Mulan, les yeux toujours rivés sur Shang. Chi Fu avançait à côté de lui, en train de pérorer sur les honneurs que l'empereur lui accorderait pour son excellent travail de conseiller militaire, à n'en pas douter. Shang ne paraissait pas entendre un mot. Il ne faisait même pas semblant d'écouter.

Il a l'air préoccupé.

Mulan se demandait à quoi pouvait penser le capitaine. Elle dut se retenir de le rejoindre pour le lui demander. Elle avait pris l'habitude de marcher à sa hauteur, mais maintenant qu'ils étaient revenus dans le monde des vivants, elle devait se forcer à se rappeler que c'était son supérieur. Elle ne pouvait pas se permettre d'aller le voir et de lui faire la causette. Pas devant les autres soldats, en tout cas.

Elle fut donc la première surprise lorsqu'en milieu de journée, après plusieurs heures de marche, Shang vint la trouver.

Il posa une main sur son épaule.

— Puis-je te parler ?

Voyant que Mulan était entourée par les autres soldats, il s'éclaircit la gorge et prit une voix plus autoritaire.

— Ping, marche avec moi. Chien-Po guidera les troupes pour le moment. Ne ralentissez pas !

Mulan passa les rênes de Khan à Ling. Elle vit Mushu essayer de la rejoindre, mais elle secoua discrètement la tête. Yao et Chien-Po lui adressèrent aussi des regards curieux. Mulan les ignora et suivit Shang.

Ils restèrent silencieux pendant un long moment. Ils marchaient simplement, l'un à côté de l'autre, en laissant le reste de la colonne prendre de l'avance.

— Qu'est-ce qui vous préoccupe, capitaine ? demanda enfin Mulan.

Shang soupira.

— Trop de choses. Je ne sais même pas par où commencer. La guerre est finie. Les Huns sont vaincus. Et…

— Et ? répéta-t-elle doucement.

— Honnêtement, je ne sais même pas comment je suis debout.

Il hésita et reprit :

— La blessure que Shan-Yu m'a infligée aurait dû me tuer. Pourtant, moins de deux jours après l'attaque, je suis déjà en marche. Même la douleur a presque disparu.

Mulan brûlait de tout lui dire, mais elle enfouit son envie au plus profond d'elle. Shang croirait sûrement qu'elle avait perdu la raison.

— C'est un miracle, comme le disent les soldats, répondit-elle finalement.

— Peut-être, déglutit Shang. Mais je me demande… J'avais de la fièvre et j'ai perdu connaissance. Mes souvenirs sont un peu flous. Je veux dire, j'ai entendu et j'ai vu des choses qui n'existent pas.

Le cœur de Mulan fit un bond dans sa poitrine. Était-ce possible ? Elle serra les lèvres pour ne rien laisser transparaître.

— Qu'avez-vous vu ?

— Je… je me souviens d'avoir eu la conviction que ma dernière heure avait sonné. Je t'ai demandé d'aller voir ma mère et… et…

Oh.

— Et de lui remettre vos cendres, termina Mulan. Oui, c'est effectivement ce qu'il s'est passé.

Shang continuait de ne pas la regarder. Il fronça les sourcils.

— Ensuite, j'ai eu un rêve des plus étranges, Mu… Ping. Tu vas croire que je suis fou.

Avait-il failli l'appeler par son vrai nom ? Mulan étouffa un hoquet de surprise. Elle en oubliait presque de marcher. Ses jambes étaient soudain fébriles, comme tout son corps.

— Dites-moi. Je vous écoute, lui dit-elle d'une voix aussi posée que possible.

— J'ai entendu la voix de mon père. Je ne comprenais pas vraiment ce qu'il disait parce que… parce que j'étais en train de mourir. Et j'étais un esprit, dans le royaume des morts. J'étais prisonnier là-bas, dans une tour en pierre. Mais je l'entendais me parler. Et quand je regardais par la fenêtre de la tour, je pouvais voir toute ma famille. Toute ma vie.

Mulan ralentit. Son cœur battait si fort qu'elle se retenait à grand-peine de ne pas lui poser mille questions, de ne pas lui expliquer qu'elle était là, que tout s'était vraiment passé.

— En ensuite ?

— Ensuite, tu es arrivé avec un lion pour me sauver.

Son pouls s'accéléra encore.

— Un lion.

— Oui. Tout semble si réel. Il y avait des démons, des fantômes, des chambres de feu, des couteaux et des miroirs.

— C'est amusant, susurra Mulan. J'ai fait le même rêve.

Shang se tourna vers elle et croisa enfin ses yeux. À cet instant, son regard était le plus tendre qu'elle avait jamais vu.

— C'est vrai ?

Au lieu de répondre, elle plongea la main dans sa poche pour en saisir la fleur de magnolia offerte par Meng Po. Ses souvenirs du Diyu s'estompaient déjà, mais il y avait certaines choses qu'elle n'oublierait jamais.

— Oui, murmura-t-elle en lui tendant la fleur. J'étais là.

— De quoi te souviens-tu ?

— Vous étiez un esprit. Vous attendiez que votre corps sur Terre meure. Votre gardien et moi sommes venus vous sauver. Il avait la fourrure couleur miel et des yeux aussi grands et ronds que des oranges.

Elle sourit.

— Il était aussi fier comme un paon, mais avec un grand cœur. Ensemble, nous avons combattu une femme capable de changer d'apparence, de se transformer en renard ou en grue, et qui préparait un thé destiné à vous faire oublier votre propre nom. Et nous avons vaincu un démon de feu. Ça semble fou, non ?

Les yeux de Shang brillaient.

— Continue.

— Ensuite, aux portes, vous avez revu votre père, dit doucement Mulan. Il a dit qu'il veillerait sur vous depuis le Paradis. Alors une grande cloche a sonné. Je l'entends encore tinter dans mes oreilles, rit Mulan. Et nous nous sommes réveillés là où tout a commencé.

— Comment tu…

— Ce n'était pas un rêve, expliqua Mulan. C'était réel. Tout était réel.

La prise de conscience se lut sur le visage de Shang.

— Ça veut dire que tu… tu es…

Elle attendit. Elle n'osait même pas espérer.

— Tu es Mulan. Fa Mulan.

Un soulagement intense irrigua le corps de Mulan. Elle fit un pas hésitant en avant et écarta les lèvres.

— Oui, murmura-t-elle seulement.

Shang inspira. Ses épaules retombèrent.

— Lorsque je me suis éveillé, j'ai cru que tout cela n'était qu'un rêve. Mais lorsque je t'ai vue, tout ce qui m'est venu à l'esprit était que tu t'appelais Mulan, et non Ping. C'est pour ça que je n'arrivais pas à te regarder dans les yeux. Je croyais avoir perdu la raison.

— Ce n'est pas le cas.

— Tout me revient, maintenant. Ou presque tout. Le plus important.

— Le plus important ?

Il plissa le front.

— Il y a autre chose que je voulais te dire, quand nous étions au Diyu, mais je n'en ai pas eu l'occasion.

— De quoi s'agit-il ?

— Avec ta permission, j'aimerais annoncer à l'empereur que notre meilleur soldat, celui qui nous a tous sauvés et qui a vaincu Shan-Yu, est une femme.

Mulan battit des paupières. Elle n'était pas sûre d'avoir bien entendu.

— C'est contraire à la loi, Shang. Il me…

— Il te fera honneur, répondit Shang en devinant ce qu'elle allait dire. Tu as sauvé la Chine, Mulan. Peu importe que tu sois un homme ou une femme, tu es un héros. Je sais que c'est ainsi qu'il le verra. Et le reste de la Chine le verra aussi.

Il marqua une courte pause.

— Et qui sait ? Peut-être que la Chine connaîtra bientôt sa première commandante. Peut-être même sa première générale.

— Générale Fa Mulan ? s'exclama-t-elle en riant. J'en doute !

— Ça sonne bien, dit doucement Shang.

Il s'éclaircit la gorge et se frotta la nuque.

— Je viens de prendre conscience que je suis heureux de t'avoir suivie sur cette colline. Si je n'avais pas été blessé par Shan-Yu, rien de tout cela ne serait arrivé.

Mulan eut un sourire faussement pudique.

— Tu veux dire que tu ne serais jamais allé au Diyu et que tu n'aurais jamais été sauvé par la sœur de Ping.

— Ça, acquiesça Shang, et je n'aurais sans doute jamais découvert… ce que je ressens pour toi.

Mulan ne pouvait plus respirer. Elle ne pouvait plus avancer. Ses pieds s'étaient figés dans le sol, enracinés sur la route poussiéreuse.

— Ce que j'ai dit, devant les Portes du Diyu… Je le pensais, continua Shang. On ne rencontre pas une fille comme toi à chaque dynastie.

Il remua sur place et reprit rapidement la parole pour ne pas perdre plus de temps.

— Tu m'as dit au Diyu que tu avais mis le feu à la robe de ta marieuse. Est-ce que cela veut dire qu'elle ne te trouvera pas d'époux ? Enfin, je veux dire… Est-ce que tu es attendue, chez toi ?

Mulan ouvrit la bouche. Elle croyait deviner où cette conversation allait les mener. Elle dut serrer les lèvres pour s'empêcher de sourire.

— Il y a mes parents et ma grand-mère.

— S'opposeraient-ils à ce que je te rende visite ?

— S'y opposeraient-ils ?

Mulan éclata franchement de rire.

— Ils risquent surtout de ne jamais te laisser partir.

Shang afficha un large sourire à son tour.

En entendant les rires de Mulan, Yao, Ling et Chien-Po se retournèrent et leur firent signe.

— Ils doivent se demander de quoi nous parlons, dit-elle en leur rendant leur signe.

Elle se toucha la joue. Elle était brûlante. Elle ne pouvait qu'imaginer à quel point son visage devait être rouge. Ses amis, à commencer par Mushu, devaient se demander ce que Shang avait pu dire pour la mettre dans un tel état. Elle leur raconterait tout, mais pas maintenant. Pour le moment, elle pouvait toujours mettre ses couleurs sur le compte de la marche.

— On fait la course ? proposa Mulan, toujours aussi rayonnante.

Ensemble, ils coururent pour rattraper le reste de l'armée. Ensemble, ils marchèrent jusqu'à la Cité impériale pour recevoir les honneurs de l'empereur. Ensemble, ils rentrèrent chez eux pour commencer un nouveau chapitre de leur vie.